本书受云南省哲学社会科学创新团队"云南作家与中国文学现代化"建设项目经费资助

叙事研究丛书
丛书主编：谭君强

中国现当代小说的性别叙事

降红燕◎著

中国社会科学出版社

图书在版编目（CIP）数据

中国现当代小说的性别叙事 / 降红燕著 . —北京：中国社会科学出版社，2021.11

（叙事研究丛书）

ISBN 978-7-5203-8889-4

Ⅰ.①中… Ⅱ.①降… Ⅲ.①小说研究—中国—现代②小说研究—中国—当代　Ⅳ.①I207.42

中国版本图书馆CIP数据核字(2021)第159740号

出 版 人	赵剑英
责任编辑	史慕鸿
责任校对	季　静
责任印制	戴　宽

出　　版	中国社会科学出版社
社　　址	北京鼓楼西大街甲158号
邮　　编	100720
网　　址	http://www.csspw.cn
发 行 部	010－84083685
门 市 部	010－84029450
经　　销	新华书店及其他书店
印　　刷	北京明恒达印务有限公司
装　　订	廊坊市广阳区广增装订厂
版　　次	2021年11月第1版
印　　次	2021年11月第1次印刷
开　　本	710×1000　1/16
印　　张	15
插　　页	2
字　　数	239千字
定　　价	86.00元

凡购买中国社会科学出版社图书，如有质量问题请与本社营销中心联系调换
电话：010－84083683
版权所有　侵权必究

总 序

叙事是一个古老的话题，也是现代关注的焦点，它在人类历史的长河中流淌，从未间断。作为人类的言语或其他形式的交往行为，作为传承人类文明的记载，叙事所累积的成果，以各种语言文字和其他媒介方式形成的叙事作品，犹如恒河之沙，难以计数。

人们何以要叙事，以何种方式叙事，叙事如何才能最好地达到其目的；叙事的产物，与之如影随形的叙事作品，它们有何独特之处，它们无限丰富的内蕴透过何种方式或隐或显地展现出来，什么样的叙事作品不至稍纵即逝，而或多或少有可能成为时代的经典，它们如何不断扩大自己的媒介行列，形成丰富多彩的叙事作品……都是人们广泛关注并引起持续兴趣的问题，在中外古老的典籍中我们不难发现对这些问题的追寻，而在现代和当代的研究中依然是受到持续关注的重要问题。

与有着悠久的叙事传统和丰富的叙事作品实践相比，当代意义上的叙事研究，或者更为狭义地说，叙事学研究，作为人文科学领域的一门学科，它的兴起尚不过半个余世纪。然而，时间虽短，它发展的脚步却十分有力。就一门学科而言，它在结合对叙事作品的分析与研究中，逐渐形成了自身独特的理论体系，构建起一系列越来越为人们广泛接受的核心概念，它既拥有无限丰富的研究对象，又有独树一帜的理论视野，因而，在众多理论和实践研究中，尤其是在文学艺术研究领域中显得不同凡响。

在诸多形形色色的理论中，不乏维持不了多久便成明日黄花之论，在理论的潮流中连一阵涟漪都无法激起。而叙事研究或叙事学研究，却远非如此这般面相。在数十年的时间里,它稳健的发展所表现出的状况值得引起我们注意,也值得引起我们深思。就它所受到的关注程度而言,可说是从涓涓细流的流淌,到日渐融会,直到汇流成河。这一轨迹,可从最近对中国知网的检索中,看出其基本的状况。笔者分别输入"叙事"/"叙述"这两个检索词,得出的结果是,自1950年开始,以"叙事"/"叙述"作为标题的论文共计54957篇。其中,最早的一篇出自1950年,是这一年唯一的一篇。由此到1979年,每年的相关论文不足10篇;从1980年到1987年,每年不足100篇;从1988年到2001年,每年不足500篇;而从2002年到2004年,3年时间就达到一年1000篇以上;2006年超过每年2000篇;2008年超过每年3000篇;2011年超过每年4000篇;2014年超过每年5000篇;2015年5435篇;2016年5548篇。这样一个数据,再形象不过地展示出这一研究的发展趋势。如果做一个预测的话,有理由相信,它多半会继续延续这一发展势头。

  从叙事研究的发展景象来看,人们不禁会问,它何以会出现这样一种良性的正向发展状况,何以会历经数十年而不衰。在这里,应该说,叙事理论本身所具有的科学性和适用性,及其研究对象的大量存在无疑是一个重要因素,它使乐于进入其中的研究者都可以寻找到自己的兴趣点,可以做出与以往研究不相雷同的新的探索。学术研究的生命力在于创新,在于具有学术和科学意义上的创新,在这方面,叙事研究、叙事学研究所具有的力量不可低估。除此之外,还可以举出许多理由,但在笔者看来,其中两个方面的原因尤其引人注目。

  第一,叙事理论在发展的过程中,不墨守成规,不故步自封,而具有开放性、包容性的特点,能够不断对理论本身进行必要的修正与调整,使之在发展的过程中得以保持理论本身的敏锐性,具有丰富的阐释力。叙事学这样的发展路径,在它许多理论发展的关头展现出来。比如,从这一理论开创之初固守于文本之内,不逾越文本的界限,到后来突破这一人为的藩篱,获得新的生命力;从长时期将自身限制在叙事作品,尤其是叙事虚构作品的研究范围,到打开大门接纳其他不同的文类;从单一的叙事学理论视角,到在保持其基本理论导向的基础上,不吝吸取其他有价值的理论资源,形成理论的合力,等等,从中都可看出它对理论本身的不断革新、发展、完善，而这样的结果往往是令人意想不到的。举个例子，叙事学的跨文类研究现在已经成为研究的重要方向之一，并取得了丰硕的成果，然而，其中的一些文类界限曾经在长期的研究中都难于突破，比如，抒情诗的叙事学研究，就在很长时间内被排斥于叙事学研究之外，笔者在 2008 年出版的《叙事学导论：从经典叙事学到后经典叙事学》一书中，就曾明确地将抒情诗歌排除在叙事学研究的范围以外。在叙事学跨文类研究的背景下，21 世纪以来，抒情诗的叙事学分析和研究悄然起步，进入研究者的视野，笔者被这一富于新意的研究方向所吸引，对这一新领域进行理论探讨与实践分析，仅仅在最近三四年时间就集中写出了十余篇诗歌叙事学的研究论文，发现它潜在的研究空间居然如此广阔。

第二，叙事理论从某种意义上说，具有十分抽象的理论维度，但与此同时，它又是十分形象、最富于实践性的理论之一，是最注重将理论与文本分析实践密切结合、融为一体的理论之一。它不以一幅令人生厌的僵硬的理论面孔示人，而往往伴以大量形象的文本例证，增强其理论的可信度与说服力，具有一种理论的亲和力。18—19 世纪的德国，在哲学、美学中不乏众多高深理论之作，莱辛一部篇幅不长的著作《拉奥孔》却给人印象十分深刻，原因就在于它的理论源自文学艺术的实践，源自对形象的文本的分析与阐释中，字里行间往往跃出令人信服的理论描述，却又让人感到十分亲切。打开任何一部中外叙事学著作，都可以看到，在其中条分缕析的理论描述中，往往伴随丰富的文学艺术文本例证，读来让人兴趣盎然。

在叙事学研究的不断发展中，我们推出这套"叙事研究丛书"，就是希望总结近年来在这一研究领域所做的工作，并不断将这一研究向前推进，继续结出新的果实。自然，其中也包含借此获得学界同仁批评指正的殷切期望，以使我们的研究做得更为扎实，更为合理。

这套丛书由云南大学叙事学研究中心主持。丛书的作者主要为中心的成员，同时也不限于此，欢迎叙事学研究的同行加入这一行列。云南大学叙事学研究中心成立于 2014 年，时间虽然不长，却已做了不少力所能及的工作。2015 年承办了在云南大学举行的第五届叙事学国际会议暨第七届全国叙事学研讨会；同年主持了另一套丛书"当代叙事理论译丛",已由北京师范大学出版社陆续出版。前面谈到中国叙事学研究旺盛的发展势头，国外的叙事学研究，同样呈现出一派繁荣发展的局面。这套译丛选取的就是 21 世纪以来国外重要的叙事学著作，翻译出版以引入国外新的理论资源，更为及时地介绍来自国外的声音。两套丛书可以说互为补充，我们衷心希望通过这两套丛书，促进国内外叙事学界的交流，繁荣学术研究，为中国叙事学的发展尽绵薄之力。

谭君强
2017 年 7 月于云南大学

前　言

　　当叙事与性别相遇在小说的领地，文学的世界会撞击出怎样的火花？呈现出怎样精彩纷呈的样态？这是多年以来一直吸引着笔者想要探究的问题，对这一问题的好奇便是本书写作的初始动力。

　　现在的读者，有谁不知道小说呢？众所周知，小说是文学作品中的一种体裁，也是当今全球化时代文学日益边缘化的文化语境下依然受读者欢迎的文学样式。打开网络文学网页，网络小说的点击量最高；翻开大大小小的文学期刊，占据刊物最多篇幅的肯定是小说；在书店、图书馆，小说是售卖最多，借阅量最大的书籍种类。然而，在中外文学发展史中，最初走红的却皆非小说，小说在中西方都经历了漫长的发展历程。

　　中国最早的小说萌芽于神话和传说中。与古希腊罗马神话故事成体系地记录下来不同，中国神话故事没有专门系统的集子记载，而是散见于一些古籍之中，其中保存神话资料较多也最能体现神话原始面貌的是《山海经》《淮南子》等。到先秦两汉时代，萌芽于神话的小说在史传中得到孕育，这与中国"以史为鉴"的传统相应和，史传文学的经典代表即司马迁的《史记》。与此同时，在先秦的诸子百家论述中，出现了很多的寓言故事，这些故事虽然短小，但在叙事写人，虚构情节等方面，都已经具备了小说的基本要素。"神道不诬"的志怪小说和"名士风流"的志人小说则是我国小说发展到魏晋南北朝时期的形态，其中志怪小说讲究故事奇特，与重在传达意蕴与神韵的志人小说显示出分野，更突出叙事性。如果说神话是小说的萌芽，史传是小说的母体，志怪小说是小说的雏形,那么到唐传奇,则标志着真正小说的诞生。正如鲁迅先生所说:"小说亦如诗,至唐代而一变,虽尚不离于搜奇记逸,然叙述宛转,文辞华艳,与六朝之粗陈梗概者较,演进之迹甚明,而尤显者乃在是时则始有意为小说。"① 唐传奇的出现标志着我国古代文言短篇小说的成熟。宋元以后,中国的古代小说分为文言、白话小说两大支流。白话小说源于"说话",而"说话"即是一种讲故事的技艺,"话本"则是把讲的故事记录下来,这就成为白话小说。后来在话本的基础上出现了文人创作的拟话本。白话小说分为两类,一般地把白话短篇小说称为话本小说,白话长篇小说则称为章回小说。② 至明清两代,中国古代小说的发展达到了高峰阶段。明代章回小说显示了白话小说的巨大艺术潜力,除《金瓶梅》外,《三国演义》《水浒传》《西游记》等都经历了从民间故事、话本到文人整理写定的过程,清代的《红楼梦》《儒林外史》则从明代偏于整理到文人独立创作。晚清时期,随着中国现代化进程的开启,中国文学现代性发生,在小说领域出现了政治小说、林(纾翻)译小说、谴责小说、狭邪小说、公案小说等类型。经过"新小说"的过渡,至20世纪的"五四"新文化运动时期,文学革命兴起,白话文形成运动,鲁迅、郁达夫等"五四"小说家出现,中国小说的发展进入了一个崭新的历史阶段。

西方小说主要历经了神话—史诗—传奇—小说的发展时期。古希腊神话是西方小说的重要源头,包括神的故事和英雄传说两部分。与古希腊神话并称的古罗马神话的深层体系与古希腊神话相同,差异主要在表层上,神话故事的主人公换了一套称呼。中世纪对后世小说影响很大的是用韵文写成的英雄史诗。同期除了英雄史诗之外,还有写主人公们冒险恋爱故事的骑士传奇(罗曼司)。西方小说在14—16世纪的文艺复兴运动阶段,出现了意大利薄伽丘的《十日谈》,法国拉伯雷的《巨人传》,西班牙塞万提斯的《堂吉诃德》和英国乔叟的《坎特伯雷故事集》等。到18世纪,延续并深化文艺复兴运动人文主义思想的启蒙主义运

---

① 鲁迅:《中国小说史略》,见《鲁迅全集》第九卷,人民文学出版社2005年版,第73页。

② 石昌渝:《中国小说源流论》,生活·读书·新知三联书店1994年版,第224页。

动兴起，西方诞生了真正意义上的小说。美国小说理论家伊恩·P. 瓦特认为，西方文学中的小说（novel）是一个18世纪后期才正式定名的文学形式，此前的准小说形式是用"散文虚构故事"（fiction）来加以称谓的。① 英国的笛福、理查逊、菲尔丁就是这一时期最具代表性的作家。法国的孟德斯鸠、伏尔泰、狄德罗、卢梭等则身兼哲学家、思想家与文学家的多重身份。德国歌德《少年维特的烦恼》也是这一时期的名篇。19世纪初浪漫主义文学运动兴起，带来了浪漫主义小说的兴盛，到世纪末批判现实主义小说在欧洲各国的层出涌现，杰出的小说家们宛若灿烂的星辰布满欧洲各国的天空，西方小说在此时达到了一个繁盛的高峰。再到20世纪，现代主义、后现代主义小说出现，西方小说的发展形成一条宽广的源源不绝的河流。

从以上大致的检视可以看出，不论是在中国还是西方，小说都经历了长期的发展过程。而且中西方小说还存在一个共同特点，即最初的地位都不高。尽管中国神话中就有小说的萌芽，但占据中国古典文学主流位置的文学样式是诗歌和散文。由稗官搜集的"闾里小知者之所及"的道听途说和街谈巷语②，是登不上正统儒术的大雅之堂的。中国小说地位的改变很大程度得力于梁启超在清末民初时期倡导的"小说界革命"。梁启超在日本横滨创立的《新小说》创刊号上发表《论小说与群治之关系》一文中，盛赞小说为"国民之魂"，"正史之根"，"文学之最上乘"，对"支配人道"具有"不可思议之力"。从此小说走上了文学发展的康庄大道：中国现当代文学中分量最重数量最多的是小说，从体裁上看，20世纪中国文学可称为小说的世纪。西方文学史中，从亚里士多德《诗学》的讨论对象看，占据着主流的是诗歌和戏剧，小说是到19世纪才成为主流样式的。中西方小说都有从丑小鸭变为白天鹅的历程。1900年诺贝尔文学奖设立，迄今获奖的一百多位作家中，以小说家居多。我国获奖的当代作家莫言也以小说见长，《生死疲劳》《檀香刑》《蛙》等都是其长篇小说的名篇。我国自1981年以来设立的当代文学方面最高

---

① ［美］伊恩·P. 瓦特：《小说的兴起》，高原、董红钧译，生活·读书·新知三联书店1992年版，第1页。
② 参见班固《汉书·艺文志》，黄霖、韩同文选注《中国历代小说论著选》，江西人民出版社1982年版，第1页。

的奖项是茅盾文学奖，评奖对象是长篇小说，四年一届从评选年度内公开发表或出版的优秀长篇小说中产生。学界虽有西方19世纪是小说的世纪的断语，但在世界范围内，在诸文学样式中，说20世纪是小说的世纪，应该也是一个毋庸置疑、无可争辩的事实。很大程度上，小说甚至成为整个文学领域的代名词，比如中国当代新时期文学中的伤痕小说、反思小说、改革小说、寻根小说、先锋小说、新写实小说……就成为同时期文学创作潮流的命名代称。

小说具有如此广泛的接受群体，能获得大量读者的倾心阅读，与小说本身具有的本质特征密切相关。小说给予读者最突出的感受是什么？当一篇（部）小说打开置于读者的面前，吸引读者的必定是里边讲了什么故事。大约就是这一原因，英国作家、文学理论家爱·摩·福斯特在《小说面面观》中将故事列为小说的基本面，置于重要位置："小说就是讲故事。那是小说的基本方面，如果没有这个方面，小说就不可能存在了。这是所有一切小说共同的最高因素……小说的脊梁骨必须是个故事。"[①] 故事又是什么？"故事是叙述按时间顺序排列的事情。"[②] 爱·摩·福斯特又说。这句话缩减一下，拈出其中的主体句子成分，即"故事是叙述事情"，再压缩词语，故事就是叙事。或许是翻译的原因，爱·摩·福斯特说的"故事是叙事"其实并不很恰当，更确切地说，"讲故事"才是叙事，换言之，叙事就是讲故事。叙事性是小说最重要的本体规定性。

一般的文学理论在讲到小说时，对小说应该具备的特性归纳有三要素之说：人物、情节、环境，人物和环境与叙事当然相关，但情节因素更为重要，情节与故事直接相连。开20世纪西方文学理论形式主义一大派别之先河的俄国形式主义对故事和情节的关系进行过深入的探讨。在19世纪的西方，文学研究界流行的是丹纳的实证主义方法，丹纳在《艺术哲学》中认为，要探寻文学作品的价值，就要考察作家作品产生的种族、时代和环境三大因素。俄国形式主义认为这种研究的目的对象

---

① ［英］爱·摩·福斯特：《小说面面观》，方土人译，《小说美学经典三种》，上海文艺出版社1990年版，第220—221页。

② ［英］爱·摩·福斯特：《小说面面观》，方土人译，《小说美学经典三种》，上海文艺出版社1990年版，第222页。

不是文学，而是社会学、历史学、心理学，等等。他们认为，文学研究的对象应该是文学性，即使一部部作品成为文学作品的那个东西。文学性最终体现在文学作品的形式上。为探寻文学性，他们提出了著名的建立在差异性基础上的"陌生化"概念。诗歌如何具有文学性，就在于诗歌语言与日常语言的不同和差异，诗歌语言使日常语言变得新奇、陌生。诗歌属于韵文，在散文（散体文，小说就是一种散体文）领域，他们提出区分"故事"（"法布拉"）与"情节"（"休热特"）来看陌生化，"情节"使"故事"变得陌生。俄国形式主义者托马舍夫斯基对二者进行过界定："故事是按实际时间、因果顺序连接的事件。情节不同于故事，虽然它也包含同样的事件，但这些事件是按作品中的顺序表达出来的。"① 另一个俄国形式主义者什克洛夫斯基也提出，情节就是"讲故事的过程中所用的所有'技巧'的总和"。② 继俄国形式主义之后，法国结构主义也大力发展了文学研究中重视文学作品形式的倾向，茨维坦·托多洛夫在《结构主义诗学》一文中曾说：诗学（文学理论）"所关注的不是实在的文学而是可能的文学，换句话说，它所关注的是文学之所以为文学的抽象属性，亦即文学性"。③ 这与俄国形式主义的文学观念如出一辙。发展到后来，1969 年，托多罗夫在《〈十日谈〉的语法》中正式提出了叙事学（narratology，法语为 narratologie）这一术语，用来专门为文学批评和研究中的一种新学科命名，叙事学从此诞生。

那么，究竟何为叙事？"叙事"就是对事件的叙述。在一般的文章写作中，叙述是指与描写、抒情、议论、说明等相并列的一种语言表达方式。叙事则是对事件的叙述，它可以是对单一事件的叙述，但构成生活的事件一般都不会是单独一个，而是一连串的事件，在时间的流逝中依次展开成一个事件系列。社会生活的表象进入文学写作者的笔端，经过写作者主观头脑的反映，主体情思灌注于对象上，一般都不会按照生活原有的样子把对象客观地还原出来，不是照相机和摄影机，而更多地会加入作者的主体情思，即迈耶·霍华德·艾布拉姆斯

---

① 转引自申丹《叙述学与小说文体学研究》，北京大学出版社 1998 年版，第 49 页。
② 转引自申丹《叙述学与小说文体学研究》，北京大学出版社 1998 年版，第 37 页。
③ 胡经之、张首映主编：《二十世纪西方文论选》第二卷，中国社会科学出版社 1989 年版，第 310 页。

所谓的"镜与灯"①中的"灯"而不是"镜"。因此叙事是复杂的。"时运交移,质文代变。……歌谣文理,与世推移。"②随着社会生活的发展,审美观念的变迁,文学创作实践和文学理论观念都发生了极大的变化。无论是小说创作实践还是叙事学理论都呈现出丰富繁多的形态。西方从19世纪的浪漫主义、批判现实主义发展到20世纪的现代主义、后现代主义阶段,小说的形态发生了很大变化。对小说的理论研究也在不断丰富。叙事学理论也从经典叙事学发展到了后经典叙事学阶段。

经典叙事学中的"叙事"是一个纯形式概念,指的是叙事技巧和方法,类似于美国小说理论家布斯在其名作《小说修辞学》③中所谓的"修辞"。而到后经典叙事学阶段,叙事就不再是个纯形式技巧的概念,而具有了种种意识形态的含义。国内著名的叙事学研究专家申丹对叙事有更精到的界定和阐述,体现在其对"叙事"与"叙述"差异的探讨中:"国内将法文的narratologie(英文的narratology)译为'叙事学'或'叙述学',但在笔者看来,两者并非完全同义。'叙述'一词与'叙述者'紧密相连,宜指话语层次上的叙述技巧,而'叙事'一词则更适合涵盖故事结构和话语技巧这两个层面。……本书的作品分析常常涉及故事层面的叙事结构,故采用较为全面的'叙事学'一词。"④这是申丹在《叙事、文体与潜文本——重读英美经典短篇小说》中的绪论部分对相关概念作的界定说明。对叙事学的发展,她进一步指出:"叙事学早已不再'纯粹',早已从形式主义批评方法拓展为将形式结构与意识形态和社会语境相连的批评方法。"⑤这与中国当代文学批评界的通行

---

① 《镜与灯》是当代美国文学理论家迈耶·霍华德·艾布拉姆斯的名作。该书中译本有两种版本,一种为郦稚牛、张照进、童庆生译《镜与灯:浪漫主义文论及批评传统》,北京大学出版社1989年版;另一种为袁洪军、操鸣译《镜与灯:浪漫主义理论批评传统》,中国社会科学出版社1991年版。

② (南朝梁)刘勰:《文心雕龙·时序》,郭绍虞主编《中国历代文论选》,上海古籍出版社1979年版,第92页。

③ 参见〔美〕W.C.布斯《小说修辞学》,华明、胡晓苏、周宪译,北京大学出版社1987年版。

④ 申丹:《叙事、文体与潜文本——重读英美经典短篇小说》,北京大学出版社2018年版,第1页。

⑤ 申丹:《叙事、文体与潜文本——重读英美经典短篇小说》,北京大学出版社2018年版,第8页。

用法也相一致：叙事"不仅是艺术形式，而且是对社会、历史、文化以及人生的认识方式和'解释模式'，是一个融艺术形式与思想内容于一体的理论视角"。①比如说中国当代文学批评文章里就有"苦难叙事"、"底层叙事"、"知识分子叙事"等用语，第一种所指关乎主题，后两者则指涉题材，而主题和题材都是属于作品内容的。而"叙述距离"、"叙述时间"、"叙述层次"、"叙述节奏"等又是技术形式分析的范畴。因此在本书的框架里，"叙事"是一个内容与形式相结合，不完全分离的概念。这也符合叙事学发展到目前后经典叙事学阶段的理论指归。

文学理论来源于文学实践，叙事学理论的出现是以小说为代表的叙事性文学实践发展到一定阶段的必然，反过来说，叙事学理论一经形成，又为叙事性小说文本的接受提供了极大的阐释空间，可以进一步加深对小说叙事特性的认识。叙事学学科的提出建立在托多罗夫对《十日谈》的解读上，热拉尔·热奈特的理论阐释也主要结合普鲁斯特的《追忆逝水年华》而展开。尽管今天的叙事学已经从经典叙事学发展到后经典叙事学阶段，过去单一的叙事学出现了诸如电影叙事学、音乐叙事学、社会叙事学、女性主义叙事学等复数形态，但在文学领域，较之于诗歌、散文和戏剧，小说依然是叙事学批评理论施展拳脚的最自由的空间，小说与叙事或者反之表达，叙事与小说难解难分。因而对小说叙事的研究依然是当今文学研究的一个重要方面。那么，笔者如何切入这块充满学术旨趣的领域？

在前述的后经典叙事学的复数形态中，女性主义叙事学无疑是与文学密切相关的重要一支，揭示了小说叙事与性别意识之间存在着联系的事实。这又涉及对性别的理解。何为"性别"？在人类社会中，性别是对人的一种属性的描述，可以对人类加以区分的一种范畴。"性别"首先是一个自然生理（sex）概念，指的是人类单独的个体出生下来时所具有的生理性别，有那个性别所具有的生理构成特征，如女性具有不同于男性的独特的性腺生理单位，有专门孕育生命的器官——卵巢、子宫等。这是生理意义上的人所生来具有的，不可否认的。人是一种动物，像其他动物一样有雌雄之分。但是人又不是一般的动物，是一种高级动物。人类往往以群

---

① 程文超、郭冰茹主编：《中国当代小说叙事演变史》，中国社会科学出版社2006年版，第2页。

居的方式生活，构成了人类社会，人类的进化经历了数万年，人类社会的发展历经了数千年，在这一过程中，生理构成不同的男女两性也分别被打上了社会文化的烙印，形成了社会文化性别（gender）的层次。人类社会中人的性别一般分为男性和女性，因此性别研究似乎应该是研究男性和女性的，但是性别作为问题引起人们的关注，其实主要是由于有识者意识到社会现实生活和性别文化历史中男女存在不平等而引发的，人类既有的历史其实是以男性为主导的历史，它本来应该有女性的一席之地，女人们奋起反抗，因此产生了女权运动。女权运动本是一种社会思潮和政治运动，随发展深入至文化领域后，从弗吉尼亚·伍尔夫《一间自己的屋子》经西蒙娜·德·波伏娃的《第二性》，到 20 世纪 60 年代末 70 年代初，女性主义文学批评理论在美国凯特·米利特手里正式出场，标志为其博士学位论文《性的政治》的出版。女性主义文学批评理论迄今得到了长足的发展。

  20 世纪 80 年代中后期，西方女性主义文学理论传入我国，加之我国新时期以来文坛上女作家创作的繁盛，借鉴女性主义文学批评方法研讨女作家作品成为潮流，形成了女性文学研究的热潮。这股潮流迄今已有近 40 年。研究中显示出的正负效应是明显的，正的方面是大大提高了女性作家作品的地位和影响力，使文学中的女性研究成为我国整个性别文化事业的重要组成部分。不足之处是女性文学研究形成了某种单就女性论女性的倾向，出现了一种惯于在女作家作品中挖掘女性意识的封闭狭隘的弊端，由此也使丰富多彩的文学世界成为女性主义政治意识形态的某种注脚。这种狭隘化倾向在女性文学研究界引起了有识者的警惕、审视和反思。十余年前，在 2005 年 10 月河南开封和洛阳召开的"第七届中国女性文学学术研讨会暨中国当代文学研究会女性文学委员会成立十周年纪念会"上，就有女性文学研究专家、学者发出呼吁，性别才是女性文学研究的关键词（刘思谦），研究者要努力培养宽广的胸怀、恢宏的气度，应积极探索复合的视角、多样的方法，要以热爱学术、求真务实的精神进行创造（乔以钢）[1]，女性文学研究从理论上发

---

[1] 刘思谦：《性别：女性文学研究关键词》；乔以钢：《胸襟·视角·心态：近十年女性文学研究反思》。载"第七届中国女性文学学术研讨会暨中国当代文学研究会女性文学委员会成立十周年纪念会"论文集（上）。

生了从女性到性别的转移。然而在文学批评界，对女作家作品的研究也即女性文学研究依然是我国文学与性别问题研究中的主流。

其实仅就"性别"包含自然生理性别和社会文化性别两个层次看，就可以发现一个作家的生理性别身份与社会性别观念意识之间构成关系的复杂性，虽然身为女性或男性，一般都带有自身性别的意识，因此有"天生是个女人"的说法。但是很多时候，两者之间并不必然是对应的，女作家不一定就站在女性的立场为女性说话，比如汉代班昭的《女诫》，男作家也不一定都是男性中心主义者，否则无法理解鲁迅的《祝福》这样对女性致以深切同情的作品。因此现实生活中的性别是一个复杂的存在，而在小说这样一个经过作家叙述出来的既有生活来源又超越了现实生活的精彩纷呈的艺术作品中，文学的性别表现就更为繁复多样。本书想做的就是探讨、阐释小说中叙事与性别之间会呈现出怎样的关系和面貌的问题。

做这件事的开头首先要确定讨论对象的范围。如前所述，小说在古今中外文学中皆有，是否所有的小说都要进入笔者的视野？本书不是类似小说概论的著作，可以将古今中外的小说都纳入研讨的囊袋中，然后总结出某种放之四海而皆准的小说原理。本书主要讨论的是中国小说，而从性别视角检视，中国女作家创作的小说出现较晚（第一章将论及），与现代意义上的中国女性文学浮出历史地表相一致，女性小说大量出现是在"五四"新文化运动之后，也就是中国现代文学之门开启之时，因此本书的研讨对象将集中于现代、当代文学阶段的小说文本。

对象范围确定之后，便是思路的确定问题。文学活动中的性别表现主要从三个方面体现出来，一是创作者的性别，作者是女性作家还是男性作家？她（他）具有怎样的性别意识？二是文学作品文本中的人物形象的性别，是否以女性人物为主人公？这个主人公是否具有女性自我主体意识？三是作为阅读者的性别，接受者是女性读者还是男性读者。在这三个方面中，笔者以为最重要的是第一方面，即创作者的性别。作者的生理性别身份和社会性别观念意识相互交叉缠绕扭结，再通过繁复多样的叙述技巧加以传达，会在文学作品中呈现出精彩纷呈、丰富复杂的审美艺术形态。沿着这样的实际状况，本书的讨论将以这样的思路展开：在中国现当代小说中，女性作家如何写女性自身？男性作家如何想象女性？置身于相同社会生活和文化语境之中的不同性别的作家，包括男性作家和女性作家，在面对相同或相似的题材时，他与她的处理会呈现出怎样的差异？相同的社会环境与文化语境，会在他和她之间的小说文本中打下怎样的烙印？不同性别的作家为什么会这样写或那样写？造成这种差异的表层和深层原因何在？对这些问题的回答和探讨将构成本书的主体，不过回答需要通过对一个个具体作家的具体文本的解读和阐释分析中呈现出来。

本书不是一般意义上的女性文学研究，研究对象不仅包含女作家创作，也将把男作家创作纳入讨论范围，就如琼·W. 斯科特指出的："对男女两性的界定是互为参照的，所以不可能将男女两性完全分开进行研究。"① 文学中的性别研究不但是对女性作家作品的研究，而应该基于社会性别观念意识来展开。社会性别而非生理性别才是本书的立论之基和立足之点。

总而言之，本书将以中国现当代文学史中女性作家和男性作家创作的小说文本（非全部）为对象，采用多种文学批评理论相融合而又以社会性别理论和女性主义叙事学为主导的批评方法，对中国现当代小说中叙事与性别的关系进行阐释和讨论，意图打通文学研究中内部研究和外部研究的通道，以期达到对既有的中国现当代文学创作进行某种把握，并对中国当代文学创作和理论有所助益的目的。

---

① 琼·W. 斯科特：《性别：历史分析中的一个有效范畴》，[美] 佩吉·麦克拉肯主编，艾晓明、柯倩婷副主编《女权主义理论读本》，广西师范大学出版社 2007 年版，第 168 页。

目 录

第一章 女性小说的叙事与性别（一） …………………………（1）
  第一节 中国女性小说的起点 ……………………………（1）
  第二节 女性小说中的"家"叙事 …………………………（5）
  第三节 女性小说中的内聚焦 ……………………………（21）
  小 结 ………………………………………………………（34）

第二章 女性小说的叙事与性别（二） …………………………（36）
  第一节 职业与婚姻的困境 ………………………………（36）
  第二节 女性解放中途点的迷思 …………………………（47）
  第三节 小城三月的忧伤 …………………………………（58）
  第四节 女性家族神话的虚实与真幻 ……………………（67）
  小 结 ………………………………………………………（80）

第三章 男性小说中的女性想象 …………………………………（82）
  第一节 茅盾早期小说中的性别修辞及意义 ……………（82）
  第二节 路遥小说的叙事与性别 …………………………（91）
  第三节 《白鹿原》的性别叙事与儒家伦理道德 ………（102）
  第四节 徐怀中《牵风记》的女体叙事 …………………（113）
  小 结 ………………………………………………………（124）

第四章 男女作家性别叙事比较 …………………………………（126）
  第一节 解放战争题材小说的叙事与性别 ………………（126）

第二节　爱情题材小说的性别叙事 …………………………（142）
　　小　结 ……………………………………………………………（152）

第五章　云南本土小说的性别叙事 ………………………………（154）
　　第一节　白山：民族战争中的女性命运 ……………………（154）
　　第二节　半夏：消费文化语境下的女性主体书写 …………（161）
　　第三节　汤世杰：纳西人情感世界的摹写与想象 …………（172）
　　小　结 ……………………………………………………………（180）

第六章　小说叙事异同的性别理论基础 …………………………（183）
　　第一节　性别与男女平等 ………………………………………（183）
　　第二节　关于"超性别意识"的思考 …………………………（191）
　　第三节　"女性文学"还是"性别文学" ………………………（200）
　　小　结 ……………………………………………………………（211）

参考文献 ………………………………………………………………（213）

后　记 …………………………………………………………………（219）

第 一 章

女性小说的叙事与性别(一)

"女性小说"并非一个不言自明的概念,它既可以指"女性写的小说",写作者是女性;也可以指"写女性的小说",文本的表现对象是女性,而不管写作者的性别如何。本书所指的女性小说是第一类,即女性作者创作的小说。中国女性作者创作的小说起于何时?在女性小说创作的发展历程中,什么样的主题、题材惯常出现于其中?在叙述话语技巧上,女作家们又习惯于采用怎样的方式?这是本章将讨论的主要问题。

第一节 中国女性小说的起点

中国女性作家写小说起于何时?

在整个中国文学(文化)的历史中,女性作者的身影是有一定数量的,胡文楷《历代妇女著作考》中收录的女性著述"自汉魏以迄近代,凡得四千余家"[1],仅是有清一代,即"考录作者3600余人"[2],其中大多是诗文作者。然而在主流中国文学史中,进入编写者视野的大多是男性作者及其创作,整个文学史基本是一部男性文学史,女性作家只是点缀。对文学史中女作者创作的情况,谭正璧的《中国女性的文学

---

[1] 胡文楷编著,张宏生等增订:《历代妇女著作考》(增订本),上海古籍出版社2008年版,第6页。
[2] 胡文楷编著,张宏生等增订:《历代妇女著作考》(增订本),上海古籍出版社2008年版,第1204页。

生活》①中已有发掘。不过其中列到的基本是女诗人、词人，在最后第七章"通俗小说与弹词"中，谭正璧有"女性作家独喜创作弹词"②之语，论到清代女性弹词繁盛的局面。"弹词是明清以来江南一带——尤其是吴语区——流行的说唱曲艺，至今仍极有活力。"③弹词原初是一种表演形式，在进一步的发展中，出现了刊刻弹词的现象，刊刻的弹词中逐渐出现并不注重表演性的拟作——案头作品，也就是弹词小说。弹词的发展历程与说话有类似之处，说话开始只是表演形式，后来逐渐走向了有话本和拟话本的案头作品的创作。弹词小说一般篇幅很长，是女性作者写的女性故事。弹词小说的研究者主要有鲍震培和胡晓真等。鲍震培的《清代女作家弹词小说论稿》④将清代女性弹词小说置于中国传统性别文化的深广背景中，通过对弹词小说的系统梳理，阐述了女性弹词小说的写作特点。胡晓真的《才女彻夜未眠：近代中国女性叙事文学的兴起》则以"书写、出版与自我"和"世代、变局与超越"两大内容板块探讨女性叙事文学的兴起问题。两位学者讨论的侧重点不尽相同，但得出的结论是相似的：中国女性叙事传统的建立是在清代，地域范围主要在江南，文类是弹词小说。据此可以得出清代是中国女性叙事文学建立的起点的结论。⑤

鲍震培和胡晓真的著作讨论了弹词小说，但是并没有明确指出何为中国女性小说的第一家、第一部。1989 年，学者赵伯陶发表《〈红楼梦影〉的作者及其他》一文探讨了《红楼梦影》的作者问题。《红楼梦影》是《红楼梦》的三十余种续书之一，校印于清光绪丁丑年（1877）。赵伯陶认为《红楼梦影》的署名作者云槎外史是"清季著名女词人太清"，

---

① 谭正璧此书初版于 1930 年，而后几次再版，标题先后有《中国女性的文学生活》《中国女性文学史》《中国女性文学史话》的变化，内容也有增删。2001 年 1 月第 2 版书题为《中国女性文学史》，由天津百花文艺出版社出版。

② 谭正璧：《中国女性文学史》，百花文艺出版社 2001 年版，第 348 页。

③ 胡晓真：《才女彻夜未眠：近代中国女性叙事文学的兴起》，北京大学出版社 2008 年版，第 4 页。

④ 鲍震培：《清代女作家弹词小说论稿》，天津社会科学院出版社 2002 年版。

⑤ 鲍震培：《中国女性文学叙事传统的建立——清代女作家弹词小说创作回眸》，《天津大学学报》2002 年第 4 期。胡晓真著作的副标题"近代中国女性叙事文学的兴起"也包含这种意指。

而为《红楼梦影》撰序的西湖散人"亦非等闲之人,乃是作者闺中密友,清季才女沈善宝"。① 赵伯陶的结论是通过对《红楼梦影》作者的家世生平,太清词的流传与《红楼梦影》的写作以及《红楼梦影》的内容三个部分的考证得出的。赵文的本意主要是证明《红楼梦影》的真实作者是谁,只在结尾处的表述与性别议题沾了点边:"《红楼梦影》的作者是清季著名的女词人太清,可能也是诸多续书作者中的唯一女性,这部小说……对于研究……清末封建贵族家庭妇女的生活,也有着不容忽视的参考价值。"② 之后,一位研究满族文学并特别专注于顾太清其人其作的学者张菊玲,1994年到日本讲学时查阅到日本汉学家内藤湖南的藏书《天游阁集》原抄足本,经过考证,得出中国第一位女性小说家是顾太清(顾春,1799—1877)的结论。③ 张菊玲认为,顾太清创作的《红楼梦影》是中国第一部女性小说。又过几年,专门研究中国小说与女性关系的美国学者魏爱莲(Ellen Widmer)在《美人与书:19世纪中国的女性与小说》中作了更细致绵密更具功力的考察论证,证明了顾太清的作为《红楼梦》众多续书之一种的《红楼梦影》确是中国历史上第一部由女性作家创作的小说。④

近些年,对中国女性小说起点的研究已有多人涉及,其中研究成果较突出的是青年学者马勤勤。马勤勤是魏爱莲《美人与书:19世纪中国的女性与小说》的翻译者,发表了一系列探讨近代中国女性小说的论著,如专著《隐蔽的风景:清末民初女性小说创作研究》⑤,论文《晚清女报与近代中国女性小说创作的发生——以〈女子世界〉为观察中心》⑥、《女报与近代中国女性小说创作的发生——以发刊词和征文广告

---

① 赵伯陶:《〈红楼梦影〉的作者及其他》,《红楼梦学刊》1989年第三辑,第243页。
② 赵伯陶:《〈红楼梦影〉的作者及其他》,《红楼梦学刊》1989年第三辑,第251页。
③ 张菊玲:《旷代才女顾太清》,北京出版社2002年版,第165—184页。
④ 参见[美]魏爱莲《美人与书:19世纪中国的女性与小说》第二部分《作为小说作者和形塑者的女性》,马勤勤译,北京大学出版社2015年版,第161—248页。
⑤ 马勤勤:《隐蔽的风景:清末民初女性小说创作研究》,南开大学出版社2016年版。
⑥ 马勤勤:《晚清女报与近代中国女性小说创作的发生——以〈女子世界〉为观察中心》,《云南大学学报》2018年第6期。

为中心》①和《翻译的传说：清末民初西方女小说家的中国之旅》②等。马勤勤的研究以史料见长，在占有比较丰富翔实资料的基础上，力图还原历史场景，回到清末民初的现场，考察具有现代意义的以小说体裁为主要代表的中国女性文学在浮出历史地表之前的各种历史"浮力"因素。③如以《女子世界》这一"首创'小说'栏的女性报刊"为例，马勤勤统计考察其刊出的13篇小说中有5篇出自"女性"作者，进一步辨析后认为这些"女性"是男性作者假托女性身份的"男子作闺音"之举，此举虽然不能表明真正意义上的女性小说的出现，但是"男假女名"的"女作者"的现身，"在一定程度上赋予了中国女性写小说的权力"④，为真正意义上的女性小说的出现创造了条件，是"五四"新文化运动中女性浮出历史地表的一种重要的历史前动力因素。

从以上的大致梳理可以看出，我国文学史中占主流的是男性作家的创作，虽然也不乏以卓文君、蔡文姬、薛涛、李清照、朱淑真等为代表的女诗（词）人，但毕竟是少数。而女性小说在文学史上出现更晚。只是有清一代，在江南出现了弹词小说这种以接受主体和创作主体都主要为女性的文类，才构成我国女性叙事文学传统建立的起点。女性弹词小说的数量规模和其具有的女性性别特征，使我国的女性叙事性文学提早了很多年，具有较强的女性文学史意义。然而仔细考量，弹词小说的地域性比较强，基本限于江南地区，因此其影响是有限的。而且弹词的韵文形式对叙事的顺畅表达也有一定的局限。与弹词小说的韵文形式不同的是，《红楼梦影》是章回小说。以现代小说的观念来检视，《红楼梦影》显示出了叙事上的优越，因为小说除了叙事性和虚构性之外，还具有散文（散体文）性。⑤与要求押韵的韵文相比，散体文更自由自在，

---

① 马勤勤：《女报与近代中国女性小说创作的发生——以发刊词和征文广告为中心》，《中国现代文学研究丛刊》2016年第5期。
② 马勤勤：《翻译的传说：清末民初西方女小说家的中国之旅》，《南京师范大学文学院学报》2019年第1期。
③ 马勤勤：《晚清女报与近代中国女性小说创作的发生——以〈女子世界〉为观察中心》，《云南大学学报》2018年第6期。
④ 马勤勤：《晚清女报与近代中国女性小说创作的发生——以〈女子世界〉为观察中心》，《云南大学学报》2018年第6期。
⑤ 马振方：《小说艺术论》，北京大学出版社1999年版，第10页。

更便于叙事。研究近代女性文学的学者薛海燕也认为弹词和小说"一为韵文体，一为散文体，毕竟还不能等同"。[①] 马勤勤也是从散体小说的现代意义上来确定女性小说的概念内涵的。[②] 因此，如果说弹词小说可以称为广义的女性小说，狭义的第一部女性小说目前看则是清代顾太清的《红楼梦影》。而不管广义还是狭义的女性小说都出现于清代，清代是中国女性小说的起点。不能排除将来会有新的研究资料的发现，但目前限于笔者目力所及的研究暂且如此。

第二节 女性小说中的"家"叙事

粗疏考察中国现当代女性小说从"五四"新文化运动至今的发展历程，可以看到女性小说创作取得了巨大的成就，而细读女性小说文本，则可以发现中国女性小说的叙事在某种程度上形成了一定的审美特征。上一节梳理的是中国女性小说的开端问题，顾太清的《红楼梦影》是到目前为止已知最早的女性小说文本，支持这一观点的重要理由是其散体文性。其实还可以进一步考量，相较于采用韵文语言形式的弹词小说，《红楼梦影》在与现当代女性小说的接续上似乎显得更为顺畅。《红楼梦影》凡24回，第一回接续《红楼梦》第一百二十回的线索，讲述贾家又由衰颓而重振的故事。第四回"王夫人含饴弄孙 史湘云遗孤诞女"讲的是贾宝玉之妻薛宝钗生下儿子[③]，差不多同时史湘云诞下女儿[④]；第九回"劝扶正凤姐怜夫 因积德平儿生子"中，已逝的王熙凤带着尤二姐托梦给贾琏送来儿子，有孕的平儿当夜诞下苓儿，苓儿满月时平儿被扶正为琏二奶奶[⑤]。魏爱莲认为与《红楼梦》众多续书相较，《红楼梦影》对"生产和育儿"这些"男性作者不怎么谈到或是禁谈的事件"

[①] 薛海燕：《近代女性文学研究》，中国社会科学出版社2004年版，第174页。
[②] 马勤勤：《晚清女报与近代中国女性小说创作的发生——以〈女子世界〉为观察中心》，《云南大学学报》2018年第6期。
[③] （清）云槎外史：《红楼梦影》，北京大学出版社1988年版，第24页。
[④] （清）云槎外史：《红楼梦影》，北京大学出版社1988年版，第27页。
[⑤] （清）云槎外史：《红楼梦影》，北京大学出版社1988年版，第66—70页。

的叙写，显示了该文本"有着更加独特的女性视角"。① 笔者以为这种女性视角也开启了中国女性小说的一种书写母题，即关于"家"的叙事传统。从文学具有现代性的意义看，中国大量女性小说的出现是在"五四"新文化运动之后。从现代到当代时期的众多女性小说中形成了一些母题。何谓母题？在惯常的使用中，"母题"是一个容易与"主题"相混淆的概念。二者既相联系又有区别。"母题"是英文 Motif 或 Motive 的音译，是一个大于主题的概念，通常指的是"促使作品浑然一体的那些不断出现的意象、语词、物体、短语和行为"②，具体地说，它可以指题材、主题，也可以指故事情节、原型等，不管指的是什么，理解母题的关键在于"一再（反复）出现"。中国女性小说中的书写母题不在少数，"家"就是女性小说中反复出现的一个叙事母题。

"家"的基本含义是家庭，在此基础上衍生出家族、家国等意指。本节就从故事层面看一看"家"母题的具体表现。

一

旧式"家庭"牢笼中的女性境遇是女性作家创作的小说经常出现的表现对象。对家庭的书写是中国女性小说中的重要内容，"家庭对女性生活的意义远远大于对男性生活的意义"③，原因主要在于中国传统性别文化的惯性力量，"夫受命于朝，妻受命于家"④ 是千百年来形成的一种社会性别观念，也是积淀在民族心理的一种集体无意识。女作家笔下的家庭主要是通过家庭中的女性形象的生存境况来体现的，而现代时期家庭中的女性大多数又生存在一片黑暗之中，凌叔华和张爱玲无疑是这一幅黑暗图景的杰出描画者。

---

① ［美］魏爱莲：《美人与书：19世纪中国的女性与小说》，马勤勤译，北京大学出版社 2015 年版，第 183 页。
② 林骧华主编：《西方文学批评术语辞典》，上海社会科学院出版社 1989 年版，第 238 页。
③ 孟悦、戴锦华：《浮出历史地表：现代妇女文学研究》，中国人民大学出版社 2004 年版，第 5 页。
④ （汉）刘熙：《释名·释亲属》，丛书集成初编本，中华书局 1985 年版，第 49 页。

中国现代女作家中，以短篇小说的形式集中笔力描画家庭中各个年龄段的女性形象，艺术成就者超过凌叔华的屈指可数，其小说文本可谓陈列了一系列中国传统社会女性社会性别角色的人物形象画廊。所谓女性社会性别角色，指的是女性在社会生活中所占据的位置。就老旧的中国而言，女子从小到大都是生活在家庭之中的：出嫁前是父亲的女儿，出了嫁是丈夫的妻子，老了是儿子的母亲。在这一女性形象系列中，既有已为人母的母亲，已为人妻的太太，又有未出阁的女儿们。其中妻、母的形象尤引人注目。《太太》中的太太一天到晚忙着打牌，冬天女儿的棉鞋和儿子在学堂上操的操衣没买也不管，为应付牌桌的输赢，太太叫仆人去当了丈夫的狐皮袍子和火爪马褂，而这正是丈夫要穿了去参加单位里新任局长母亲的祝寿宴席的，这一应酬是丈夫保住饭碗的重要活动。最后仆人典当了衣服，拿到钱的太太依然没顾儿女，坐上洋车打牌去了。《中秋晚》开头是一片祥和的气氛，婚后的第一个中秋节，丈夫敬仁预备和因为喜悦而显得美丽的夫人一同喝酒，吃团圆宴。突然接到敬仁的干姐姐即将咽气的报信，太太要敬仁吃过团鸭再走，耽搁几分钟后的丈夫没有见上干姐姐最后一面，夫妻间因此大闹，敬仁从此冷淡妻子在外游荡，开的杂货铺第二年就典当给别人。第四年的中秋晚，敬仁不知所踪，房子里已结满蜘蛛网且属于别人，太太只能由娘家接回。《有福气的人》章老太太已经69岁了，还是夫妇双全，七个儿女都已经完成娶嫁，儿孙满堂，马上要当曾祖母。老太太从年轻时从未忧过柴米，皮肤细腻，衣饰光鲜。老太太贤惠持重，对丈夫的两个姨太太从不争风吃醋，公婆夸其深明大义。丈夫敬服，儿女孝顺，是第一个有福气的人。特别是四个儿子媳妇会孝敬她，活脱脱又一个《红楼梦》贾府中的贾母老太君形象，然而这个有福气的人做生日后第三天偶然听到两场谈话，才知道原来几个媳妇想法讨巧她只是为了她富足的妆奁私储。老太太有福气吗？叙述者没有指出，只是把答案留给了读者。全篇基本由对话构成的《送车》中的太太们沉浸在一片家长里短、飞短流长中。

自然，凌叔华的小说不仅仅写了旧式家庭中女性黯淡的生存图景，作为燕京大学外文系的高才生，凌叔华对英文、法文和日文均有修习，在大学期间广读外文作品，1926年大学毕业获得文学学士学位并获金钥匙奖。这一奖项三年前同校的学姐冰心也曾获得。大学毕业后凌叔华与北京大学英文系教授陈西滢结婚，二人组成的是那个时代典型的青年知识分子家庭。因此凌叔华的笔下又有新式家庭有知识的开放活泼的青年主妇的心理展示，1925年的成名作、短篇小说《酒后》就大胆地袒露了年轻主妇采苕对家里的客人，醉卧在客厅沙发的朋友子仪的潜意识心理，并对丈夫提出了一刹那的"非分之想"——kiss一下子仪。类似的作品还有《花之寺》《绮霞》《再见》等，这些作品显示出了凌叔华善于摹写女性心理的杰出才能，也表明凌叔华不仅善于展示旧式家庭，也洞悉新式家庭中的年轻知识主妇的心理世界。对女性心理的描写是凌叔华小说最突出的特征。由于凌叔华出生于三妻四妾的旧式大家庭，父亲先后娶有六位夫人，她对旧式家庭非常熟悉。从小学习中国画使她更多地受到中国传统文化的濡染，所以她的小说里书写的更多的是旧式家庭及其中的女性人物形象，小说处女作《女儿身世太凄凉》写的就是两个表姐妹对自己黯淡婚姻的不满和忧伤。名篇《绣枕》通过深闺中的旧式大家中的小姐对爱情的向往却遭践踏的描画，展示了女性的悲惨境遇，"绣枕"就是一个象征意象，是女性命运的象征。凌叔华后来与英国女作家弗吉尼亚·伍尔夫通信，伍尔夫对她写自己熟悉的生活的建议更坚定了她的写作路径，《古韵》(《古歌集》)就是凌叔华与伍尔夫通信后的产物。对于凌叔华，夏志清的《中国现代小说史》中将其与庐隐、陈衡哲、冯沅君、苏雪林比较后认为："在创造的才能上，这些人都比不上凌叔华。"夏志清进一步将其与冰心比较："和冰心一样，她一开始就显示出一种较成熟的感性和敏锐的心理观察，潜力也比冰心大。""作为一个敏锐的观察者，观察在一个过渡时期中中国妇女的挫折与悲惨遭遇，她却是不亚于任何作家的。整个说起来，她的成就高于冰心。"①钱理群、温儒敏、吴福辉的《中国现代文学三十年》中概括第一个十年的小说成就时指出："短篇小说现代文体的形成是中国小说现代化的标志。……心理描写在小说中作为新的技巧开始广泛流行，女性作家凌叔华的《酒后》、《绣枕》，就是当时心理小说的名篇"②，将凌叔华驾驭短

---

① [美]夏志清：《中国现代小说史》，刘绍铭等译，复旦大学出版社2005年版，第57、61页。

② 钱理群、温儒敏、吴福辉：《中国现代文学三十年》(修订本)，北京大学出版社1998年版，第82页。

篇小说的艺术技巧成就纳入主流现代文学史中加以定位。

女性在家庭中的情形，我们在张爱玲的笔下能看到更入木三分的展示。张爱玲小说的最大特点是以都市（上海、香港）生活场景和现实中的家庭婚姻生活为关注点，集中力量摹写了在这些场景中穿行游走的女性。《金锁记》是大家耳熟能详的一个小说文本，主人公曹七巧被香港浸会大学林幸谦称为"铁闺阁与双重人格的儒家疯女"。[1] 再来看看《留情》。淳于敦凤出生于大商家，十六岁出嫁，二十三岁死了丈夫，守了十多年寡后在三十六岁时嫁给了五十九岁的米先生做姨太太。米先生一般就留在敦凤公馆。这次大太太生病至生命垂危，米先生想去看，敦凤潜意识里不愿意米先生去，但表面又不明确反对。小说展现的就是有一天米先生欲去看大太太时敦凤的应对以及米先生对这一应对的反应的场景。作品中置于前景的是敦凤和米先生，大太太着墨不多，还是通过米先生的回忆眼光来写的：

> 这些年来他很少同她在一起，就连过去要好的时候，日子也过得仓促糊涂，只记得一趟趟的吵架，没什么值得纪念的快乐的回忆，然而还是那些年青痛苦，仓皇的岁月，真正触到了他的心，使他现在想起来，飞灰似的霏微的雨与冬天都走到他眼睛里面去，眼睛鼻子里有涕泪的酸楚。[2]

大太太当年是米先生留洋的同学，年轻时也算是摩登女性，然而，现在的她已经处于弱势位置，只能在背景中存在。连米先生要去看她，都要受到年轻的姨太太的讥消，哪怕这姨太太本身也已不是初婚女子。大太太的命运让人揪心，而她的命运正是那一时代家庭中的女性生命历程的一份生动存照。

张爱玲作品的总基调是苍凉——苍茫、荒凉，叙写人生、人性的悲剧。而在这种苍凉的人生场景中，唱主角的都是女性人物形象。除曹七

---

[1] 林幸谦：《荒野中的女体·张爱玲女性主义批评Ⅰ》，广西师范大学出版社2003年版，第127页。
[2] 金宏达、于青编：《张爱玲文集》第一卷，安徽文艺出版社1992年版，第196页。

巧和淳于敦凤外，尚有《心经》里的许小寒母女，《倾城之恋》里的白流苏，《小艾》中的席五太太，《红玫瑰与白玫瑰》里的王娇蕊、孟烟鹂，《琉璃瓦》中的姚太太，《连环套》中的霓喜，《多少恨》中的虞家茵，《创世纪》中的潆珠，《十八春》中的顾曼璐、顾曼桢，等等。这些女性全是悲剧人物，"一级一级，走进没有光的所在"①，是一群生活在黑暗中的人物。白流苏的结局似乎有点亮色，但也只是人生的无常、城市的陷落才成全了她的爱情和婚姻，然而她的爱情也只是为了生存下去，并没有摆脱"女结婚员"的命运。

评论家李子云对此曾说："张爱玲百无禁忌地写了一群从来没有在新文学作品中唱过主角的女人。她们是十里洋场上的没落的半商半宦人家的小姐和奶奶们。"②《小艾》中的席五太太在一年年又像寡妇又像弃妇的不确定身份中终了自己的生命。《茉莉香片》中的冯碧落变成了"绣在屏风上的鸟——悒郁的紫色缎子屏风上，织金云朵里的一只白鸟。年深月久了，羽毛暗了，霉了，给虫蛀了，死也还死在屏风上"③。

旧式家庭中的女性有太多的不幸，因而走出家庭，冲破家庭的牢笼成为20世纪上半叶中国女性的强烈呼声。现代女作家们自身就是这种呼声的身体力行者，冯沅君从河南走向北京，丁玲从湖南走向上海，萧红从东北南下走上了长长的漂泊之路……她们都是些勇敢坚毅、义无反顾的"娜拉"④，虽然"娜拉"们出走时尚不明确自己的路在何方，只看见前方有希望的曙光在闪耀。

二

"家族"回忆中女性谱系的梳理是女性小说中的又一个特征。"女性谱系"（genealogy of woman）是来源于西方女性主义理论的一个概念，由法国女性主义理论家露西·伊瑞格瑞提出，其理论要义在于"主张重

---

① 金宏达、于青编：《张爱玲文集》第二卷，安徽文艺出版社1992年版，第123页。
② 李子云：《废墟上的罂粟花》，《文学报》1995年9月21日。
③ 金宏达、于青编：《张爱玲文集》第一卷，安徽文艺出版社1992年版，第54页。
④ 刘思谦：《"娜拉"言说——中国现代女作家心路纪程》，上海文艺出版社1993年版。

建类似于前俄狄浦斯阶段母女亲情的新型女性关系"。① 这一理论一反父权制将女人视为客体的观念，强调母女（可以推及代代女性）间的性别认同，女人们不再是客体，而是一种代代相传的主体与主体之间的新型关系。在中国文学史总体上叙事文学不占主流的格局中，男性作家对小家庭的书写不能说没有，但是确实较少，清代沈复（沈三白）的《浮生六记》、冒襄（冒辟疆）的《影梅庵忆语》、陈裴之的《香畹楼忆语》和蒋坦的《秋灯琐忆》则是其中的代表。这是清朝四大闲书，都是有关家庭题材的，写的都是作者自己亲身经历的家事，尤其写到了自己的妻妾：《浮生六记》中的芸和《秋灯琐忆》中的秋芙是妻，《影梅庵忆语》和《香畹楼忆语》中的董小宛和紫姬是妾。文中呈现出男性作者对各自家庭生活的热爱迷恋和对各自妻妾的深情厚谊。1935 年林语堂曾将《浮生六记》翻译成英文并作了自序，对其中的女性形象和夫妻情深给予高度赞美："芸，我想，是中国文学中最可爱的女人。……在这故事中，我仿佛看到中国处世哲学的精华，在两位恰巧成为夫妇的生平上表现出来。"② 陈寅恪对《浮生六记》的评价突出了其题材的文学史意义："吾国文学，自来以礼法顾忌之故，不敢多言男女间关系，而于正式男女关系如夫妇者，尤少涉及。盖闺房燕昵之情意，家庭米盐之琐屑，大抵不列于篇章。惟以笼统之词，概括言之而已。此后来沈三白《浮生六记》之《闺房记乐》，所以为例外创作。"③ 这几部作品虽然不是小说，但是由于叙事性较强，这里也可以和女性作家写家庭的小说对等来看。如果说写"家庭"不是男性作家的强项，那么在"家族"叙事上，男作家就不再示弱。家族就是扩展版的家庭，但是远比家庭复杂得多。"家族"指的是"具有共同利益的、建立在血统、世族之上的，或由血缘、婚姻联盟而结合在一起的宗族"。④ 曹雪芹的《红楼梦》自不待言，在

---

① 柏棣主编：《西方女性主义文学理论》，广西师范大学出版社 2007 年版，第 36 页。
② （清）沈复著，唐昱编著：《浮生六记》（外三种），长江文艺出版社 2012 年版，第 211—212 页。
③ （清）沈复著，唐昱编著：《浮生六记》（外三种），长江文艺出版社 2012 年版，封底文字。
④ 白佩兰：《危急中的家庭：1920—1940 年中国知识分子论家庭》，见李小江、朱虹、董秀玉主编《性别与中国》，生活·读书·新知三联书店 1994 年版，第 49 页。

现代文学史上，就有巴金的《激流三部曲》这样的鸿篇巨制，还有路翎《财主底儿女们》等文本。在浮出历史地表的"五四"新文化运动及现代时期，女作家在家族小说的创作上还不见多少作品，但进入当代文学新时期，尤其是20世纪90年代以来，出现了一股女作家写作家族小说的潮流，涌现出如王安忆《纪实和虚构》（《收获》1993年第2期）[①]、蒋韵《栎树的囚徒》（《花城》1996年第5期）、赵玫《我们家族的女人》（春风文艺出版社1998年版）、徐小斌《羽蛇》（《花城》1998年第5期）、张洁《无字》（三卷本）（北京十月文艺出版社2002年版）等一大批家族小说。下面以蒋韵的《栎树的囚徒》来看女性家族小说的特征及对女性谱系的梳理。

和一般的家族小说一样，《栎树的囚徒》的故事要从最主要的男性家长讲起，因为一个家族好比一棵大树，构成这棵大树主干的是一个男性家长，这位男性家长似乎是家族的根基。《栎树的囚徒》中的男性家长是范福生。18岁时的范福生是一个失怙的樵夫，和寡母生活在贫穷的山区，原本只想过安分的日子。一次打柴到镇里卖，去富亲戚家讨水喝，被亲戚用猫喝水的脏碗对待，遭受刺激，范福生因此走上了打家劫舍的绿林刀客的道路。范福生在多年的戎马生涯中，身份也一再变化，从绿林刀客变为辛亥革命的义军，又从义军蜕变为北洋军阀里的一个标统，再从一名标统擢升为某军军长。做刀客土匪时，一天在家乡叫河镇的集市上范福生遭遇山里的姑娘段金钗，金钗后被抢去做了压寨夫人。虽然是抢，范福生和段金钗却也是英雄美人间的一见钟情。但是在外的范福生终归没有抵过流俗，"酒后纵情，走一个地方，弄出一桩风流韵事"，除金钗之外又纳了多房小妾，等范家终于在沃城朴园落户结束动荡的日子时，"他已经是五个女人共同拥有的财富"。[②]

范福生自然是文本的中心人物，是他的存在才派生出了其他的女性人物，但是仔细读来，可以发现在《栎树的囚徒》中，这个中心人物是一个没有光彩的黯淡存在，熠熠生辉乃至发出灿烂光芒的是范氏家族的

[①] 王安忆发表于《收获》1993年第2期的《纪实和虚构》，在随后由人民文学出版社同年出版单行本时改为《纪实与虚构》，后者成为该作的通行标题。

[②] 蒋韵：《栎树的囚徒》，《花城》1996年第5期。

女人们。范福生的母亲陈桂花，发妻段金钗，金钗死后的续弦关莨玉，儿媳贺莲东，女儿范苏柳、芬子，孙女儿范悯生，外孙女儿天菊，等等。范家的家族历史是通过一个个受限制的"我"的眼光一点一点讲述出来的，而叙事者"我"分别由天菊、苏柳、贺莲东、苏柳、天菊依次承担，构成一个循环的圆圈，最后"尾声"由一个"漫游者"的全知叙事者点题，以天菊流浪到国外的结局收尾。全书用第一人称内聚焦和第三人称零聚焦相结合而又以第一人称为主的叙事方式展开，从清末开始，经军阀混战、国民革命，再经中华人民共和国成立后的"文化大革命"到改革开放，故事背景影影绰绰，比较模糊，置于前景的是女人们的幽微心理情感世界和她们自杀或被杀的悲剧命运。小说中首先浓墨重彩描画的是范福生的母亲陈桂花，由苏柳之口说出："在我沉睡时，一双眼睛常常凝视着我蝴蝶般梦游的灵魂，那是我夜空中最明亮的一颗星星，皎洁如月，晶莹欲滴。那是我们的眼睛，我们，包括父亲，我们家眼睛的源头来自一个共同的女人，它穿过迢迢岁月抵达我的梦中时，我们幽明两隔的相望无比恬静。"[1] 那是祖母陈桂花的眼睛。陈桂花在提督大人来围剿儿子时，宁死不屈，被提督挑瞎了双眼并押回县城，她识破提督把自己当作钓饵的诡计，纵身跳入了伊河："目不识丁的祖母，土地一样肥沃拙朴的祖母，在她生命的最后刹那大彻大悟脱颖而出，使自由的飞翔成为生命最美丽的形态和图腾。"[2] 读完全书，再反顾这两处对陈桂花的描述，我们读者会恍然悟到作家蒋韵的用心，《栎树的囚徒》是在做一项女性谱系的梳理工作，这个谱系是由陈桂花—段金钗、关莨玉—贺莲东、苏柳—天菊这样一代代传下来的。在范家家族的大树上，树干笔直挺立，威风凛凛，这棵树干上的枝叶长得何其茂盛葳蕤。如果说范福生是那树干的话，那么支撑树干的根脉其实是范福生的母亲陈桂花，而一代代的女子就是那繁盛的枝叶。读者在为这些女子不幸命运感叹唏嘘的时候，如果拉开审美距离，又不禁为这幅女性形象谱系图而感动和迷恋。

蒋韵是一个特别富于才情的作家，她的小说抒情性很强，具有强烈

---

[1] 蒋韵：《栎树的囚徒》，《花城》1996年第5期。
[2] 蒋韵：《栎树的囚徒》，《花城》1996年第5期。

的主观性。《栎树的囚徒》作为长篇小说，在客观叙事的同时，一直保持了一种主观抒情的强劲张力，这是有相当难度的。任何作品的写作都很难摆脱互文性，《栎树的囚徒》中也显示出与曹雪芹《红楼梦》、鲁迅《狂人日记》、陈忠实《白鹿原》的互文性。朴园与大观园好有一比，对众多女性形象的关注以及女子悲凉命运的叙写就见出《红楼梦》的某种况味。第四章的"我"是苏柳第二次作为叙事者出现，这时的苏柳在监狱里关了十年，已经不复从前的傲气与清醒，有迫害妄想狂的心理，讲述中就显得思维不连贯，有些跳宕，这一特点又不由得使人想起《狂人日记》。同样作为20世纪90年代的家族小说，《栎树的囚徒》与《白鹿原》可作互文阅读，两部长篇的不同尤其显示出性别差异的深长意味，要而言之，《白鹿原》的叙述中心在讲述白嘉轩、鹿子霖等为代表的男性人物故事，塑造男性人物形象，以男性人物形象透视展现民族的心灵秘史，女人在其中只占据边缘地位，是男人的辅佐或者是祸水。绝色女子田小娥就宛若祸水，死后只能被压在六棱塔下，永世不得翻身。《白鹿原》的性别叙事将在第三章中有更细致的分析。

这种对女性谱系的梳理和叙写不仅出现在蒋韵笔下，也在王安忆、徐小斌、张洁的文本中频频出现。

王安忆《纪实与虚构》里，叙事这样开头："很久以来，我们在上海这城市里，都像是外来户。"为什么这样说，因为我们在这城市里"没有亲眷"，春节只能到"同志家中串门"；我们不讲上海话，而讲"一种南腔北调的普通话"；我们是"属于那一类打散在群众中间的'同志'"。[①] 因此我们在上海是孤独、自卑的。于是"我"——我们一个"同志"的后代——"产生了一种外来户的心情，好像她是硬挤进人家的地方似的。什么才是她的地方呢？"[②] 这个孩子开始追根溯源，探寻"我"的家族的历史。而这家族的书写由母亲开始，文本在序后第一章开始出现的是母亲，然后是母亲的姨母，第三是母亲的三娘娘。都是女性人物，家族神话的探寻是从母系进入的。叙事者"我"想梳理"我"家与上海这座城市的关系，对此文本里明确说："在我父亲那边，是别

---

① 王安忆：《纪实与虚构》，人民文学出版社1993年版，第1页。
② 王安忆：《纪实与虚构》，人民文学出版社1993年版，第3页。

指望有什么线索的,他来自很遥远的地方,为我与这城市的认同,帮不上一点忙。希望就寄托在我母亲身上了。"[1] 这是一部奇特的小说,小说重在虚构和想象,但是正如作品名称"纪实与虚构"所示,这部小说也重纪实。书写上海故事是王安忆小说总的内容,这部小说也如此。后边第二章有专门对《纪实与虚构》的细读,此不赘言。

徐小斌《羽蛇》通过对玄溟—若木—羽家族树形图中女性谱系的叙写,展示一代代母女之间"爱有多深恨就有多切"的"血缘的亲和力与杀伤力"。[2] 张洁的《无字》在恢宏广阔的视界中勾画出了墨荷—叶莲子—吴为—禅月这样一条女性谱系图线。《无字》的扉页上写着:"献给我的母亲张珊枝。"无独有偶,《栎树的囚徒》在《花城》杂志发表时的题记是:"谨以此作献给我最亲爱的祖母和外婆。"云南本土回族女作家白山表现云南滇西回族人抗战题材的家族小说《冷月》也有类似题词:"谨以此书,献给我敬爱的母亲。"[3] 对女性谱系的梳理也呈现出不同的倾向,《羽蛇》侧重解构母性神话,《无字》和《栎树的囚徒》则偏重歌颂描摹女性谱系的温暖和明亮,与男性世界形成一种对比。不管建构还是解构,女性小说对女性谱系的爬梳和描摹都倾注着女作家们无尽的心血和深情。

三

"家国"情怀是从古至今贯穿于文学创作中的一个母题,在现当代女性小说中也有突出的体现。由于性别文化历史的深层原因,女性作家们惯于在小说中写作自己熟悉的生活经验,如家庭婚姻情感题材,惯于塑造女性人物形象。但是随着中国现代化进程在晚清民初的渐次展开,女性解放思潮兴起,女性从私人空间逐渐走向公共空间,女性小说中就不再局限于对封闭家庭的书写,而是延伸到了家国层面,展示抒发现代女性的家国情怀。这种家国情怀在女性小说中从现代一直延伸到当代,

---

[1] 王安忆:《纪实与虚构》,人民文学出版社1993年版,第5页。
[2] 徐小斌:《我写〈羽蛇〉》,《羽蛇》,花城出版社2000年版,第2页。
[3] 白山:《冷月》,云南人民出版社2001年版,扉页题词。

而且与现实社会生活中女性地位的日益提高相应和，体现得越来越广泛和浓郁，发展到当代新时期，则是女小说家往往在长篇小说中进行一种宏大叙事。

如前所述，明清时期，我国江南一带就出现了一个才女文化现象①，到清代则涌现出了一大批用韵文形式创作的弹词小说。弹词小说的故事内容中就有好几部写到女主人公女扮男装进入男性外部世界，如《玉钏缘》（作者不明）、陈端生的《再生缘》、李桂玉的《榴花梦》和邱心如的《笔生花》，等等。这种"花木兰"式的文学想象是一种象征，寄托着弹词作家们欲走出家门，像男人一样纵横疆场、保家卫国或行走朝堂、治理国家的家国情怀。如果说，弹词小说还是古代文学中的少数，那么到"五四"新文化运动时期，则渐渐成为一种不绝的潮流。"五四"新文化运动是一场伟大的革命，现代意义上的女作家们以群体之势浮出历史地表。

冰心是被"五四"运动震上文坛的作家，她的小说处女作《两个家庭》（1919）通过两个家庭的对比，探寻主妇在一个家庭中的重要作用。从题目上看，似乎只是在写小家庭，但细读文本可看出其间的重大蕴含。从小说具体文本看，目睹这两个不同家庭的"我"，是如何注意到这个问题呢？原来"我"是一个女学生，有一天在学校听了李博士有关家庭与国家关系的讲座后，回家路过舅母家，在舅母家后院见到了邻居陈先生家凌乱的情形，才引出了两个家庭的对比。这是一篇典型的问题小说，年少的女学生思考的虽是两个具体的小家庭，却从小家庭延伸并上升到国家层面的大问题。后来的《斯人独憔悴》讲述的是"五四"时期父辈与子辈的冲突，冲突的原因在于父亲阻挠两个大学生儿子去参加反帝爱国运动，颖铭、颖石兄弟对国家民族怀抱忧患意识，而父亲化卿认为学生只应该在校园里安静读书。父亲把儿子召回关在家里，怀抱一腔爱国热情的儿子们只能在苦闷中吟咏杜甫《梦李白》中"冠盖满京华，斯人独憔悴"的诗句。长于写作短篇小说的丁玲，起步阶段主要有处女作《梦珂》和成名作《莎菲女士的日记》等，经过革命加恋爱的

---

① [美]高彦颐：《闺塾师：明末清初江南的才女文化》，李志生译，江苏人民出版社2005年版。

《韦护》的过渡，到延安时期又继续创作。《我在霞村的时候》叙写了抗日战争时期霞村一个叫贞贞的姑娘的故事。贞贞被日本鬼子扫荡时抓走，不幸沦为日军慰安妇。在患病后回到霞村，遭遇到霞村乡亲尤其是妇女们的歧视，将其视为被鬼子糟蹋过的不洁之人。这个小说揭示了战争中女性面临的民族压迫和性别压迫的冷酷真相，昭示着妇女解放的艰难。贞贞没有被压倒，准备离开霞村，到一个没有认识自己的人的新地方开始新的生活。贞贞与传统糟粕抗争的力量很大程度上来自她在沦为日军慰安妇期间，成为我方的情报员，以一个女子的微弱之躯，参与了民族国家的正义之战。萧红的《生死场》作为"奴隶丛书"之一，是鲁迅先生自费出版的。鲁迅先生为其作序，胡风写了后记。在《生死场》的接受过程中，曾经有论者从女性主义的角度进行解读，认为鲁迅、胡风对《生死场》的民族国家寓言的批评显示出男性批评家的盲点[①]，生死场既是民族国家的生死场，也是女性的生死场。这一批评视角突出了萧红小说固有的女性意识，是很有见地的。但也不能走向另一个极端，否认《生死场》的民族国家含义，这样的表达或更确当：生死场具有多层蕴含，是民族国家和女性的双重生死场。

  历史的车轮行驶到了1949年。中国当代的女性是幸运的，新中国的建立为女性提供了广阔的空间和舞台，女性获得了和男性同工同酬的机会，新中国从法律上保障了女子有和男子一样的权利，广大女性不再是小家庭里的女奴和囚徒，而是能够走向更广阔的社会生活和外部世界的国家的一员。社会解放后的女性可以离开自己的小家，走向和男性一样更广阔的天地，对此，当代女性/性别研究学者李小江曾有过精辟的分析。李小江考察了"家"于不同时代的中国女性的含义："说到妇女与中国的关系，无论怎样源远流长，纷繁复杂，却因为说的是中国妇女，总可以找到一条清晰的线索、一根轴心，贯穿历史始终，这就是'家'。""沿着这条线索寻视，1949年可以看作历史的分界线。在此之前，妇女属于家族——家庭；在此之后，妇女属于国家。家庭虽小，于妇女也曾是一个世界。而后者，国家，对当代中国妇女生活而言，其作

---

① 刘禾：《文本、批评与民族国家文学：〈生死场〉的启示》，唐小兵编《再解读：大众文艺与意识形态》（增订本），北京大学出版社2007年版，第5页。

用和性质很像一个放大了的家。家与国家，前前后后，结成一脉相承的传统，将中国妇女命运囊括其中，造就了她罄竹难书的历史的苦难，和她的举世瞩目的长足进步。"① 当代女性小说中的家国意识更为明显。

宗璞发表于1957年的短篇小说《红豆》某种意义上可以算是"革命＋恋爱"叙事模式的讲述。在轰轰烈烈的20世纪40年代末，小布尔乔亚的女大学生江玫受到进步同学肖素大姐的影响，逐渐认清了恋人齐虹性格暴躁、自私自利资产阶级少爷的面目，没有和齐虹远赴美国，而是留下来加入了解放大众的时代革命洪流。这篇小说的哀婉动人之处是如实袒露了江玫在挣脱缠绵爱情之网时的痛苦心理，因此还在反"右"中受到批判，持批评态度的一方认为已经成长为一个党务工作者的"我"（江玫），居然还泪水涟涟地回忆过往情史，说明作家的资产阶级意识没有改造完成，灵魂深处没有闹革命。但是客观地看，江玫最终的选择其实已经完全表明了自己的政治立场，这种立场又显示出强烈的家国意识。

与《红豆》的模式相类似而又发扬光大，以更宏阔的视野和气势再现女性知识分子改造，延续"革命＋恋爱"叙事的是杨沫的长篇小说《青春之歌》（1958）。主人公林道静在人生的道路上，先后遇到了三个男青年：余永泽、卢嘉川和江华。道静没有选择不关心劳苦大众，只关心自己做学问，多疑狭隘的余永泽，从心底里爱上了地下共产党员卢嘉川，卢嘉川影响其参加一些送信之类的革命工作，道静在卢嘉川牺牲后走上革命道路，最后与卢嘉川的革命同道者江华走到了一起。在林道静那里，革命最终成为衡量男性的标准，革命提升了男子身姿的伟岸度，革命的男性战胜了非（不）革命的男性。女性个体的命运和人生之路与民族国家的道路选择最终连在了一起，女性挣脱了家庭的狭小牢笼，从私人空间走向了更广阔的外部世界的公共空间。

《红豆》和《青春之歌》是对革命年代的回忆，展示的是风云激荡时代中的女性的风华和英姿。到茹志鹃则呈现出更具个性的面貌。曾参加过新四军，在革命队伍中"亲历"过炮火硝烟而又到和平年代目睹社

---

① 李小江：《性别与中国·序言》，李小江、朱虹、董秀玉主编《性别与中国》，生活·读书·新知三联书店1994年版，第3页。

会主义建设的茹志鹃，其笔下的女性活动空间同样广阔。短篇小说《百合花》通过战争侧面的片段描写和叙述，展示出部队女文工团员、小通讯员和新媳妇之间纯真的人与人之间的情感，在以男性作家史诗叙事为主的十七年革命历史小说中独树一帜。《高高的白杨树》写"我"在解放以后借重去张家冲公社巡医的机会，找寻战争年代在一次发生于其故乡的战争中失踪了的战友"大姐"下落的所见所闻，展现了在新中国和平环境下女性获得的解放的精神面貌。作品最后并没有写找到了大姐，文本重心放在找寻过程中见到的同屋的"张爱珍"——一个十七八岁和大姐同名的年轻的养兔姑娘上，突出了姑娘的天真、活泼、直率，对自己的工作尽心尽责的性格特征，由此阐明造成大姐不幸遭遇和悲剧的时代永远过去了的主题。《静静的产院》更具有说服力。从旧社会过来的谭婶婶如今已是公社产院的"产科医生"，和解放前的旧产婆已完全不同。茹志鹃在十七年曾被人称为写"家务事儿女情"的作家，从字面上看，"家务事儿女情"似乎只局限在家庭的私人空间之内，但是正如前边李小江所述，中华人民共和国成立以后妇女属于国家。如果说"家庭"可以称为"小家"，"国家"可以称为"大家"，那么不论是作为创作者的女性作者还是文本中塑造出的女性人物形象，以及小说整体传达的意蕴，都包含着浓郁的家国意识。这种倾向贯穿于中国现当代女性小说中，但在十七年这一时期特别明显。

改革开放以后，与中国当代文学新时期的蓬勃发展相应，当代女性小说获得了更长足的进步。新时期以来的女性小说中的家国叙事不胜枚举，俯拾即是，在此仅以张洁和铁凝为例略加阐释。

张洁是新时期以来唯一获得过两次茅盾文学奖的作家，分别是第二届《沉重的翅膀》（1985）和第六届《无字》（2005），由此可见其在当代文学史的创作地位。张洁的第一篇小说是1978年的《从森林里来的孩子》，该作因属于主流伤痕文学，发表后获1978年第一届全国短篇小说奖。但其创作更引人注目的是1979年的短篇小说《爱，是不能忘记的》。这个文本在本书第四章中会重点分析，此不赘述。张洁的小说创作时间较长，最后一部长篇小说是《灵魂是用来流浪的》（2009），创作历程三十余年。纵观其三十余年的小说，就主题题材方面而言，女性在现实生活中遭遇的不平等境遇，因而产生的痛苦愤激之情，是张洁极力关注的重点聚集，如《方舟》《祖母绿》《红蘑菇》，等等。这些为女性代言的作品基本是中短篇小说，而在长篇小说中，张洁又极力向宏大叙事靠拢，两个茅盾文学奖获奖作品特别明显。《沉重的翅膀》以1980年国务院重工业部和所属的曙光汽车制造厂的改革为对象，描写了工业建设中的改革与反改革的复杂斗争，塑造了郑子云等改革者形象。虽然在艺术表现上今天读来不够精细，充满大段的议论，但是宏阔的场景驾驭和国家政治经济路线的把握，显示出张洁视界的高远和广阔。这种家国意识延续到了21世纪的三卷本《无字》中。如前所述，《无字》是一部女性家族小说，但是对墨荷、叶莲子、吴为和禅月四代女性谱系的人生历程书写中，又涉及中国现代历史中的很多大事件：西安事变、国共合作、东北军被收编以及中共地下工作，等等。

　　铁凝也是新时期成长起来的重要作家。铁凝的小说中以女性人物为主人公的很多，中短篇《没有纽扣的红衬衫》《哦，香雪》《永远有多远》《秀色》《孕妇和牛》《棉花垛》《麦秸垛》，长篇《玫瑰门》（1988）、《大浴女》（2000），等等。评论界也有很多对铁凝小说中女性意识的探讨的论著。然而令人关注的是铁凝在讲述了N多女性故事后的转向，那就是2006年1月由人民文学出版社初版的《笨花》。《笨花》在正文第一章开始之前有一页题记："笨花、洋花都是棉花。笨花产自本土，洋花由域外传来。有个村子叫笨花。"① 故事就发生在笨花村。1895年甲午海战失败后，朝廷欲建一支新军，新婚不久、念过些书但以做小生意为主的庄稼人向喜在镇上看见征兵告示，应征入伍，从此开始他戎马倥偬的人生之路。向喜历经北洋军阀混战一直到抗日战争时期，多年的军旅生活使其命运跌宕起伏，老年归乡后重返务农生活，有一天干活时被侵略的日本鬼子杀害。小说故事场景主要在向喜和笨花村之间展开，突出的是男性人物形象，虽然文本中对向喜留在笨花村的妻子同艾和保定的姜二丫头的叙写中，还流露出先前女性题材小说的痕迹，但是作品的整体风格发生了很大变化，视野开阔，境界扩大，文字朴素，走向一种厚重和古朴，不再执着于对女性人物形象的塑造和女性心理世界的专注，而是把中国从晚清到抗战的整个历史进程都纳入观照与把握的范

---

① 铁凝：《笨花》，人民文学出版社2006年版。

围，通过北方的笨花小村庄的人事变迁演绎故事，铺写历史，显示出一种史诗性的审美追求。作家欲为中国近现代的现代化进程存照的雄心历历在目。其实这种雄心在先前的《玫瑰门》中就已有表现，《玫瑰门》的重要内容指向之一是对以司猗纹为代表的女性人物的审丑，但造成司猗纹性格扭曲的原因，除了性别文化对女性的戕害之外，还有一个具体的背景，即"文化大革命"的社会历史环境。对"文化大革命"的揭露和控诉也是《玫瑰门》的潜在主题意蕴。铁凝的小说也是女作家深具家国情怀的典型例证。

第三节　女性小说中的内聚焦

本节将从话语（形式）某一方面的特点对中国现当代女性小说作一些探讨，具体选择叙事方式中的内聚焦进行观察。考察中国女性小说的发展史可以发现，女性小说惯于采用内聚焦尤其是第一人称内聚焦的叙事模式，现当代的女性小说代表作很多都如此。造成这一现象的原因，除文学形式发展的内在规律之外，女性性别在历史文化中的隶属地位是更深层次的因素。女性作家更依赖于自己的经验世界，女性小说常常呈现出自传化色彩。应该打破二元对立的思维模式，给女性小说以公允的评价。

一

何谓"内聚焦"是本节首先应该说明的问题，尽管在前言和前边第二节分析"家"的母题书写部分已有涉及，但是还需要进一步的讨论。对这一问题的探讨要从小说的本质说起。小说是叙事的艺术，是叙事性文学作品中最具代表性的一种类型。叙事性是小说的本体规定性之一。而围绕叙事性作品，自20世纪60年代以来，在西方从结构主义文论内部发展并形成了富有活力的叙事学（叙述学）理论。叙事理论的基本研究对象是叙事本文，核心问题是叙述者问题。叙事模式就是叙事理论中与叙述者相联系的最令人关注的问题之一。所谓叙事模式，通俗一点说，指的就是一个叙事作品如何被叙述者叙述出来，而在叙述的过程中，会形成某些共通性的方法和程式，即模式。叙述过程中最重要的是叙述者的视点问题，叙述者站在不同的角度"看"（"看"是一种视角的眼光，同时它还具有超越视角的意义，包含感知、感受、体味以及价值与道德判断等更深层次的意义），就会形成不同的叙事模式。我国叙事学研究学者谭君强通过对夏丏尊、帕西·卢伯克、威特科姆、斯坦策尔、诺尔曼·弗里德曼、卢博米尔·多烈泽尔，尤其是热奈特和米克·巴尔等中外小说理论家和叙述学家研究成果的分析探讨，归纳概括出三种不同的叙事模式：零聚焦叙事、内聚焦叙事和外聚焦叙事。① 零聚焦叙事就是无所不知的叙述者的叙事。叙述者像上帝一样完全不受限制，他的视点可以任意转移，超越时空，知晓古今，将他的聚焦从一个人物转向另一个人物，从一个场景转向另一个场景。他知道每个人物心中所想的一切。内聚焦叙事即叙述者透过人物来进行聚焦，他所知道的和人物一样多。叙述者只叙说人物所了解的事情，只转述这个人物从外部接受的信息和可能产生的心理活动，而无权向读者提供人物自己尚未发现的理解和解释，其叙述必须尽可能严格限制在人物所能感受的范围内。外聚焦叙事则指的是叙述者从外部来对人物和场景聚焦，他仅向读者描述人物的言语和行动，而不进入其内心，不作主观评价，也不进行心理分析。② 零聚焦叙事不受限制，内聚焦和外聚焦则是限知叙事。

  古今中外的叙事作品，基本不脱离这三种叙事模式。需要说明的是，一部（篇）作品一般不会从头至尾只采用一种叙述方式，而会发生变化，但其中又会有一种方式占据主导地位。在三种模式中，零聚焦是传统叙事作品常用的模式，中国和西方小说都如此，内聚焦和外聚焦较少也较晚，尤其是外聚焦。

  就中国古代小说的叙事研究而言，有不少学者对此进行过分析。陈平原在讨论中国小说叙事角度的转变时曾指出："在20世纪西方小说大量涌入中国以前，中国小说家、小说理论家并没有形成突破全知叙事的

---

① 参见谭君强《叙述的力量：鲁迅小说叙事研究》，第一章第一节"关于叙事模式的理论描述"，云南大学出版社2000年版；《叙事理论与审美文化》，第四章"聚焦与聚焦者、聚焦对象"，中国社会科学出版社2002年版。

② 谭君强：《叙述的力量：鲁迅小说叙事研究》，云南大学出版社2000年版，第7页。

自觉意识,尽管在世纪创作中出现过一些采用限制叙事的作品。……但总的来说,中国古代白话小说的叙述大都是借用一个全知全能的说书人的口吻。"[1] 研究中国古代小说的学者石昌渝在《中国小说源流论》中探讨中国古典小说叙事的模式时,把叙事模式分成三类:一是第一人称和第三人称;二是主观叙述和客观叙述;三是全知视角和限知视角。讲到人称问题时判断:"第三人称是古代小说叙事的基本模式。"[2] 他认为中国古代文言小说受史传的直接影响,史传一般用第三人称。白话小说源于"说话",而"说话"一般也用第三人称。"第三人称叙事,叙事者可以无所不知、无所不晓和无处不在,时空可以自由翱翔,可以描述任何隐秘的角落。"[3] 联系其后边的两个类别,可以看出,主观叙述和限知视角对应的是第一人称,客观叙述和全知视角对应的是第三人称。不管陈平原还是石昌渝,两位学者的观点基本是一致的,即中国古代小说中用得较多的是零聚焦叙事模式。中国小说发展到清末民初,出现了叙事模式的转变。经过 20 年时间的现代化进程的酝酿,发展到中国现代文学的"五四"时期,鲁迅以《呐喊》和《彷徨》两个小说集确立了中国现代小说的奠基人的地位,两个集子中,只有《示众》一篇是典型的外聚焦方式的叙事模式。

二

当我们以这三种模式来观照女性小说,会有什么发现呢?考察女性小说家的创作实际,可以看到一个明显的倾向:不论是现代还是当代的女性小说,在叙事模式上,很多采用的都是内聚焦模式,尤其是第一人称内聚焦叙事。下面以具体作品加以说明。

冰心是"五四"时期的女作家,其小说处女作为《两个家庭》。小说通过三哥和三哥的同学陈先生两个家庭的不同境况的对比,说明女人在家庭中起着重要作用。家庭幸福的,男子的事业就可以蒸蒸日

---

[1] 陈平原:《中国小说叙事模式的转变》,北京大学出版社 2003 年版,第 63 页。
[2] 石昌渝:《中国小说源流论》,生活·读书·新知三联书店 1994 年版,第 44 页。
[3] 石昌渝:《中国小说源流论》,生活·读书·新知三联书店 1994 年版,第 44 页。

上；家庭不幸的，男子不仅事业无成，甚至会失去性命。而家庭的幸与不幸，很大程度又维系于家庭主妇的身上。三哥的妻子亚茜和蔼静穆，和丈夫"红袖添香对译书"，孩子活泼可爱，家中的院子里好像一个小乐园。而陈太太不会管家，只顾打扮得珠围翠绕成天不在家地去打牌，不像个当家人，让在外做事累了一天的陈先生回家唉声叹气，最终疾病缠身死去。小说由此否定封建官僚家庭培育出来的游手好闲的女子，肯定受资产阶级教育的现代贤妻良母。这些内容是怎样被编织的呢？文本的叙述者是"我"，"我"是一个女大学生，一天"我"在学校听了李博士的演讲，放学路过舅母家，被小表妹叫到家里玩，看到了隔壁邻居家后院的凌乱情形，那就是陈先生家。第二天"我"应邀到了叔伯哥哥三哥家，看到了和陈家截然不同的景象，后来才得知三哥和陈先生原是留学时的同学。两个家庭的对比是通过"我"的眼睛看到的。类似《两个家庭》的写法的，还有20世纪40年代的《关于女人》集子中的很多篇什，如《我的房东》《我的朋友的母亲》，等等。

在现代文学史上，冰心算是一个生活际遇最幸福的女作家，由此带来她作品的长处，明丽、优雅、宁静，特别是她的散文和小诗。但是长处中往往也蕴含着短处。如果用激进女性主义的眼光看待冰心的作品，会发现其间有着男性中心文化的深深印痕，因为贤妻良母从本质上说是男性中心文化对女性的一种要求和价值定位。

如果说《两个家庭》等还显出冰心女性意识的淡薄，那么丁玲的《莎菲女士的日记》则是真正的女性主体的自我言说。这篇小说不再是用男性的眼光来看待女性，而是用女性的眼光来看待自身，并且还大胆地看待男性。《莎菲女士的日记》在女性意识上的凸显和其在女性文学史上的地位的无可争议性此处不再赘述。我们关心是它如何被叙述出来。这是一篇心理小说，当某个人要表露自己心理的时候，小说中最恰当的方式莫过于书信体和日记体了。小说就由三十四则日记组成，叙述者是"我"——莎菲，一个患着肺结核病独居于公寓里的有知识的青年女子。"我"的日记组成全篇。这个"我"是由两个"自我"组成：一个思考着的理性的自我在"观看"行动着的感性的自我。莎菲自身的身体状况，如何在苇弟和凌吉士间周旋，如何看待同学毓芳和云霖的关系，如何审视自己的行为，等等，都是在时间的流逝中随一篇篇日记流淌而出的。小说是女性心理的直接袒露，茅盾评价丁玲的早期小说写的是"心灵上负着时代苦闷的创伤的青年女性的叛逆的绝叫者……是'五四'以后解放的青年女子在情爱上的矛盾心理的代表者"①。如果写作《莎菲女士的日记》的丁玲可以说正处于在黑暗中的时期②，那么当到了阳光驱散阴霾的解放区明朗的天空下，丁玲笔下的女性世界又如何呢？《我在霞村的时候》是丁玲到延安以后的又一短篇小说。写的是抗战时期霞村的一个姑娘贞贞被迫沦为日军军妓，后利用身份当了我军情报员。当她因病回到霞村，同村的人尤其是同性别的妇女都对她表示歧视。贞贞坚强不屈，表示要到延安治病、学习，开始一种新生活。小说也以第一人称内聚焦的方式展开，"我"是一个到霞村休养的女干部，"我"到霞村听到、看到、最后和贞贞正面交谈，了解了贞贞的一切。贞贞和莎菲一样，也是丁玲笔下最为光彩照人的女性形象。小说和同时期的杂文《三八节有感》形成不同文体间的互文关系，可以参照来读。《莎菲女士的日记》和《我在霞村的时候》是有差异的，前者直接袒露人物的心理，后者则以一个旁观者的身份介入故事。但两篇小说都以第一人称内聚焦方式构筑而成。日记体还有庐隐的《丽石的日记》、谢冰莹的《从军日记》等。

除书信体、日记体外，女性作家擅长的还有自传体。现代文学史第三个十年沦陷区与张爱玲齐名的女作家苏青，其代表作为自传体长篇小说《结婚十年》和《续结婚十年》。《结婚十年》1944年出版后印行了18版，成为当时的畅销书。小说写一个叫苏怀青的女子的人生经历。怀青大学期间和早已订婚的未婚夫结婚，因生孩子停止学业，后来随丈夫到上海定居，为补贴家用为报刊写稿，而不为丈夫所理解，最终和丈夫离婚，走入社会公共空间。作品展示了世俗婚姻柴米油盐，磕磕碰碰，一地鸡毛的生活原生态。小说也以第一人称内聚焦的方式展开，是作家苏青本人的准自传，仅从女主人公的命名"苏怀青"就可以看出，

---

① 转引自郜元宝、孙洁编《三八节有感——关于丁玲》，北京广播学院出版社2000年版，第121页。

② 丁玲的第一个小说集即名为《在黑暗中》，这仿佛是丁玲那个时期生存境遇的一个象征。

特别是文中离婚前丈夫称"我"为"青妹"。和《结婚十年》在叙事方式上相类同的作品还有萧红的《呼兰河传》、谢冰莹的《女兵自传》等。《呼兰河传》头两章是零聚焦叙事，作为主体的后五章和尾声都是第一人称内聚焦叙事。

和现代文学史上出现了很多杰出的女性小说相比，1949 年以后的十七年期间，女性小说是薄弱的，这和那一时代女性性别意识的缺失和匮乏相一致。中国的女性解放被纳入社会解放的轨道，社会的解放必然带来妇女的解放已成为当时的一种思维定势，所谓"时代不同了，男女都一样"，这"一样"其实是要求女性向男性看齐，女作家的写作也要像男作家一样进行宏大叙事。然而仔细解读那时代不多的女性小说，可以发现在叙事方式上女性作家的传承性，比如茹志鹃的《百合花》。《百合花》属于十七年中的革命历史题材小说，进行的也是宏大叙事，但是作者没有选取宏大场面来对革命战争进行正面描绘，而是以一个部队文工团女战士的视角在一个临时包扎所的所见所闻，通过一床被子歌颂战争中的人性美和人情美。文本的叙事者是文工团女团员——"我"，小通讯员的腼腆和勇敢，新媳妇的羞涩和大方，都是由"我"的视点出发的。如果说十七年的女性小说在内容上没有凸显女性意识的话（事实上不可能，因为《百合花》的发表经历就可说明问题，《百合花》最初投稿时因"感情阴暗"几遭拒绝），那么在叙事方式上则留下了深深的性别印痕。茹志鹃的另一篇小说《高高的白杨树》在叙事方式上也和《百合花》相似。十七年小说的叙事和性别问题，研究者陈顺馨在《中国当代文学的叙事与性别》一书中进行过更精到的分析。[①]

进入新时期，与整个文学复苏相同步，我国女性文学迎来了继现代时期的第二个创作高潮，而其中，女性小说无疑是主体。

率先在小说中喊出女性之声的当推张洁的《爱，是不能忘记的》。这是一篇在当时引发了爱情、婚姻与道德关系问题大讨论的小说。说它加深了对恩格斯《家庭、私有制和国家的起源》一文的细读一点也不过分，文中的名句"如果说只有以爱情为基础的婚姻才是合乎道德的，那

[①] 陈顺馨：《中国当代文学的叙事与性别》，北京大学出版社 1995 年版，第 1—61 页。

么也只有继续保持爱情的婚姻才会合乎道德"① 被广泛引用，甚至演绎成"没有爱情的婚姻是不道德的"这一命题。小说采用的也是内聚焦叙事方式，女作家钟雨与老干部之间的故事是由叙事者"我"——钟雨的女儿珊珊讲述出来的。这是一篇心理化小说，钟雨已经去世了，生前并没有向女儿袒露过自己的心事，对女儿的一些疑惑和追问也避而不答，不像莎菲是在记录自己，作为旁观者的珊珊如何知道母亲的心理呢？小说设计了一个札记本，母亲临死前要求同她一道火葬，珊珊留了下来，从中读到了母亲一颗苦恋的心。

《我在哪儿错过了你？》和《在同一地平线上》是与张洁同时期但更年轻的女作家张辛欣的两篇小说。前者通过一个内心情感丰富、酷爱话剧创作的女售票员因为强悍的男性气质而失去自己心仪、向往的男性对象（男导演）的叙写，对"文化大革命"期间"铁姑娘"形象进行了反思。后者写的是一对有才华的青年夫妇婚姻解体过程中双方的心路历程，重点展示了女性在事业和家庭间面临的两难生存困境。两篇小说也都采用了第一人称内聚焦叙事方式。《我在哪儿错过了你？》开头有一个第三人称全知叙事段，呈现"她"——女售票员在公共汽车上班时的场景，女售票员陷入沉思，然后进行倒叙，进入女售票员的回忆，叙事者随之转换为第一人称"我"。《在同一地平线上》中的叙事者也是"我"，只不过这个"我"由妻子和丈夫两人轮流承担，构成一种对话关系，形成复调结构。

在上一节讲到的新时期女性家族小说中，蒋韵的《栎树的囚徒》除了结尾部分，全篇都是第一人称内聚焦叙事，每一部分的故事讲述者都是"我"，"我"分别由范天菊、苏柳、贺莲东、苏柳和范天菊轮流承担。王安忆的《纪实与虚构》也是第一人称内聚焦。叙事者"我"在寻找自己的母系家族根源。"我"的母亲姓"茹"。众所周知，王安忆的母亲是著名作家茹志鹃，这部小说因此具有非常强烈的客观真实性。"纪实与虚构"的标题具有很深的含义，让人很难分清哪些是纪实哪些是虚构。徐小斌的《羽蛇》的开头部分也是第一人称内聚焦叙事方式。

---

① 中共中央马克思恩格斯列宁斯大林著作编译局编译：《马克思恩格斯选集》第四卷，人民出版社1995年第2版，第81页。

自新时期开始,我国的女性文学创作得到了大发展,到 20 世纪 90 年代,出现了一种新形态——女性主义小说,以陈染和林白为代表。她们的作品被评论界广泛评析,也引起很大争论,被称为"私人化写作"。在我国当代文学史上,社会、历史、时代、政治、经济、民族、国家等一直是占据主流地位的,而这些话语在陈染、林白的作品中消失。她们的作品更多叙写女性个体的私人经验,女性成长过程中生理、心理的创痛,同性恋的姐妹情谊、恋父/弑父情结、恋母/仇母情结成为其作品的重要内容和反复出现的话题。和此前的女性小说相比,她们的作品更富有女性意识。当代评论家谢冕曾说:"要是说,中国当代作家在个别和总体上都未曾作过超越他们前辈的成就的话,那么,当代的女性写作是惟一的例外——她们的性别写作以及揭示女性独有的私密性方面,是对历史空缺的一次重大的填补。"[①] 与内容上的向心灵更深处迈进相适应,在叙事方式上,90 年代的女性主义小说更频繁地使用第一人称内聚焦叙事模式。陈染的长篇《私人生活》,中篇《与往事干杯》,短篇《破开》,林白的中篇《瓶中之水》《同心爱者不能分手》以及长篇《一个人的战争》《守望空心岁月》《说吧,房间》等都如此,对女性心理的关注和女性深层心理空间的开掘似乎使她们不仅和前辈丁玲更接近,而且超越了丁玲。

陈染、林白之后引起更大争议的女性小说家是卫慧和棉棉,其代表作分别是《上海宝贝》和《糖》。她们本人及其作品被称为"美女作家"和"身体写作",在一般阅读大众的眼中,这是两个带有某种道德评判意味的贬义词。客观地说,卫慧、棉棉的小说在打破女性性禁忌上是有其文化史意义的。中国历史文化中女子虽然基本被当作性符号看待,但女子自己是不能言性的,西汉的"七出"之条中一条即"淫"。《水浒传》中的潘金莲、潘巧云、阎婆惜等之所以被杀,根本就在于她们犯了"淫"戒。在这一点上,卫慧、棉棉有其进步性。但是这些小说确实又有迎合男性窥视欲的倾向,说它们是商业化浪潮的产物是比较恰当的。当然,讨论这些不是本书关注的重心。当我们把目光投向文本形式时,

---

[①] 谭湘记录整理:《"两性对话"——中国女性文学发展前景》,《红岩》1999 年第 1 期;人大复印报刊资料《中国现代、当代文学研究》1999 年第 3 期。

可以看到，小说采用的也是第一人称"我"的内聚焦叙事方式。小说的主人公都是"我"，都写的是沉迷于现代商业社会中的青年女子的肉体沉沦和精神救赎的故事。

前面我们列举的都是第一人称内聚焦的情况，其实内聚焦包含了第一人称和第三人称，第三人称通常被用于零聚焦叙事中。（从理论上说零聚焦叙事模式一般采用的都是第三人称，但是在某些当代小说中也出现了第一人称零聚焦叙事，比如两部表现当代大学校园生活状态和教育体制弊端的小说，张者的长篇《桃李》和曹征路的中篇《大学诗》，当然这是另话。）女性小说家也多用到第三人称。但是和一般小说的情况不太相同的是，女性小说的第三人称很多时候不是零聚焦，而是内聚焦，也就是说，在采用第三人称叙事时，女性小说家往往把视点控制在女主人公的视线感知范围之内，如庐隐的《海滨故人》，丁玲的《在医院中》，张爱玲的《倾城之恋》，茹志鹃的《如愿》《春暖时节》《静静的产院》，张洁的《方舟》《无字》，铁凝的《玫瑰门》《大浴女》，王安忆的"三恋"、《岗上的世纪》《长恨歌》，张抗抗的《作女》，等等。我国叙事学研究者申丹将此称为第三人称有限视角叙述，她注意到"在20世纪初以来的第三人称小说中，叙述者往往放弃自己的眼光而采用故事中主要人物的眼光来叙事"。[①] 关于这一点，陈顺馨通过对十七年这一时期茹志鹃和赵树理、宗璞和刘澍德等不同性别作家笔下女性形象的不同修辞作过精彩的论述。[②]

三

以上我们从叙述视点角度对中国现当代文学史上女性小说文本进行了考察，发现了某些共性。有心的读者会提出疑问，内聚焦并不是女性小说才采用，很多男性作家的小说也用到内聚焦，随便一举就有很多例子，现代文学时期的比如鲁迅的《狂人日记》《孔乙己》《故乡》《祝福》

[①] 申丹：《叙述学与小说文体学研究》，北京大学出版社1998年版，第250页。
[②] 陈顺馨：《中国当代文学的叙事与性别》第一编第三节"视点中的性别倾向"，北京大学出版社1995年版，第65—72页。关于女性作家和男性作家写作的差异，还可以参见本书第四章的内容。

《伤逝》等，当代文学时期鲁彦周的《天云山传奇》、李存葆的《高山下的花环》、张承志的《黑骏马》，等等。确实，文学作品的题材、主题、结构、叙事方式等是不分性别的（这也是"文学是不分性别的"一派观点的基础，也由此成为质疑女性文学存在的充足理由）。但是，写作作品的作家是分性别的。当不分性别的内容形式进入有性别的作家的视野的时候，文学作品会被打上写作者的性别特征。正如美国当代最具影响力的女性主义文学批评家伊莱恩·肖瓦尔特在《她们自己的文学》中所说："其他许多批评家也开始认为，从整体上看女作家时，我们能够发现一个具有想象力的连续统一体，某种模式、主题、形象和问题重复出现、代代相传。"① 从小说的叙事方式上看，内聚焦特别是第一人称内聚焦就是女小说家惯于采用的叙事模式。

造成这一现象的原因何在？

这除了文学发展有其内在规律，一种文学形式一旦形成会具有长久的生命力之外，对于女性小说来说，还有着更深层次的历史文化原因。这要走进女性历史文化的深处，再重温一下大家似乎早已熟知的女性生存本相。

在中国漫长的封建社会历史中，女子们是怎样生活的呢？"在家从父，既嫁从夫，夫死从子"，"妇德、妇言、妇容、妇工"就是女子一生生活内容的指向。从班昭的《女诫》开始，到后世的《女论语》《女孝经》《女儿经》《女范捷录》等，都是向女性灌输如何为男子服务的规范。《诗经·小雅·斯干》云："乃生男子，载寝之床，载衣之裳，载弄之璋。……乃生女子，载寝之地，载衣之裼，载弄之瓦。"② 从生下来的那一刻起，男女就被决定了不同的命运。和男子是社会化动物、要走向外部广阔的世界不同，中国古代女子的生活中心、重心是男性，先是父亲的女儿，然后是丈夫的妻子，再后是儿子的母亲，唯独不是她们自己。她们的生活范围就是家庭，大门不出、二门不迈，只有在家庭的狭小空间中徘徊、盘桓。即所谓"男主外，女主内"，即所谓"男尊女卑"。

---

① ［英］马丽·伊格尔顿编：《女权主义文学理论》，胡敏、陈彩霞、林树明译，湖南文艺出版社1989年版，第18—19页。

② 袁愈荌译诗，唐莫尧注释：《诗经全译》，贵州人民出版社1981年版，第276页。

西方的情形和中国大同小异。女性主义文学批评的先驱伍尔夫在《一间自己的屋子》中曾回顾,在英国,18世纪以前的妇女根本没有写作的可能,她们只能在婚姻家庭之内盘旋,服从于夫君的主宰,没有写作的环境和时间,也不能从丈夫那里得到鼓励。假设莎士比亚有个天才的妹妹,像哥哥一样热爱戏剧,她的命运会和哥哥截然不同,不是走向光明、辉煌,而是走向黑暗、死亡,会在传统、类型、社会和艺术的十字路口上猝然倒下。[1]

黑暗中也有缝隙透射出些微的光亮,中国古代的一些闺阁女子,由于种种原因,受过一定教育,出嫁后又与丈夫琴瑟和鸣,或者由于其他种种原因,写下了自己的心迹并得到机会流传下来,这样的女子虽然少而又少,也可以列出一个名单:卓文君、蔡琰、李冶、鱼玄机、薛涛、花蕊夫人、李清照、朱淑真、黄峨、汪端、陈端生、梁德绳,等等。[2] 特别是由于晚明思想解放和资本主义萌芽的出现,闺阁女性识字增多,所以清代的女性诗人人数大大增加,女性文学叙事传统建立起点在此期也就不足为怪。还有,除闺秀之外,一些宫女和艺妓也留下了部分诗文。然而,如果我们仔细阅读那不多的女性诗文,她们写的是什么呢?或者对离家在外的丈夫的思念,或者被丈夫遗弃的担忧,或者被皇上宠幸的希冀,或者对狎客的曲意承迎……总之,除了自己生活的天地,她们就没有可写的了。针对这一情况,清代嘉庆年间的女诗人、画家骆绮兰在其编辑的《听秋馆闺中同人集》的"序"中感慨道:"女子之诗,其工也,难于男子。闺秀之名,其传也,亦难于才士。何也?身在深闺,见闻绝少,既无朋友讲习,以渝其性灵;又无山川登览,以发其才藻。非有贤父兄为之溯源流,分正伪,不能卒其业也。迄于归后,操井臼,事舅姑,米盐琐屑,又往往无暇为之。才士取青紫,登科第,角逐词场,交游日广,又有当代名公巨卿,从而揄扬之,其名益赫然照人耳目。"[3] 这也是伍尔夫在《一间自己的屋子》中所谈到的,18世纪后期

---

[1] [英]马丽·伊格尔顿编:《女权主义文学理论》,胡敏、陈彩霞、林树明译,湖南文艺出版社1989年版,第82—83页。
[2] 参见谭正璧《中国女性文学史》,百花文艺出版社2001年版。
[3] 胡文楷编著,张宏生等增订:《历代妇女著作考》(增订本),上海古籍出版社2008年版,第939页。

开始，英国大批中产阶级妇女有了闲暇，又受过一定的教育，开始从事写作，但在写作中存在数不尽的困难。比如她们有着受教育和阅历的局限，女作家写不出《战争与和平》。中西女性英雄所见略同。

由于上述历史文化的原因，女性作者一般都写自己所熟悉的生活内容，写她们所经历过、体验过的世界，即忠实于她们的经验世界。一般古代女子最熟悉的经验世界就是婚姻中的家庭，爱情对于她们还是一种奢侈品。到"五四"新文化运动，女性先觉者们走出了父亲的家门，勇敢追求自己的爱情理想。再到新中国，广大妇女走入了更广阔的社会生活。女性的生活世界大大开阔了，眼界放宽了。然而，"男女都一样"其实是要求"男同志能办到的，女同志也一样能办到"，是把男性作为标准，要求女性向男性看齐。是要求女性像男性一样也要向"外"发展，但同时女性的"内"并不能丢弃。参加了社会工作的女性也还是要有家，因为家庭是社会的细胞。贤妻良母依旧是现代社会对女性的规范。爱情、婚姻依旧是女性重要的生活内容。因而现、当代女性小说家笔下反复出现的还是母爱、爱情、婚姻、姐妹情谊等这样一些关乎家庭的题材、主题。

什么样的内容决定什么样的形式，刘勰《文心雕龙·情采》中云："情者，文之经；辞者，理之纬。经正而后纬成，理定而后辞畅。此立文之本源。"[①] 刘勰这个古老的观点今天仍行之有效。与内容上写自己经历的家庭婚姻生活、体验的情感世界相适应，女小说家们很多时候都采用内聚焦的叙事模式，尤其是第一人称内聚焦。因为聚焦问题的本质在于视点，在内聚焦模式中，聚焦者与参与故事的某一个人物相重合，借助一个特定人物的眼光去"看"出现在周围的一切。女性小说中的这个特定人物往往就是叙述者"我"。而这个"我"，我们通过对文本的细读和作者生平经历的了解，可以看到叙述者和作家的密切联系。按照叙事学理论，叙述者和作者是两个概念，不能混淆，作家是超越在叙事模式之外的。但是，作家又是叙事模式的掌控者，作家与叙述者之间的联系靠隐含作者来连接。对于女性创作来说，在很多时候，女性小说的叙述者都是一个与隐含作者的思想规范相一致的可信的叙述者。和男性作

---

① 赵仲邑编：《文心雕龙译注》，漓江出版社1982年版，第278页。

家相比,女性作家和叙述者间的距离似乎更接近,女作家的写作常常呈现出自传化色彩。她们与其说在写作品中的"我",毋宁说就是在写自己。或者换句话说,那个作品中的"我"很多时候差不多就是女作家自己。即使是采用第三人称,她们也往往会把眼光限制在主人公或是某个人物(往往是女性)的视线范围之内。当代作家王安忆曾说:"我的经历、个性、素质,决定了写外部社会不可能是我的第一主题。我的第一个主题肯定是表现自我,别人的事我搞不清楚,对自己总是最清楚的。"① 这也可以算是来自作家本身阐释女性写作特点的一个佐证。

当然,有一种在作家中比较通行的看法是有道理的,即认为作家写来写去都是在写自己。正如前边已经论述到的,内聚焦不仅仅是女性小说家采用,我们可以也举出现代文学史上郁达夫的"自叙传"抒情小说来说明自传化不独女性小说所有,还有论者分析《子夜》中的吴荪甫写的就是作家茅盾自己,《家》中的觉慧就是巴金②,再往前还可以说胡适考证《红楼梦》是曹雪芹的自叙传,等等。但是细读文本,可以发现男女不同性别作家的写自己是不同的,女性更多限于自己的经验世界,男性则把自己的心理投射、对象化于文学世界中。或者更确切地说,男性作家和他的文本世界拉开了距离,而女性则更多地沉溺于其经验世界中。女性的经验世界多大呢?一般也就是她的情感、婚姻、家庭这些所谓的"私人空间"。即使是在女性已经走向广阔的外部世界、家务劳动逐渐社会化的今天,依然如此。可见传统积淀下来的文化意识的力量是多么强大。如果我们把英国美学家克莱夫·贝尔"艺术乃是有意味的形式"③命题加以一定申发,可以说,任何形式都是有意味的,那么女性小说内聚焦叙事模式的大量使用就是女性历史文化地位的一种曲折反映和写照。

以上分析似乎走向了一个与笔者初衷相背离的陷阱,从这些论述中我们似乎在证明一种很多人尤其是男性所固有的观念和结论:女性写作(文学)的内容是单薄的,形式是单调的,因而女性是"小"而不是

---

① 陈思和、王安忆:《两个六九届初中生的即兴对话》,《上海文学》1988年第3期。
② 蓝棣之:《现代文学经典:症候式分析》,清华大学出版社1998年版,第158—159页。
③ [英]克莱夫·贝尔:《艺术》,薛华译,江苏教育出版社2005年版,第4页。

"大"的。批评界不就有"小女人散文"的命名吗？这里其实包含两个层面的问题。第一，女性的写作是否"小"？我们应该理直气壮地说，女性写作是对以男性为中心的正统文学内容和形式的挑战，她们以独特的经验丰富和更新了已有的文学传统。正像人类的生产分为物质资料生产和人类自身生产，两种生产同样重要一样，主要担负着人类自身生产职责的女性的劳动也应该得到认可，而不能以所谓"内/外"、"大/小"、"尊/卑"、"强/弱"等作为评判的标准，这种僵化的二元对立思维模式应该打破。第二，退一万步说，即使女性写作（文学）的所谓"小"是成立的，那么造成这种"小"的原因也主要不在女性自身，而有着深层的历史文化原因。我们今天要做的工作之一就是正视女性文学的审美价值，探寻女性文学传统，这才是笔者的本意。

小　结

小说是叙事性最突出的文学样式，也是叙事学研究的重要对象。本章首先讨论中国女性小说的开端、起点问题。整部中国古代文学史的主流是由男性作者作品构成的，这与社会政治经济生活中男性占统治地位相一致。古代文学占据主流的是诗歌和散文，小说则作为不登大雅之堂的小道，处于卑微的地位。诗歌创作中，与男性诗人诗作相比，虽寥若晨星，但也有女诗人诗作的存在，这些存在甚至可以写成某种女性文学史，如谢无量、谭正璧、梁乙真所做的工作，他们分别出版了《中国妇女文学史》(1928)、《中国女性的文学生活》(1930)和《中国妇女文学史纲》(1932)，但是与男性作者的数量相比不可同日而语。我国文学史上，由女性作家创作的小说出现得较晚，通过已有资料的大致梳理，可以发现，明末清初时期江南一带出现了才女文化现象，清代涌现出了一大批用韵文形式创作的弹词小说，只是弹词小说的语言形式还未脱离韵文的形式。真正采用散体文形式呈现的小说是清代的顾春（太清），其《红楼梦影》(1877)是目前已知最早的中国女性小说。

经典叙事学（结构主义叙事学）对一部叙事性作品的分析，可以将其分为故事和话语两个层面，故事指的是作品表达的对象，话语是指作品表达的方式。"故事"关涉的是"叙述了什么",包括事件、人物、背景等;"话语"关涉"怎么叙述的",包括各种叙述形式和技巧。[①] "故事"与"话语"的区分,相当于一般文学理论分析文学作品时所说的"内容"与"形式"。中国女性小说产生以来一百多年的历史中,不管是形式和内容都随着时代社会生活的更迭变迁发生了很大的变化,但也存在某些恒常固守的因素。从表现的对象看,《红楼梦影》就开启了女性小说中关于"家"的叙事母题的书写,"家"的基本含义是家庭,在此基础上衍生出家族、家国等意指。对"家庭"的摹写贯穿在中国女性小说中,从现代到当代绵延不绝;20世纪80年代末特别是90年代以来,出现了一股女性家族小说的创作热潮,与男性作者的家族小说形成了双峰对峙的格局;从现代到当代的女性小说中,每每体现出女作家们的家国意识,显示了女性身而为"女"又心怀国家民族的"人"的家国情怀。从叙事方式看,内聚焦是女性小说中惯常出现的一种叙事技巧,从现代到当代贯穿于很多女性小说的文本中。

"从主题、题材、体裁、结构、象征、比喻及叙事角度等方面,探索女性文学的特殊性"[②]是女性文学研究需要进行的重要工作,仅仅以"家"的叙事母题和内聚焦的叙事方式来对百余年的中国女性小说在内容和形式上的审美特征加以概括,自然是远远不够的。单就故事(内容)层面而言,20世纪中国女性文学的主题从宏观上就可概括出社会性主题、女性主题和哲学性主题等不同类型的精神指向。[③]在20世纪初期以群体之势浮出历史地表的女性文学阵营中,每一位女作家,每一部小说都有自己彼时彼地的具体表现对象和表达方式,在不同的时期,也会带有群体性的变化特征。由于主客观条件的限制,本章只是对女性小说内容、形式特征的某种举隅,更多的研究只能期待来日的进一步努力。

[①] 申丹、王丽亚编著:《西方叙事学:经典与后经典》,北京大学出版社2010年版,第13页。

[②] 林树明:《多维视野中的女性主义文学批评》,中国社会科学出版社2004年版,第361页。

[③] 乔以钢:《多彩的旋律:中国女性文学主题研究》,南开大学出版社2003年版,第6—8页。

第 二 章

女性小说的叙事与性别(二)

本章与第一章的理路一致，都属于对女性作家的小说进行探讨的范围。但与第一章对女作家文本的梗概陈述粗疏分析不同，本章将对某一女作家的某一个文本进行比较细致的解读，以呈现女性小说的叙事艺术魅力。如果说第一章偏重于对女性小说的故事和话语的某些共性特征进行宏观归纳，本章则进入作家个体和文本的微观细读。具体围绕冰心、萧红两位现代女作家和当代新时期以来的王安忆的作品文本展开。

第一节　职业与婚姻的困境

在20世纪中国文学史中，文坛世纪老人冰心属于跨越了现代、当代两个时段的作家，其创作体裁主要涉及小说、散文和诗歌。她的文学成就以时期论，影响大的主要在现代；以样式论，影响大的则是散文和小诗。这是文学史教材中对冰心的一般定位。在很大程度上，这也符合冰心的创作实际。确实，冰心在以《笑》《往事》《寄小读者》等为代表的散文和以《繁星》《春水》等为代表的小诗中以对母爱、童真、自然的着力抒写阐发了她源自生命体验的"爱的哲学"，营造了一个明丽典雅的艺术世界，这个曾被茅盾诟病为"只遥想着天边的彩霞，忘记了身旁的棘刺"[①]的世界几乎不带有任何的政治意识形态色彩，成为中国现

[①] 茅盾：《冰心论》，茅盾等作《作家论》，人民文学出版社1984年版，第123页。

代文学中的一个独特存在，至今产生着深远的影响。除此之外还有对泰戈尔、纪伯伦文学作品的翻译，这些翻译作品与她本人的小诗和散文创作互为参照，基本属于同一个路数。

相比之下，冰心小说似乎不及散文和小诗影响大。就冰心自身的创作而言，最先产生影响的却是小说："冰心最先产生影响，便是她的小说。"[①] 而且她也被称作中国现代小说史中真正意义上的第一个女小说家。[②] 这足以见出冰心的小说在其整个文学创作中也具有相当的分量和地位。作为现代文学史上的大家之一，对冰心文学的探讨前人已做了很多的工作，要找到新的突破点是很难的。但也并非没有展开的余地，对同一审美对象的认识都有可能随审美主体的不同而带来新的意义阐释空间的可能。本节试图从性别叙事的角度来对冰心的小说展开一点讨论，而最能体现冰心小说性别意义的文本笔者以为当属其短篇小说《西风》。

一

《西风》是冰心创作于20世纪30年代的作品，1936年7月发表于《文学季刊》第1卷第2号。

先来看一下《西风》的故事梗概。一个叫秋心的年青未婚女子从北平坐火车出发，欲经天津塘沽乘船南下，到上海参加一个会，并且要在会上做一个题目为《妇女两大问题——职业与婚姻》的演讲。也许是深秋肃杀之气萧瑟之景的影响，也许是还没有写好的演讲稿内容潜隐于内心的心理暗示作用，"火车上的秋心，在独自旅行的途程上，看着窗外无边的落叶，听着窗外萧飒飞卷的秋风，她心里更深深的阴郁了"。[③] 秋心不禁想起了十年前的往事。十年前大学毕业的秋心有一个求婚者远，当时的秋心正当妙龄，虽然对远很有感情，但是想到自己远大的前

[①] 王炳根：《为人生与为未来的艺术——冰心的小说》，王炳根选编《冰心文选——小说卷》，福建教育出版社2007年版，第1页。

[②] 杨义：《中国现代小说史》（上），《杨义文存》第二卷，人民出版社1998年版，第229页。

[③] 伍仁编：《中国现代小说精品·冰心卷》，陕西人民出版社1995年版，第319页

程，不甘心把多年受到的教育和训练抛弃，而去做一个温柔的妻子，于是拒绝了远。远在遭到拒绝后给秋心留了一封表明自己心迹不变的信后，不久就结婚了。秋心对远的行为心里虽有微词，但也义无反顾地踏上自己的事业之路。然而十年后，秋心感到的却是忙碌后的落寞孤独。"说曹操，曹操到"，在火车的餐车上，十年不见的远却不期然地出现在秋心面前，巧合的是他们还要同船到上海。可以想见与远的相遇对这种心境下的秋心有着怎样复杂的况味。远依然年轻，十年的流光，在远的身上，并不曾划出多少痕迹，而秋心从远惊讶的目光中看到了自己的憔悴。夜晚的甲板上，面对宁静的海面和银色的月光，秋心情不自禁地在远面前流下了孤独酸楚的泪水，暴露了自己的软弱。随后她又悔恨自己的脆弱。她收拾整理了自己的心境，把演讲稿写完，第二天后不再留下和远走近的机会一直到下船，保持住了自己的尊严。下船的时候，远的妻子带着两个孩子来接远，秋心目睹了那一家欢聚的幸福场景。她婉拒了远及其妻子欢迎她到家里的邀请："秋心自己提着箱子，慢慢的走下船来，到了岸上，略为站了一站，四顾阴沉之中，一阵西风，抹过她呆然的脸上，又萧萧的吹过，将船边码头上散乱的草屑和碎纸，卷在地面上飞舞。"① 全文至此结束。"西风"的意象在结尾的这段文字中明确出现。

  从故事层面看，《西风》揭示的是有知识的职业女性陷于婚姻与事业之间两者不可得兼的艰难境地的困窘纠结心理。

  这是一篇比较奇特的小说。两个主人公的情感故事应该很吸引人，十年前的留学生同学之间产生爱情并有求婚之举，但是因为女主人公的事业心有情人未成眷属。十年后的相遇场景颇有戏剧性——旅途之中。火车车厢、轮船甲板、大海和月夜增加了诸多温馨浪漫的情感氛围元素，似乎为两个主人公的"鸳梦重温"做了最充分的铺垫和准备。但是全篇读下来，却让人感受不到一丝轻松和愉悦，反而沉浸在一股忧郁伤感之中。这与文本采用的叙事策略相关。全篇以第三人称全知视角展开故事叙述，但是视点人物是秋心，全文基本是以秋心的眼光来看待一切的，因此小说并没有重在讲故事，而是集中展示女

---

① 伍仁编：《中国现代小说精品·冰心卷》，陕西人民出版社1995年版，第332页。

主人公的心理情绪。从话语（叙述技巧）的角度看，与其说这个文本采用的是零聚焦的叙事方式，不如说采用的是第三人称内聚焦的方式。秋心的眼光、秋心的心境和情绪笼罩着整个故事，形成了整个文本的忧郁基调，也引领了读者的阅读感受。

二

这样一个文本在冰心的小说中占据着怎样的位置呢？

作为被"五四"运动震上文坛的作家，冰心最先创作的是引领了中国现代小说风潮的问题小说。1918年夏天，冰心从北京贝满女中毕业，直接升入了协和女子大学预科（1920年协和女子大学、通州潞河大学、北京协和大学合并为燕京大学）。1919年"五四"运动爆发时，冰心以参加游行和写文章发表的文武结合的方式积极参加了这一运动。从1919年9月《晨报》连载小说处女作《两个家庭》开始，到1920年1月短短的4个月内，《晨报》连续发表了冰心的《斯人独憔悴》《秋雨秋风愁煞人》《去国》《庄鸿的姊姊》5篇小说，篇篇都是问题小说。冰心是问题小说写作的开创者之一，和王统照、庐隐、许地山、叶圣陶等组成了当时的问题小说作家群，这些人后来成为文学研究会的中坚力量。而与一般问题小说作者"只问病源，不开药方"不同的是，冰心在《超人》《烦闷》《悟》中找到了解脱青年人心灵痛苦之门的钥匙，即"爱的哲学"，"爱的哲学"中的"爱"是一种宇宙间的万全之爱，母爱、童真和自然就是这种"爱"的具象化。《超人》中冷心肠的男青年何彬在开始的无意中帮小杂工禄儿治愈伤腿之后，得到禄儿的感激，夜间何彬梦见自己的母亲，母爱滋润融化了何彬冰冷的心。《烦闷》中的主人公大学生"他"整个白天都陷在一种人生为什么而活的思索烦闷中无以解脱，晚上回家，看到外面雪雨寒冷，而家中温暖的炉火前，小弟弟已枕着母亲的膝头入睡，这一画面和母亲温柔的笑使他不由得爱感之泪聚于眼底。小说中对母爱童真的渲染与她小诗和散文中的指归是一致的。

"五四"时期的社会风潮造就了思考的一代，妇女问题也是当时的问题小说中表现的一个突出主题，作为一个女性作家的冰心自然也不例外。《两个家庭》从家庭的幸福和痛苦对男子建设事业的影响申发开去，探讨了女性在家庭中的作用问题。一个家庭的幸福与否实际上最终是落脚于家庭中的主妇身上，新贤妻良母家庭中的男子事业有成，于国家和社会都能做出大的贡献（三哥家）；旧式主妇家庭的男子不仅事业难成，而且会有生命不保之虞（陈先生家）。在冰心20世纪20年代的小说中，除前述的《秋风秋雨愁煞人》《庄鸿的姊姊》之外，妇女题材作品尚有《最后的安息》《是谁断送了你》《遗书》等。几乎每篇都写到了女性人物的死亡，有的是因为受教育招致的毁损，有的是童养媳受虐待，有的是因病死亡。但总的来说，冰心20年代的妇女题材小说不及她表现青年人或具体（民族国家危亡大背景）或抽象（人生观讨论）的苦闷的那一类作品醒目，这类作品代表了她问题小说的最高峰。

　　20世纪30年代，冰心的小说创作进入一个相对沉寂的时期。以时间为序主要有《分》《我们太太的客厅》《相片》和《西风》等。而恰恰是这为数不多的创作中，却产生了最能体现冰心性别意识的文本。相比之下，《分》有理念性太强而形象性不足的弊端，而《我们太太的客厅》和《相片》中细微幽深的女性心理的把握却是极富艺术功力的，显示出柔婉端丽、温柔敦厚的冰心在叙事技巧上的杰出才能，某种程度上可与同时代的凌叔华的《酒后》《绣枕》媲美。再说《西风》。《西风》给人的阅读感受较复杂，一方面故事似乎很吸引人，另一方面正因为故事情节太像戏剧了，反而有些失却客观生活的真实性。但是《西风》中涉及的问题是一个包含着沉重分量的性别问题。如果说20年代冰心的妇女题材作品和男性作家并无二致，我们可以从鲁迅的《祝福》《明天》等作品中读到类似的对妇女受压迫根源的探寻的社会现实和历史文化的批判倾向的话，那么《西风》里探讨的则是女性作家才可能写出的，女性作家才可能感同身受的问题——"家庭婚姻和工作事业"的矛盾。主人公秋心因为工作事业放弃婚姻家庭幸福，不仅在身体上损害了自己的容颜，变得苍老憔悴，而且在心理上备感寂寞困顿。这其实也是一篇问题小说，只是和20年代的《超人》给出药方不同的是，这个两难问题在《西风》文本中并没有明确的解，只是留下西风漫卷的图景给读者。

三

既然这是女性作家才会涉猎的独特话题,那么类似的写作是否也会出现在其他女作家笔下呢?

果然,我们在和冰心同时代的女作家笔下就发现了两个类似的文本,陈衡哲的《洛绮思的问题》和凌叔华的《绮霞》。这两个文本均在《西风》之前出现:《洛绮思的问题》发表于1924年的《小说月报》;《绮霞》发表于1927年的《现代评论》第六卷。

《洛绮思的问题》收于陈衡哲的短篇小说集《小雨点》。1928年新月书店出版的《小雨点》是陈衡哲1917—1927年创作的短篇小说的集成。外国女大学生洛绮思喜欢哲学,毕业以后报考了享有盛名的哲学家瓦德·白朗教授的博士完成进一步的学业。三年以后洛绮思如期取得博士学位时传出了这对师生订婚的好消息。但是经过考虑后的洛绮思取消了婚约,因为洛绮思认为结婚后为人妻母的家务琐事会影响自己的事业。瓦德虽然痛苦,却理解了洛绮思的想法。两人依然保持了纯洁友好的友谊关系。瓦德后来和一个中学体操教员结了婚。十余年后,四十多岁的洛绮思实现了自己的事业理想,成为一个著名女子大学的哲学系主任,但是她在一次白日梦的梦境中似乎看见自己是结了婚的中年妇人,与丈夫对坐于洋溢着金银花香气的廊下,两个孩子睡在楼上。这一梦境的美妙温馨让洛绮思觉得手中新译成德文的著作似乎变成了一堆废纸,她感到了自己现在生活的孤寂,自己的生命"总还欠缺了一点什么"[1],但是这种感慨和惆怅只能成为一个神圣的秘密埋藏于心底,是绝不能让而今已是子女满前的瓦德窥见的。

凌叔华《绮霞》中的年轻主妇绮霞婚前练了十多年小提琴。婚后夫妇琴瑟和谐,专心做主妇,不再练琴,小提琴被虫子蛀蚀了。丈夫卓群忙于自己的工作,虽极爱妻子却无法顾及她。患头疼的绮霞一人独自到公园赏菊花,遇到以前相熟的朋友辅仁兄妹。有见识的辅仁得知绮霞没

---

[1] 张慧敏编:《二十世纪中国女性主义文学精粹》(上),北岳文艺出版社1998年版,第405页。

有再拉琴后痛惜万分地批评了绮霞,对绮霞触动很大。"她忽觉到自己性灵堕落,以前自己高谈男女平等问题,自己曾经如何的唱高调,讥诮闺阁女子之易于满足,故学艺与男子不能比并,现在自己怎样呢?"①从此她又捡起已荒疏了的琴技训练。她拉琴入迷以至于影响了家务,婆婆不高兴。她处于家务和拉琴之间的矛盾之中:"想组织幸福的家庭,一定不可以继续琴的工作。想音乐的成功必须暂时脱却家庭的牵挂。""我爱卓群,但是,我舍不得放下我的琴。"②绮霞留下一封信,让丈夫再娶一位夫人,尔后离家到欧洲学习了四年。卓群又结了婚。五年以后绮霞当了S女校的音乐教员,但她依然独身一人。小说在女学生们对绮霞的优美琴声的欣赏中结束。绮霞幸福吗?文本没有写,而是把评判权交给了读者。

很明显,冰心1936年的《西风》和陈衡哲的《洛绮思的问题》、凌叔华的《绮霞》构成了一种互文关系,虽然三个文本的表层故事不尽相同,《洛绮思的问题》是发生在一对异国男女之间,《绮霞》是在一对已婚青年夫妇之间,而《西风》中的主人公并未能结婚,但是三个故事的深层结构是相同的,讲的都是知识女性在情感婚姻(家庭)和工作职业(事业)之间的矛盾困惑心理。

20年代庐隐的小说中也有类似意蕴的书写,《胜利以后》《何处是归程》中也表现了女主人公们冲出父亲的家庭,进入社会公共空间,自由恋爱找到中意的爱人,结婚生孩子重回私人空间,淹没在无穷无尽的女性家务劳动之中,备感失落、焦虑痛苦的矛盾心理。如果再把视野进一步加以扩大,可以发现,类似的书写不独在现代时期,在当代的女性小说中也有显在的表现。

中国现当代的女性文学发展与主流文学是相一致的,在当代十七年和"文化大革命"十年处于一个相对沉寂的阶段。80年代文学复苏。在80年代的女性小说中,就出现了以张洁《方舟》③和张辛欣《在同一地平线上》④为代表的表现现代女性生存困境的文本。不仅表现了当代

---

① 凌叔华:《凌叔华经典作品》,当代世界出版社2003年版,第123页。
② 凌叔华:《凌叔华经典作品》,当代世界出版社2003年版,第128页。
③ 《收获》1982年第2期。
④ 《收获》1981年第6期。

职业女性在或要家庭或要事业的两难困境中的焦灼心理，而且展示了现代时期女作家文本中没有的那种男女两性之间尖锐对峙的生存状态。[①] 这种书写一直延续到 20 世纪末，1997 年徐坤的短篇小说《厨房》[②] 依然是这一问题的重复书写。原已进入婚姻城堡的女主人公枝子不满于婚姻生活状态冲出围城，到商界打拼后取得了成功，成为商界女强人。但此时的枝子又怀念家中厨房的橘黄色灯光，又想成为一个厨房的女主人。她爱上了自己资助的有才华的画家松泽，为松泽精心准备了生日晚餐，但是被松泽巧妙地拒绝了。《厨房》发表后相继被《小说月报》、《小说选刊》和《新华文摘》全文转载，其影响力可见一斑，由此可见其中书写的问题对女性而言的重要性。可以说，这种书写已经成为中国现当代女性叙事文学（主要是小说）的一个母题，形成了某种模式。这个母题就是现代职业女性在婚姻家庭和工作事业之间的两难，或者也可以说是现代女性在私人空间和公共空间中面临的困境。在话语（修辞技巧）层面上，这类小说一般采用的是第三人称内聚焦和零聚焦相结合而又以第三人称内聚焦为主的叙事方式，文本中出现的一般是一对男女而以女性为主的人物形象。

冰心的《西风》作为 20 世纪 30 年代的小说，正连接着中国女性小说中这个母题和模式的书写，是中国现当代女性小说中源源不断的一个母题和模式书写中的重要一环。

四

为什么冰心会写这样一篇小说？这样的书写母题和模式对女性而言意味着什么？冰心的书写又有什么特点呢？

就作家个体而言，《西风》的写作自然有冰心自身的原因。我们可以从冰心的人生经历的变化中作一点合理的推想和揣测。

冰心 1923 年 6 月从燕京大学毕业之后，获得了威尔斯利女子大学

[①] 参见拙著《20 世纪西方文学批评理论与中国当代文学管窥》，四川大学出版社 2006 年版，第 129—137 页。

[②] 《作家》1997 年第 8 期。

的奖学金前往美国留学。三年的留学生活不仅丰富了冰心的人生经历，也收获了爱情。在赴美的杰克逊号邮轮上，她初遇了后来的丈夫吴文藻。1926年冰心毕业回国后，在母校燕京大学任教。又是三年之后与回国的吴文藻喜结连理。家庭的建立给冰心带来了新的生活内容。客观地说，和现代文学史上的很多女性作家的经历坎坷不同，冰心的一切相对而言是较为顺利的。但是家庭婚姻生活会使一个女子身份发生较大的变化，从一个女儿变成了妻子、母亲。男人自然也会从一个儿子变为丈夫、父亲，但是这种身份变化的意义对于两性而言是不相同的。如果说丈夫和父亲身份并不影响男人的事业、工作，相反可能还获得了某种帮助（如红袖添香），那么对于女人而言，为妻子、为母亲则把她几乎全部的精力投入繁杂琐碎、无休无止的家务劳动之中。仅仅是男人所无法代替的生育，就会大大增加女人的工作量。1931年2月、1935年5月和1937年11月，冰心先后生下了三个子女，可以想见作为一个母亲的劳累和艰辛。在繁重的家务劳动之余，冰心自己应该就有一个女人盘旋在家庭生活和事业工作两端的矛盾和困惑吧？冰心的创作为什么在20世纪30年代呈现出相对沉寂的局面，最直接的原因应该就是这种母亲角色要承担的大量日常生活的繁重劳动。但是作为一个作家，特别是早年就已成名的作家，创作的欲望是无法压抑的，哪怕她的时间被挤压得很少很少。当在很少的时间内提笔的时候，这种新的生活变化必然会在她的写作内容中体现出来。因此与其说《西风》在写别人的故事，毋宁说就是冰心在表达自己的迷惘和困惑。

这样的困惑不仅是冰心的个人遭际，也是她们那一代知识女性的普遍境遇。长冰心十岁的陈衡哲作为留美预备学校清华学堂第一位女生，1914年赴美留学，是中国现代文学史上的第一位女作家，北京大学第一位女教授。她的留学经历和后来的冰心很相似。而小冰心四岁的凌叔华虽没有留学的背景，却是冰心燕京大学的先后同校同学，与冰心一样毕业时获得过金钥匙奖。她学的是外文专业，对西方文学、文化也颇为精通。陈衡哲本是不婚主义者，但是禁不住任鸿隽三万里求婚的诚意而结了婚。凌叔华的丈夫是北京大学外文系教授、主持《现代评论》的陈西滢。她们都各自有自己的幸福家庭，但是作为第一批受到现代系统高等教育，而又同时承担着职业和家庭双重角色的敏感多思的女性，她们一定面临了相类同的人生境遇，于是她们不约而同地在自己的创作中传达了类同的思考，揭示了类似的问题。

当代80年代文学中张洁、张辛欣，90年代徐坤的类似书写一方面是冰心们的写作母题的自然延续，另一方面也是社会生活新变化的客观反映。如果说在现代时期能够走入公共空间的还限于像冰心这样一些受过高等教育的女子，那么新中国的成立则使广大的妇女都得到了翻身解放的机会，因为"时代不同了，男女都一样"。更多的女子都进入了公共空间，因此更多人面临着公共空间和私人空间的矛盾。张洁的《方舟》中的人物就不止一对，也正因为有三个女人之众，梁倩、荆华和柳泉居住的单元房才被称为"寡妇俱乐部"。

再进一步探究可以发现，这样的书写也不仅仅源于冰心她们那一代人的境遇，而是身处于迈向现代化进程中的中国广大女性必然要经历的一种"疼痛感"（笔者暂时找不到更恰当的词来表达）在文学中的表现。这种表现与中国古代文学中的另一种女性书写形成了一种表面似乎相悖反其实是相接续的异构同质关系。

中国古代的女子基本被限定在家庭的私人空间之中，"女性的一生都受家庭规定，妇女的本质和地位亦即她的家庭地位。"[①] 但是"谁说女子不如男？"替父从军的花木兰就为女子也可以进入公共空间树立了一个榜样。于是在清代的女性弹词小说中出现了大量的女扮男装的故事，如陈端生《再生缘》里的孟丽君，李桂玉《榴花梦》里的桂恒魁，邱心如《笔生花》里的姜德华等[②]，这一点前述第一章中已有提及。她们虽身为女子却有巾帼胜过须眉，为国杀敌、建功立业的志向，并通过易装来实现自己的愿望。这种书写是古代女子囿于家庭内部私人空间小世界，向往外部公共空间大世界愿望的一种反映。

历史发展到晚清民初，随着整个中国现代化进程的开始，特别是到"五四"新文化运动，"人"的意识觉醒的浪潮也敲响了妇女解放的"女

[①] 孟悦、戴锦华：《浮出历史地表：现代妇女文学研究》，中国人民大学出版社2004年版，第5页。

[②] 参见鲍震培《清代女作家弹词小说论稿》，天津社会科学院出版社2002年版，第126—134页。

界钟"。① 一些女子得到了公开的受教育的机会。她们是比古代花木兰们幸运的,不用易装就可以打开进入公共空间之门。特别是中华人民共和国的成立给广大妇女提供了更广阔的发展空间——"半边天"。这是妇女解放的巨大进步。但是妇女解放的道路无疑是艰辛漫长的,进入了公共空间的女人才发现新的舞台上除了鲜花更有棘刺,她们不仅要面对外在的社会环境(工作事业),也不能丢弃原来的内部角色(家庭婚姻),要同时兼顾公共空间和私人空间的矛盾,这个矛盾有时甚至像鱼和熊掌,不可得兼。女人们的腿似乎不可能都迈出去,一只在门里,一只在门外。这不是某个女人的问题,而是整个女性性别在探寻自我、寻求解放道路上必然面临的障碍。

这两种书写表面上似乎有些矛盾,却都是女性生活的真实写照。忠实于社会生活和自己内心真实感受的现当代女作家们如实记录下了自己的这种困惑,一如清代的弹词小说家们写下那些女扮男装的故事一样。

冰心就是这些女作家中的一员。

女人们该何去何从? 这个问题到目前一直没有一个明确的解决方案。很显然,只要婚姻家庭,让现代女性回到古代女人的生存状态是一种倒退。但是为了事业放弃家庭,显然也不是一条康庄大道。和同时代的陈衡哲、凌叔华相比,冰心的处理有些不同。陈衡哲的洛绮思只能独自把秘密埋藏在心底,凌叔华的绮霞也只能把幸福寄托在优美的琴声中。两篇作品均没有特别渲染女主人公的落寞,但是《西风》整篇都回旋着一股悲切忧伤的基调。从秋心的凄苦中读者可以读出女子还是需要家庭的暗示。在以后的创作中,冰心沿着这条线路作了一些探讨。40年代的《关于女人》集子中的一些文本就可以看作《西风》的互文书写,比如《我的房东》。身为法国巴黎贵族后裔,年已60却依然美丽优雅的女作家R小姐为了自己的写作事业放弃了爱情和婚姻,冰心假托叙事者"我"对此进行了温婉的劝谕和批评。

综上,冰心创作于30年代的小说《西风》秉承了冰心20年代问题小说的余绪,触及了对于整个女性性别而言的大问题,虽然这个问题由于种种原因尚没有一个明确的解决方案,冰心创作中表露的倾向却是最

---

① 借用金天翮的著作名。金天翮:《女界钟》,陈雁编校,上海古籍出版社2003年版。

富于建设性和积极意义的,这与她一以贯之的"爱的哲学"的精神指归也相一致。

第二节 女性解放中途点的迷思

1933年9月27日至10月21日,天津《大公报·文艺副刊》连载了冰心短篇小说《我们太太的客厅》。如果以中国现代文学三十年的分期理念看,这无疑是属于中国现代文学成熟期黄金时代的作品。但就冰心个人的创作历程看,则别有意味。一般以为被"五四"运动震上文坛的冰心在现代文学第一个十年期间就已经成就其大名,代表作就是她的散文、小诗以及问题小说,20世纪30年代的创作相对不那么引人注目,甚而有衰落期的断语。[①] 然而,仔细考察可以发现,虽然不及"五四"时期多种文体以及数量质量呈四散喷薄的厚发状态,冰心这一时段的创作依然不可小觑,尤其是小说。从1929年到1936年,冰心以差不多一年不到一篇的慢速度发表了《第一次宴会》《三年》《分》《我们太太的客厅》《冬儿姑娘》《相片》《西风》[②]等小说,《我们太太的客厅》就是其中令人瞩目的一篇。说瞩目是指这篇小说在当今的接受状况呈现出某种奇特的景观:一方面,无须说一般主流文学史中对冰心30年代小说的忽略不计,更不用说单独提到《我们太太的客厅》,就是在孟悦、戴锦华的《浮出历史地表:现代妇女文学研究》(1989),刘思谦的《"娜拉"言说:中国现代女作家心路纪程》(1993)以及盛英主编的《二十世纪中国女性文学史》(1995)这样一些专门的女性文学史中,也似乎是不约而同、有意无意地不能说回避开但确实也不重视这个文本;而另一方面则是网络上对这个作品延伸出的八卦的泛滥,有对这篇小说是讽刺现实生活中何许女性名人的"考证",有对其中出现的一应男性人物形象对应哪位真实文化名人的猜度。当今信息社会网络的发达以及

---

① 尹喜泉《衰落期的自我超越》一文探讨冰心20世纪30年代的小说《相片》和《西风》,本意是为30年代冰心小说正名,但同时也明确说"在创作这两篇小说时,冰心正处于创作的枯竭期"。

② 参见陈恕《冰心全传》,中国青年出版社2011年版,第500—501页。

大众对文化名人的隐私窥探的好奇心无疑助长了这种"流言"的传播面。如果说一般读者的反应限于这种初级水平,那么文学研究和批评者则不应该忘记一个基本的常识:这是一篇小说,一部文学作品,应该从文学艺术的审美层面来对其作出阐释和分析。另外目前的接受现象也是激发笔者探究心理的重要因素:应该如何解读这个文本?在这个冰心篇幅第二长(一万四千余字)①的小说里,究竟隐含着什么意味?本节拟从叙事与性别的角度,主要采用女性主义叙事学方法对此加以讨论。

女性主义叙事学是经典叙事学和女性主义批评相结合的产物。经典叙事学源自结构主义理论,其要义在于把分析对象的文本当作一个独立自足的,与作者、读者和社会生活都无关系的封闭存在,专注其形式特点的分析。女性主义文学批评则是一种社会历史文化批评,强调性别政治,专注于在作品文本中探寻女性意识。两者各有优点、长处,也都存在某种弊端。自20世纪80年代中后期以来,随着文学创作的变化以及文学批评理论自身更新的诉求和需要,走技术主义路线的叙事学与关注性别政治的女性主义两种批评方法相结合,形成了一种新的批评方法——女性主义叙事学,以美国学者苏珊·兰瑟和罗宾·沃霍尔为代表。女性主义叙事学由此也成为后经典叙事学中的一支重要力量,同时为文学研究提供了一种更恰切的批评方法。对于《我们太太的客厅》的解读,笔者就想据此做一点尝试。

一

《我们太太的客厅》的性别叙事特点首先体现于"太太"身份设置的性别认同上。

我们读者接触一个文学文本,都会面临这样一些问题:这个文本写的什么?怎么写的?作者为什么这样写?这样写有什么意义?而面对叙

---

① 据学者方锡德考证,长达两万余字的《惆怅》"是冰心正面描写上世纪20年代青年知识者的爱情生活的唯一一篇小说,同时也是冰心小说中最长的一篇"。方锡德:《五四爱情故事的另一种叙述——以冰心小说〈惆怅〉为中心》,陈建功名誉主编,王炳根、傅光明主编《聆听大家:永远的冰心》,安徽文艺出版社2010年版,第89页。2012年5月海峡文艺出版社出版的卓如编《冰心全集》第三版已收入《惆怅》一文。

事性极强的小说文本时更是如此。

在"写什么"的层面上,《我们太太的客厅》可以说是一个读者大众均耳熟能详的老故事。令人关注的是"怎么写"(当然"写什么"和"怎么写"是刘勰所说的文附质、质待文的无法分离的老问题)。文本的第一段话是这样的:

> 时间是一个最理想的北平的春天下午,温煦而光明。地点是我们太太的客厅。所谓太太的客厅,当然指着我们的先生也有他的客厅,不过客人们少在那里聚会,从略。[①]

简短的三个句子便交代清楚了故事发生的时间、地点、人物,接下来文本的第二段就是叙述者对人物形象"太太"背景也是故事背景的概述介绍。

太太是当时(犯一个经典叙事学所不允许的错误,以文本发表时间来推测,应是指20世纪30年代初)当地(指北平,叙述语言中已明示)一个响当当沙龙的主人,当时当地的艺术家、诗人等很多文化人,在清闲的下午都会到这个文化中心来聚会,留过洋、有文化而又明眸皓齿、能说会道的太太是这个沙龙的中心人物,来到这里的"各人都能够得到他们所想望的一切"[②]。再接下来,就是这个下午在太太的客厅中故事世界的具体呈现和展开。

人物是一个小说的核心构成要素。"太太"无疑是这个文本的视点人物,文本的聚焦对象。这个下午如常地开始了,陆续到来的有科学家、诗人、文学教授、哲学家、政治学者,都是男性,他们都是太太的欣赏者,其中有两个死忠粉:一个是羞怯木讷的科学家陶先生,安于静坐角隅远远地仰慕着太太的位置;另一个是潇洒风流的诗人,善于给太太写情诗并当众朗诵。围绕着太太的不仅有异性宾客,还有同性画家也是诗人的袁小姐,袁小姐"黑旋风似的扑进门来"与"从门外翩然进来"的太太形成鲜明对比。如果不分阶层差异,原名菊花而被太太改用

---

① 伍仁编:《冰心卷》,陕西人民出版社1995年版,第276页。
② 伍仁编:《冰心卷》,陕西人民出版社1995年版,第276页。

英文Daisy的侍女，甚至太太乖巧可爱的女儿彬彬也都成为太太的陪衬。异性和同性的众人以太太为中心，形成了"众星捧月"的格局。太太谈吐得体、举止优雅地周旋于客人之中，全身散发着迷人的魅力。如果不是不速之客露西的到来，这幅图景会像以往一样持续到结束，那么由露西的抢风头引发的太太微妙复杂的心理就不会产生，这种心理促使太太与表面缺乏情趣、不解风情实质上很爱妻子的银行家丈夫的围炉晚餐图景似乎也不会出现。一般读者就沉浸在故事的表层，顺着叙述者的干预追溯到文本写作者冰心的心理，然后对太太和众男性宾客进行对号入座，演绎八卦故事。笔者还在与友人聊天中听到过一种观点，说这是一篇最不冰心的小说，言下之意这篇小说与冰心温婉内敛、明丽典雅的一贯风格有些不搭。

还是回到文本叙事层。如果从人物所处的位置看，太太占据着主体的地位。月亮比众星明亮，所有的一切人都可以说是太太的仆人，太太可以调遣任何人，吸引着所有人的目光和视线。太太也担得起这个主体位置，因为客厅里首先映入读者眼帘的是书桌，书桌的玻璃板下压着的是太太画的花鸟，还有笔筒和白纸，然后才是太太美丽的画像和照片。太太可不是旧时代的家庭妇女，也不是徒有其表的花瓶，而是如伍尔夫所说的有了"一间自己的屋子"，文质彬彬的才女，惟其如此，她也才能驾驭得住自己的丈夫，也镇得住众宾客。可见"太太"其实是一个具有强烈自我意识的人，和禁锢于梱内的古代女子相比，太太是一个现代女性。作者如实写出了时代赋予女性的进步。然而仔细考量，"太太"形象还别有意味。

不知道有没有人注意到女主人公的命名问题，太太是有名字的，按文中出现的顺序看，诗人和丈夫都先后叫她"美"，但是叙述者就叫她"太太"。在现代汉语中，这里的"太太"是一种对已婚妇女的尊称，一般要带上丈夫的姓，以显示其身份归属。然而文本中没有丈夫的姓，而是加了个修饰人称定语"我们的"，行文中基本也是"我们的太太"的表述，这里的"我们的"用语可没有当今由韩语wuli翻译而来的网络语中的"亲切、喜爱"的语体色彩，而带有一种讽刺意味，也算是叙述者干预之一吧？这种修辞传达的意味是这个太太和一般太太的不同，她不仅仅是属于丈夫的，其能力大大超出了一般太太的行动范围——她有专属于自己的客厅。然而说到底"太太"终归是太太，哪怕她是"我们的太太"，哪怕她是客厅里的月亮，客厅里的太太也终归是属于丈夫的，因此，受挫的太太最后的栖息地只能是家中温暖的炉火和丈夫坚实的臂膀。

可见，小说的中心人物"太太"的命名只是一个身份的称呼，这个称呼表明的是身为自己丈夫的妻子的身份，"我们的太太"最后的行为选择其实只是妻子身份的一种自然而然的表露，虽然她平日里对此没有多少明确的意识。作者这样来设置这个现代女子"美"——太太的身份，表明了女性的一种性别认同，流露出作者冰心心理深处的某种意识，这种意识来源于有着深厚传统积淀的女性性别文化观念：已婚的女人不能太逾矩，她终归是属于丈夫的。这令人不由得想起鲁迅先生的那段谈论女人天性的话："女人的天性中有母性，有女儿性；无妻性。"鲁迅先生接着说"妻性是逼成的，只是母性和女儿性的混合"[①]。也就是说，妻性不是女人的天性，但是一般女人都是要嫁人的，嫁了人便成为丈夫的妻子，因此妻性便被逼迫着炼成了。鲁迅的话里是同情女人的，而作为女人的冰心在这里对太太却显得有些严苛，这构成了一种饶有意味的扭结错位现象。

按照经典叙事学的精神，作者和叙述者并不是同一个概念，叙述者是"叙述本文的讲述者"，"叙述者并不是在构成叙事作品的语言中表达其自身的个人，而属于一种功能"[②]。也就是说叙述者的干预并不一定能代表作者的倾向和观点。不过作者是最终掌控文本创造的人，叙事世界的营构者说到底毕竟是作者，也不能说没有一点关系。《我们太太的客厅》对"太太"形象的主体意识进行了如实传达，但"太太"身份体现的女性的妻性归属的设置又显露出作者冰心的某种陈旧观念的印迹。

二

这个文本叙事与性别特点的第二个表征是"客厅"空间叙事蕴含着

[①] 鲁迅：《小杂感》，《而已集》，人民文学出版社1980年版，第127页。
[②] 谭君强：《叙事理论与审美文化》，中国社会科学出版社2002年版，第50页。

丰富的性别意味。

如前所述，小说是一种叙事的艺术，而任何叙事总是离不开时间的，因为"叙事是一种语言行为（无论是口语、文字，还是其他符号形式），而语言是线性的、时间性的，所以叙事与时间的关系颇为密切"①。人在社会生活中所历之本事和叙事本文所叙之事总是按一定的时间序列展开的，而"无论是作为一种存在，还是作为一种意识，时间和空间都是不可分割的统一体"②。再来回顾一下《我们太太的客厅》文本开头："时间是一个最理想的北平的春天下午，温煦而光明。地点是我们太太的客厅。"这个开头几乎就是以上理论最好不过的说明书和范本。而对于《我们太太的客厅》而言，不仅仅是时间，地点"客厅"这个空间占据着更突出的地位，这种重要性不仅体现在它作为小说题目的中心词，而且在文本叙述世界的展开中也是如此。

在主要人物太太出场之前，文本第三段开始，有一千一百多字的篇幅详细地描述了客厅里的玻璃窗、书桌、墙上的镜框、女主人公母女的画像和照片、壁炉、书架、地毯、淡黄色的窗帘以及窗外的景致……叙述者仿佛手里拿着一个摄像机，引领着读者观看太太的客厅的陈设，镜头更多的是近景和中景，少数的远景，比如镜头摇向与客厅相连的法式长窗外隐隐的垂杨柳和山石上的小花。时间停留和篇幅最长的是近景加特写，那是有关太太相片和塑像的一段，细描了太太少女时"社交界的一朵名花"的嫩艳："鬓云，眼波，巾痕，衣褶，无一处不表现出处女的娇情。""一个椭圆形的脸，横波入鬓，眉尖若蹙，使人一看到，就会想起'长眉满镜愁'的诗句。"③ 随后太太翩然而入客厅，客人们不久也一一亮相，整个故事就在这里发生也在这里收束。以空间叙事学理论看，这是一篇最具原初意义的有关空间的叙事文本，"客厅"这一具体实在的空间就是故事发生的地点和叙事必不可少的场景。

行文至此，笔者突然有一种恍惚，以为这篇小说是冰心一个长篇小说的片段：因为整个文本太像某个长篇小说中的一个场景摹写片段了，

---

① 龙迪勇：《空间叙事学》，生活·读书·新知三联书店2015年版，第5页。
② 龙迪勇：《空间叙事学》，生活·读书·新知三联书店2015年版，第7页。
③ 伍仁编：《冰心卷》，陕西人民出版社1995年版，第277页。

也像影视剧中的一场戏，而这场戏就是在客厅场景中拍摄完成的。

按照以往文学理论和批评的观点看，空间不过是小说中的环境描写，而环境描写只能履行配角的功能。身兼作家和批评家双重身份的茅盾早在1928年就指出过："小说的环境，仿佛就等于戏曲的布景，绘画的配景，都是行使渲染烘托的职务的。"① 然而，随着文学理论的发展，可以看到《我们太太的客厅》没有那么简单。空间叙事理论认为"空间已不再是简单的时间与运动的参照物，而是与历史、文化、政治、种族、性别、权力、心理，甚至时间等多种因素紧紧地纠缠于一体。空间已被视为叙事中可能涉及的多重因素的交织。"② "客厅"这一空间就与女性性别文化有紧密的关系。

"客厅"似乎是一个不言自明无须解释的概念，《现代汉语词典》中倒有解释，不过与"太太"有5个义项之多不同的是，"客厅"只有简单的一项：接待客人用的房间。在我国当今的家居建筑格局中，客厅、卧室、书房、厨房、卫生间和阳台是必备的组成部分，而客厅又是重点（有时候书房也可以履行客厅的功能）。客厅是建在家庭居所内的一个房间，为某个家庭所有，具有一定的私密性。同时客厅又是一个家庭接待客人的地方，其私密性远远不及卧室。因此可以说客厅是连接家庭与外界的一个中介和桥梁，属于一个介于家庭私人空间和外界公共空间的一个半开放空间。一般而言古代的上等人家都是有专门待客的房间的，称为堂屋。堂屋是民居的正房，一般具有两个功能，一是供奉先人，二是接待宾客。在中国古代，堂屋基本是男人的活动空间，接待来访客人的一般是男人，女人们的活动范围一般被排除于客厅之外，小姐们在闺阁，顶多在后花园。这与女人们对家庭的依赖构成某种意味深长的奇特对照：家庭可以说是女子活动的主要空间，女儿在父母家，妻子在丈夫家，母亲在儿子家，相应地产生了古代对女子的训诫：在家从父，既嫁从夫，夫死从子。这是儒家伦理宗法法则给女人派定的位置。女人一生的活动空间被限于家庭中，但是偏偏是在家庭成员活动最重要的实实在

---

① 沈雁冰：《小说研究ABC》，上海书店1990年版，据世界书局1928年版影印，第109页。

② 方英：《理解空间：文学空间叙事研究的前提》，《湘潭大学学报》2013年第2期。

在的空间（房间）中，女人一般不能涉足。接待客人可以说是男人的专属，客厅也就自然成为男人的天地。

从这个意义上说，《我们太太的客厅》反映出对女子而言社会生活中发生的天翻地覆的巨大变化，过去只能在后花园里和男子偶然相遇即发生爱情的闺阁小姐们可以走出家门，漂洋过海去留学，学得满口外语，能够读懂外国文学诗集，结交男性友人，而且嫁了人之后还可以有自己的书房和单独的客厅，成为这个客厅里众人仰望钦羡的女主人，充分张扬显示出新女性"上得了厅堂，下得了厨房"的现代风姿。由此可见，表现走进客厅，尤其是能够在这个客厅里从容悠游、应对自如尽到一个主人身份的女人，这样的书写叙事中就蕴含着女性性别进步的巨大力量。

但是，正如前文已述，"客厅"只是介于私人空间和公共空间的半开放、半封闭空间，和真正的全开放的空间，比如十七年这一时期杨沫的《青春之歌》、茹志鹃《百合花》等，更不用说新时期张洁《方舟》，张辛欣《在同一地平线上》等文本中描述的女主人公们的活动场域相比，"客厅"终归是一个有限的空间。

可见，"客厅"意象不仅仅是一个实实在在的房间，人物活动的物理空间，同时是传达女性人物形象太太微妙感觉的心理空间，也是作家冰心对女性命运思索的承载物。要而言之，这里的"客厅"是女性性别文化的某种象喻。美国女性主义叙事学家罗宾·沃霍尔在谈到英国女作家奥斯汀身后出版的小说《劝导》时曾说："奥斯汀在处理性别和空间的相互作用时，显得既微妙，又注重细节。奥斯汀小说中的场景就如人物的思想和行动一样，在叙述世界的构建中发挥着重要的作用。"[①] 这一评价也适用于冰心在《我们太太的客厅》中空间与性别关系的叙事营构。

三

《我们太太的客厅》还具有一种强烈的象征性，文本中"春天"意

[①] ［美］戴维·赫尔曼、詹姆斯·费伦等：《叙事理论：核心概念与批评性辨析》，谭君强等译，北京师范大学出版社2016年版，第92页。

象的选择象征着女性解放的艰难坎坷之途。前边两部分都提到了《我们太太的客厅》的开头一段，其中包含了笔者理解这个文本的两个核心词语"太太"和"客厅"，其实这个开头中还包含着第三个核心词"春天"。

如果有人问《我们太太的客厅》中出现的男性人物，除了太太的银行家丈夫之外还有谁，可能很多人都把注意力集中在进入客厅的那些仰慕太太的"众星"身上。其实不然，在丈夫回家之前，还有一位男性人物来到客厅，那是太太的私人医生周大夫。周大夫本来是要出诊的，路过门口，看见有很多车子，顺便进来看看。周大夫的出场，才说出了太太前天刚刚伤风的情况。本职工作是治病的周大夫因为替太太看病，也算是客厅的特别常客，因此受到沙龙风气的熏陶，这次针对太太的病情也会说出"乍暖还寒时候，最易伤风"这种改写了的诗句。伤风是春季最易犯的一种病症，文本到这里呼应了开头第一句中提到的"春天"。

春季是自然界一年四季中的第一个季节，和前边对"太太"、"客厅"的讨论相关联，"春天"何尝不是包含着某种女性性别意识形态的绝佳象喻呢？中国的女性解放是一条充满艰辛坎坷的道路，与"太太"、"客厅"相比，"春天"似乎更能表征女性解放道路的中途点意味，因为春天来了，万物复苏，生命开始生长。但是春天乍暖还寒，还没有到夏天的繁盛葳蕤，更谈不上果实累累的秋天收获。

中国漫长的封建社会对于女子来说犹如寒冷的冬季，解冻的最早呼声是由男性思想者们发出的，这一呼声集中在现代化进程开启的晚清民初时期，"五四"新文化运动则形成潮流。梁启超、严复、郑观应、金天翮、李大钊、周作人、胡适、鲁迅等都是妇女解放的倡导者。但是"中国妇女问题的被提出发生在相当特殊的历史境遇里，'极苦'的妇女自身并未向民族国家提出争取自身权益的要求，而是男性在着手解决富国强民问题时逐渐将目光投向了女性，并且将妇女问题——禁缠足、兴女学、废妾甚至包括婚姻自主等等视作'国政至深之根本'"[①]。也就是说，妇女们不是自身主动提出解放，而是男性启蒙者们看到落后的妇女会成为建设现代民族国家的不利因素，于是梁启超等人想通过兴女学等

---

① 刘慧英：《女权、启蒙与民族国家话语》，人民文学出版社2013年版，第25页。

措施将落后妇女变为"上可相夫,下可教子,近可宜家,远可善种"①的"国民母"。妇女真正发出自己的声音,在文学上的表现就是"五四"女作家们的出现,这是中国现代文学史上的第一代女作家,冰心便是这浮出历史地表群体中的杰出一员。

在现代女作家中,与庐隐、丁玲、萧红、张爱玲等女作家相比,无论是在做女儿时的父母家还是做妻子、母亲的自己家,虽然也经历了抗战时期的颠沛流离(当然还有1949年以后50年代丈夫和儿子被划为"右派"的磨难和伤痛),但冰心都可以算是个人情感婚姻生活最幸福的一个,即所谓"得天独厚"的"天之骄女"②。冰心做女儿时的经历体验,中学时代求学于贝满女中对基督教义的受教领悟,以及对泰戈尔诗作的文化接受合力作用形成了她"爱的哲学"思想,这一思想体现在她的创作中,便是对母爱、童真和自然的着力讴歌和赞美,哪怕在锋芒最突出的问题小说中,冰心都不会表露出咄咄逼人的激烈姿态。做妻子、母亲之后的创作有一些变化,但是依然秉承着她一贯的温婉敦厚,在创作中显露的贤妻良母主义就是如此。③

"贤妻"和"良母"是古代中国性别文化中对女子性别角色的一种规训,"男尊女卑"、"三从四德"、"女子无才便是德"是框定女性的要义。20世纪初,在继承传统的基础上,我国出现了新的具有现代性内涵的贤妻良母话语,只是在对贤妻良母的阐释中,男性、女性的理解存在差异。男性话语中的"贤妻良母"从男性本位出发,更多考虑的是民族国家的利益和男性家庭的需要。而在女性思想者眼里,家庭不再是附属于社会的次等领域,而是与社会平行的场所,更突出女性在家庭中的主体位置。④冰心则以文学家的身份参与了这种新贤妻良母话语的建构,"新贤妻良母"就是"她试图建立的女人模式、家庭模式和社会模

---

① 梁启超:《倡设女学堂启》,《饮冰室合集》(典藏版),文集,第二册,中华书局2015年版,第19页。

② 孟悦、戴锦华:《浮出历史地表:现代妇女文学研究》,中国人民大学出版社2004年版,第59页。

③ 参见刘传霞、葛丽娟《论冰心创作中的贤妻良母主义》,王炳根主编《冰心论集2012》,上海交通大学出版社2013年版,第126—138页。

④ 参见王秀田《20世纪初期女性话语中的"贤妻良母"》,《石家庄学院学报》2008年第4期。

式的设想"①。其小说处女作《两个家庭》中的主妇形象亚茜就是这种新贤妻良母的典型代表。《两个家庭》奠定了冰心小说专注家庭母题书写的贯之一生的特色②，而其中体现出的"东方式的性别自认"③方式则是冰心对女性形象的一种认同和界定，这种界定在她自己做了妻子和母亲以后的创作中依然顽强地呈现，尤其是在40年代创作的《关于女人》中，她将叙述者直接定为"男士"，从"我"一个男人的眼光直接讲述女人的故事，不吝笔墨给予女性很高的赞美，只是这样的叙事策略不可避免地又显示出某种局限："我"是男性，很大程度上体现的其实是男性对女性的评价和要求。

这样来阅读《我们太太的客厅》，就不难理解文本中读者的眼光似乎是在一架摄像机的引领下客观地观看着客厅里发生的一切，却又出现了那么多的叙述者干预（犹如影视剧里的声音旁白），明显地让读者感受得到叙述者对太太的揶揄、讥讽之意：太太不是一个贤妻，也不是一个良母，而且太太的"月亮"位置受到威胁时，只有丈夫温暖的怀抱才是妻子（太太）的最终归属。

然而"太太"毕竟是带着刚愈的伤风接待客人，"太太"是一个"病体之身"，她与"挑战者"露西构成了又一组对比，"乍暖还寒"的伤风之体和真正春天的健康之躯。文本中有对露西出场的描述："一身的春意，一脸的笑容，深蓝色眼里发出媚艳的光，左颊上有一个很深的笑涡。"④美国女人大方无忌的谈笑压过了中国"太太"的内敛含蓄。这样的叙事策略未尝没有深意。身处于传统和现代、东方与西方夹缝之中的"太太"，未尝没有面临凌叔华笔下芳影（《吃茶》）一样的尴尬，"太太"幽深曲折的复杂细密心思难道不引人尤其是女性读者的悲悯吗？

"乍暖还寒"时候的"春天"啊，确实是"最易伤风"的时候。女

---

① 刘巍：《关于冰心的"新贤妻良母主义"》，王炳根主编《冰心论集》（五），海峡文艺出版社2011年版，第24页。
② 1980年3月，《北方文学》发表了冰心短篇小说《空巢》，获1980年全国优秀短篇小说奖。这是一篇与《两个家庭》具有连续性的文本，两个均关注于家庭书写的小说发表时间相隔60年。此处参考了刘思谦的观点，见《"娜拉"言说：中国现代女作家心路纪程》，河南大学出版社2007年版，第106—113页。
③ 盛英主编：《二十世纪中国女性文学史》上，天津人民出版社1995年版，第78页。
④ 伍仁编：《冰心卷》，陕西人民出版社1995年版，第287页。

性性别的解放之途也许永远呈现的是"在路上"的状态，路上的任何一站都是中途点，那么在中途点上的迷惘和思考想来是不足为怪的。

一个作家的心理构成和思想意识是极为复杂的，在作品中极力营构典雅、明丽的艺术世界的冰心也一样。惟其如此，才表明作家既是一个平凡又是一个伟大的人的过人之处。

在冰心的小说创作中，如果说20年代表现女子被封建礼教道德伦理压迫的一系列小说并没有超出同时代男性作家如鲁迅的《祝福》之类的水平的话，那么30年代几篇着力表现女性心理情感的小说则是对男性作家创作的某种超越，而其中《我们太太的客厅》则是最富于审美艺术魅力的文本。细究起来，其高超的叙事技巧和复杂的性别蕴含的妙合恐怕也是读者大众"钟爱"这个文本的原因之一吧。

第三节 小城三月的忧伤

本节的写作缘起于2011年萧红诞辰100周年。在萧红的家乡，黑龙江省社会科学院文学研究所为纪念萧红出版一本研究文集，向全国女性文学研究界广泛征稿，以纪念从自己土地上生长出的女作家。

一

1942年1月22日，萧红在香港沦陷的硝烟战火中饱受病痛的折磨后溘然离世，实足年龄只有30岁。从1933年处女作《王阿嫂的死》（短篇小说）到1941年"九·一八"纪念日前夕的绝笔《九·一八致弟弟书》（散文），以这样短暂的生命历程，萧红"在短短八年的漂泊岁月里竟然写出了一百来万字的作品，把她的生命潜能发挥到了极致"[①]。萧红给后人留下了丰厚的文学财富。这百万字和70年足以构成一部萧红接受史，这是萧红研究中不能忽视的一点。

---

① 刘思谦：《"娜拉"言说——中国现代女作家心路纪程》，上海文艺出版社1993年版，第187页。

中国现当代大多数作家的接受史都呈现出一个比较明显的分界，分界线是 20 世纪 80 年代后期兴起的"重写文学史"思潮。之前一般是以政治意识形态正确与否的观点来判定一个作家的文学史地位，左翼文学因之成为文学史的主流。之后则逐渐打破单一的左翼文学史条框，以更丰富的人性、审美等眼光重新审视那些已有定评的作家作品，正视文学的复杂多样性，阐释文学文本的深厚意蕴。具体到萧红，主流文学史如 1979 年人民文学出版社出版的唐弢主编的《中国现代文学史》第二册给了萧红一定的篇幅，把她置于第十一章《第二次国内革命战争时期的文学创作》（二）间的一节"叶紫和'左联'后期的新人新作"中，对《生死场》作了较高的评价，此外还提到了萧红的其他一些作品。应该说，萧红还是比较幸运的，特别是和张爱玲相比（《中国现代文学史》对张爱玲只字未提），萧红实在是沾了左翼文学政治正确的光。但也正是这左翼标准使论者在对萧红作品的具体评价中有厚薄扬抑之别："写在抗日战争时期的《呼兰河传》，在过去生活的回忆里表现了作者对于旧世界的愤怒，但也流露出由于个人生活天地狭小而产生的孤寂的情怀。"[①] 褒扬《生死场》贬抑《呼兰河传》，言下之意从《生死场》到《呼兰河传》，萧红的创作是"退步"的。这种退步说的源头应该在茅盾。早在 1946 年茅盾的《呼兰河传·序》中就对其作出过"是一篇叙事诗，一幅多彩的风土画，一串凄婉的歌谣"的评价。但在对其艺术形式进行肯定的同时，茅盾又指出在《呼兰河传》中"看不见封建的剥削和压迫，也看不见日本帝国主义那种血腥的侵略。而这两重的铁枷，在呼兰河人民生活的比重上，该也不会轻于他们自身的愚昧保守吧？"[②] 可见对其思想内容茅盾是趋于否定的。"重写文学史"思潮以后，特别是女性文学研究兴盛以来（女性文学研究的兴盛和重写文学史思潮在时间上的暗合可以说是一个饶有意味的现象），对萧红的研究可谓蒸蒸日上。从性别视角切入成为萧红研究的重要维度。这种局面的形成与美国学者葛浩文（Howard Goldblatt）的萧红研究成果传入有很大关系，《萧

---

① 唐弢主编：《中国现代文学史》（二），人民文学出版社 1979 年版，第 253 页。
② 茅盾：《呼兰河传·序》，萧红《呼兰河传》，黑龙江人民出版社 1979 年版，第 9 页。

红评传》① 中在论及"萧红及其文采"时就专门分析了萧红作品中的女权主义意蕴。而在看待《生死场》和《呼兰河传》上,人们不仅日渐认识到《呼兰河传》潜在的丰厚价值,就是在对《生死场》的解读中,别具慧眼的学者也注意到了从前学界的不足。女批评家刘禾就认为过去对《生死场》的解读主要源于鲁迅的"序言"和胡风的"后记",两位男批评家看到的主要是抗日精神和爱国意识的觉醒。但是细读文本,可以发现,小说写的主要是与乡村妇女生活密切相关的两种体验——生育以及由疾病、虐待和自残导致的死亡。《生死场》是民族国家的生死场,更是女性的生死场。只限于民族国家寓言的解读体现了男性批评家的盲区。② 总之,现当代文学研究领域出现了一股萧红热,姑且不论单篇的论文,在女性文学研究方面的代表著作中,如20世纪80年代末孟悦、戴锦华的《浮出历史地表:现代妇女文学研究》(1989),90年代刘思谦的《"娜拉"言说——中国现代女作家心路纪程》(1993)和盛英主编的《二十世纪中国女性文学史》(1995),书中辟有专章对萧红进行评析,至新世纪则有黄晓娟的博士学位论文③专门探讨萧红的创作。而在萧红研究生平方面,作为纪念萧红诞辰100周年的献礼,出版了目前最有分量的季红真的《呼兰河的女儿:萧红全传》。那么多的人来说萧红,关于萧红的话是否就说完了呢?正如一个学者早在20世纪90年代做萧红研究综述时化用聂绀弩的诗句发出过的慨叹"何人绘得萧红影 望断西天一缕霞"④一样,对萧红的接受依然没有完成,也不会终止。

下面笔者将采用细读的方法,结合叙事学批评理论,对萧红的短篇小说《小城三月》进行重读。

---

① [美] 葛浩文:《萧红评传》,北方文艺出版社1985年版。
② 刘禾:《文本、批评和民族国家文学:〈生死场〉的启示》,唐小兵编《再解读:大众文艺与意识形态》(增订版),北京大学出版社2007年版,第5—16页。
③ 黄晓娟:《雪中芭蕉:萧红创作论》,中央编译出版社2003年版。
④ 王艳芳:《何人绘得萧红影 望断西天一缕霞:萧红研究述评》,《徐州师范大学学报》1996年第4期,人大复印报刊资料《中国现代、当代文学研究》1997年第3期全文转载。

二

《小城三月》写于 1941 年 6 月，发表于 1941 年 7 月 1 日香港《时代文学》第一卷第二期。从时间上推测，这应该是萧红的最后一篇小说（不论长短），9 月写的《九·一八致弟弟书》就是在病中完成的，随后她就在看病住院治疗中度过了最后几个月的日子。《小城三月》的故事想必很多读者都已经耳熟能详：美丽年轻的女子翠姨因为爱而不得，终结了自己的生命。这是一个多少有些老套的故事，从《红楼梦》中的林黛玉到《家》中的钱梅芬（梅表姐）我们已经读到过很多这样的故事，这也说明类似的女性故事不独是个别女性的遭际而是某种带有普泛性的女性境遇。季红真在《呼兰河的女儿：萧红全传》中就证实了《小城三月》的素材来源："萧红这个时期的女友中还有继母的异母妹妹，小名叫开子，她是萧红晚期短篇名作《小城三月》中翠姨的原型。……继母为她定了一个农村的寡妇儿子为亲，对方给了几万吊的彩礼。而开子看不上那家的儿子，暗恋着萧红的堂兄，一个洋学生，整日郁郁寡欢，又不能明说，因为自己找婆家是被认为大逆不道的，终于得了肺结核，青春生命不治而亡。"[①] 但是小说不是生活本身，从生活到艺术，还有作者这个重要的中间环节。这样一个源自客观事实的故事，萧红是如何讲述的？或者换句话说，这篇小说采用了什么样的叙事方式和修辞技巧？

小说以"我"作为叙述者展开叙事，叙事方式上基本采用的是第一人称内聚焦的方式，是那种"同故事"＋"故事内"的叙述。[②] "我"是故事中的一个人物，翠姨是"我"没有血缘关系、辈分不同但年龄相仿的一个姨，和"我"也是好朋友。但"我"虽是故事的讲述者，却不是在讲自己的故事。假如"我"是故事的中心人物，那么"我"的心理会得到充分的袒露，但是《小城三月》的中心人物是翠姨，"我"只是旁观者，在看着翠姨的一切，也就是说"我"的眼光是受到限制的。如果翠姨自己不说，那么"我"是无法了解翠姨内心的真实心理状况的。

[①] 季红真：《呼兰河的女儿：萧红全传》，现代出版社 2011 年版，第 88—89 页。
[②] 陈顺馨：《中国当代文学的叙事与性别》，北京大学出版社 1995 年版，第 47 页。

翠姨为什么死，小说并没有给出一个直接明确的答案。就连翠姨和哥哥的恋爱，文本中也是用了这样的表述："我有一个姨，和我的堂哥哥大概是恋爱了。"① 翠姨和哥哥的接触，基本是在"我"家，在很多人演奏乐器的场合，因此在"我"看来，"翠姨对我的哥哥没有什么特别的好，我的哥哥对翠姨就像对我们，也是完全一样"②，两人之间还有些客气。只是因为年龄的关系，他们彼此之间所谈更能相互理解一些。最例外的是有一天晚饭后，"我"发现翠姨和哥哥不见了，后来在后屋看到他们在聊天，他们聊了什么不知道，因为"我"去了以后他们就陪"我"玩棋了。如果再有一些迹象，那就是订婚以后的翠姨在打网球后独自"向着远远的哈尔滨市影痴望着"③（哥哥在哈尔滨念书），再有就是正月十五观灯的夜晚，翠姨在路上"直在看哥哥"。

小说全篇基本限定在"我"的视线之内，当然文内也有聚焦方式的变化，比如开头和结尾对春天景象的描写，特别是在设定翠姨将死哥哥去看她的场景时，由受限制的内聚焦改为了不受限制的零聚焦。这样的叙事视角的变换让翠姨临死之前终于有了一个面对自己心仪的人的机会，也说出了自己的心里话，虽然依然是婉转的，因为她感谢的是把哥哥派去看翠姨的"我"的母亲："谢谢姐姐她还惦着我……我心里很安静，而且我求的我都得到了……"④ 翠姨真的得到了吗？她实现的其实只是早日死去，不要嫁给自己不喜欢的男人的愿望。而真正的愿望只能作为潜意识埋藏在心底，带入冰冷的坟墓。小城又是美丽的三月，但是载着翠姨的马车不会再来。

萧红和曹雪芹、巴金一样讲述了同样的女性故事，但是和他们的不受限制的全知视点不同的是，萧红讲的是一个女性自己无法言说（翠姨）又无以言说（"我"）而"大家也都心中纳闷"⑤ 不知道女主人公为什么死的故事。

又是一个女性的死亡故事，这种故事贯穿在萧红的小说创作中，

---

① 亦祺选编：《萧红小说》，浙江文艺出版社 2000 年版，第 355 页。着重号为引者所加。
② 亦祺选编：《萧红小说》，浙江文艺出版社 2000 年版，第 369 页。
③ 亦祺选编：《萧红小说》，浙江文艺出版社 2000 年版，第 365 页。
④ 亦祺选编：《萧红小说》，浙江文艺出版社 2000 年版，第 374 页。
⑤ 亦祺选编：《萧红小说》，浙江文艺出版社 2000 年版，第 374 页。

《王阿嫂的死》中王阿嫂，《生死场》中的月英，《呼兰河传》中的小团圆媳妇、王大姑娘，现在是翠姨。女性的死亡几乎成为萧红小说创作中的一个母题，反复出现，这使萧红笔下的女性人物形象总弥漫着一种忧郁伤感的悲剧意味，而在《小城三月》之中，这种忧伤则达到一种顶端，小说还用了一种古老的以乐景写哀的手法：自然界春天的热闹美妙更衬托出了人事的悲惨凄凉。

三

造成翠姨悲剧的原因不是单一的，它既来自人物自身性格心理的局限，更来自社会历史文化对女性的无形打压。

翠姨待人接物、做人做事含蓄稳重，从对待"我"的态度上就可以看出这一点。"我"是翠姨的好朋友，没有念过书的翠姨很信任在哈尔滨学堂里读书的"我"，也愿意和"我"说一些话，两人经常说话到天明，但是很多心思翠姨也不跟"我"明说，"我"也是猜测。翠姨的性格是内倾型的，在很多事情上不轻易表明自己的观点，比如在买绒绳鞋上，心里早就喜欢但是在外又不表露自己的真实意愿，终于去买时没买到，于是"我的命，不会好的"[①] 也就成为她的一种心理定势。这种性格一旦面临对一个年轻女子很重要的情感婚恋问题时，可能就成为一种重要甚至致命的因素。从这一点看，翠姨的最终命运结局似乎就是在她自己早就心理暗示过的道路上顺其自然地行进发展的结果。

而形成翠姨这种性格的深层原因则在于性别历史文化观念的影响。翠姨时代女子的婚姻是不可能自己做主的，哪怕是受过教育的女学生，也大多遵循的是"父母之命，媒妁之言"，萧红自己就是一个个案。翠姨虽然没有读过书，但是冰雪聪明，她深知自己的劣势，父亲死了，母亲又出嫁了，然而好女不嫁二夫，身处这种家庭的女儿在心理上就感觉比别人低了一头。所以她谨言慎行，内敛隐忍。但是在内心深处她又有着自己的向往和追求，不想甘于命运的摆布，当她自知自己缺乏和命运抗争的能力时，只能将心中的破坏力转向自身，早点死去，让生命终

---

① 亦祺选编：《萧红小说》，浙江文艺出版社2000年版，第359页。

结。翠姨的病就是她自杀心理的外化结果。

这样的故事让读者心中也不免忧郁起来，哪怕翠姨自己说"我也很快乐"。读这篇小说，不知道为什么，我总把它和萧红自身联系起来。这篇写于距离萧红自己生命终结时间最近的小说和作者自身有什么关系呢？如前所述，学者季红真已用史料说明了《小城三月》的写作材料来源，按照这一线索，《小城三月》中的叙事者"我"应该就是作者萧红的化身，"翠姨"是开子。但是小说毕竟是艺术，作家处理的是一个虚构想象的世界，哪怕这艺术世界像是现实世界的翻版。作家往往会在小说中投射进自己的主体情思，寄托自己的审美理想。细读《小城三月》，比照萧红的生命历程，与其说处于旁观的人物叙事者"我"是萧红，毋宁说翠姨才是萧红。这是一篇熔铸了萧红生命体验的文本，某种程度上也可以说是萧红对自己人生的一份总结。

再来看小说中的一个重要人物——"我"的堂哥。虽然文本中有诸多空白，但还是可以看到，堂哥是翠姨未婚夫的比照对象，是他点燃了翠姨对理想爱情的向往，是翠姨无法言说的情感寄托对象，也可以说是翠姨真正视为自己生命的一个男人。但是从文本中着墨不多的对堂哥描写中我们读者看到却是一个无法承担翠姨情意的软弱男人，最后一面见翠姨时，面对"好像一颗心也哭出来了似的"翠姨，"哥哥没有准备，就很害怕，不知道说什么，做什么。他不知道现在应该是保护翠姨的地位，还是保护自己的地位"[①]。在翠姨死了之后，虽然哥哥"提起翠姨常常落泪"，但是"他不知道翠姨为什么死"[②]。也就是说，和心中纳闷的大家一样，堂哥根本不了解翠姨的死因，不知道自己在翠姨心目中的位置，因为他和翠姨除了最后一面时外，单独相处谈话的机会只有某一天的晚饭之后。他也许根本就没想到自己会成为翠姨死亡的直接导火线，成为父权制文化对女性生命进行戕害的"共谋者"。也许，这样来给堂哥"定罪"对其来说是有欠公允的，作为一个男性的洋学生，堂哥如何了解长自己一辈，而且已有婚约的翠姨的心思呢？两人只是稍微谈得来一些，翠姨又是那样一个心里做事的性格，他们之间没有什么约

[①] 亦祺选编：《萧红小说》，浙江文艺出版社2000年版，第373页。
[②] 亦祺选编：《萧红小说》，浙江文艺出版社2000年版，第374页。

定，翠姨对哥哥没有表示过什么，哥哥也没有对翠姨承诺过什么。但惟其如此，也才显出女性命运的苍凉（套用张爱玲最喜欢的一个词语）。

萧红为什么在小说里这样来处理堂哥形象，这应该和她的感情经历特别是最后一段情感有关。从某种严格的意义上说，在萧红的生命历程中经历过三个男人，未婚夫汪恩甲、萧军和端木蕻良。作为作家的萧红是很成功的，但是作为一个女人，萧红从肉体到精神可谓遍体鳞伤。姑且不说汪恩甲把怀孕的她独自留在东兴顺旅馆后不知所踪，就说从萧军到端木蕻良，萧红也没有得到过真正的情感幸福。萧军的家长作风严重，性格粗鲁，对萧红的过分保护倾向常常在无意中伤害萧红的自尊心。特别是他对其他女性的多情甚而滥情更是对萧红的情感构成伤害。在萧军之后的端木是萧红唯一的正式丈夫，萧红和端木的结合经历了端木家族和周围社会关系特别是二萧朋友圈的反对，好不容易结合以后，萧红自然很珍惜自己的选择，然而日常生活中又暴露出了端木像大孩子，软弱，不敢承担责任的弱点。所以"和萧军分手是一个问题的结束，和端木结合则是另一个问题的开始"[①]。因此虽然有报恩意识在支撑自己，但是在无意识深处，萧红对端木是否满意呢？按照精神分析学理论的解释，梦是通向一个人无意识世界的康庄大道，而文学创作就像做梦一样，也是作家无意识流露的一个通道。这样看来，如果说《小城三月》中翠姨是萧红的话，那么堂哥就有着现实生活中端木的浓重影子。堂哥的形象体现出萧红对端木进而对男性世界的一种失望乃至绝望。

萧红这种以女性自戕来反抗的方式不免过于悲凉。这让人想起和萧红同时代的丁玲。年长萧红六七岁的丁玲稍早于萧红登上文坛，处女作《梦珂》和成名作《莎菲女士的日记》分别发表于 1927 年和 1928 年。这两个 20 世纪 30 年代最有成就的女作家的人生轨迹曾在 1938 年山西的临汾和陕西的西安发生过交集，二人有过难忘的会面。以至于后来在延安的丁玲在听说了萧红的死讯后写下了《风雨中忆萧红》的悼文来纪念她。作为同一性别的女作家，她们在文学表现上是有相似点的，最突出的是她们都惯于在小说文本中以女性形象为中心，讲述的是女性的生

---

① 季红真：《呼兰河的女儿：萧红全传》，现代出版社 2011 年版，第 428 页。

命故事。但不同的是，丁玲笔下的女性人物总是充满着一种向上的顽强的生命力，身处劣境也要抗争，比如莎菲，她不满足于懦弱的苇弟，也看穿了凌吉士漂亮外表下掩盖着丑恶内在的实质，最终带病南下，独自面对冰冷的世界。再比如延安时期的《我在霞村的时候》中的贞贞，抗战期间被迫做了日军的慰安妇，因病回到村里又被同村人特别是女人们瞧不起（被日本人糟蹋了的"破鞋"），这个承受了时代、家国、民族和性别历史文化多重苦难的乡村姑娘，最终决定到延安去治病、学习，去一个新的环境里开始新的生活（巧合的是《我在霞村的时候》也发表于1941年）。同样身处逆境的丁玲笔下的女人们都不死，她们的抗争是向外的，而萧红笔下的女人们基本都死去了，死亡成为她们抗争的最终方式，《小城三月》中的翠姨便是她们的最后的代表。

作为女性读者，我们多么希望萧红笔下的受侮辱与损害的姐妹们不要死去，希望她们能像莎菲、贞贞们一样积极主动地和命运抗争，活出女性生命的精彩。但是我们也知道，每个作家的创作风格的形成很大程度都受制于自身的人生经历。萧红无法摆脱自己的命运轨迹，甚至于她对生命中的两个男人怀着一种感恩的报答赎罪意识，因为萧军把自己从旅馆中解救出来，端木蕻良不嫌自己年纪大又怀有别的男人的孩子，在武汉给了自己一个正式的婚礼。"萧红好像欠了男人的债，萧军是她的'拯救者'，端木则是她的'牺牲者'。"[1] 萧红一直没有解决自己的心理症结问题（季红真）。萧红曾经说："女性的天空是低的，羽翼是稀薄的，而身边的累赘又是笨重的！而且多么讨厌啊，女性有着过多的自我牺牲的精神。这不是勇敢，倒是懦弱，是在长期的无助的牺牲状态中养成的自甘牺牲的惰性。我知道，可是我还免不了想：我算什么呢？屈辱算什么呢？灾难算什么呢？甚至死算什么呢？我不明白，我究竟是一个人还是两个，是这样想的是我呢？还是那样想的是谁？不错，我要飞，但同时觉得……我会掉下来。"[2] 这段话有萧红对女性的无助无奈的哀叹，也包含着萧红对自己进而对广大女性的一种自审意识，她对女性命运是有着清醒的认识的，也惟其如此，我们才感到《小城三月》里那种

---

[1] 季红真：《呼兰河的女儿：萧红全传》，现代出版社2011年版，第428页。
[2] 季红真：《呼兰河的女儿：萧红全传》，现代出版社2011年版，第407页。

弥漫缠绕、挥之不去的忧伤有多沉重，又有多疼痛。

第四节　女性家族神话的虚实与真幻

与中国现代文学三十年相比，中国当代文学到2019年即迎来第70个年头，时间长度上已是现代文学的两倍多。若单纯以时间看，当代文学的成就应是大大超过现代文学的。不过文学创作的成就往往并不以时间的长短来论高低厚薄，当代文学虽然时间不短，然而因尚处于发展中而显得有些"近"而缺乏沉淀，反而看不清具体面目，相较于现代尤其是古典文学而言，中国当代文学作品尚处于经典化的进程中，因此对当代文学作家作品的选择会面临比古典文学和现代文学更多的困难，对女性小说的选择也是如此，不过这也不妨碍我们对某些作家的创作做出一些基本的判断。

以小说创作见长的王安忆是中国当代新时期以来文坛最重要的作家之一。仅就长篇小说而论，至2018年为止即达14部之多。其小说曾获茅盾文学奖、鲁迅文学奖、红楼梦奖（香港）、纽曼华语文学奖（美国）等奖项。与其创作步调相应，评论界对王安忆的批评研究资料可谓不计其数，但是就其创作的丰富性与读者接受的不断性而言，远没有终结。姑且不说王安忆不断地有新作出版，就是对已有作品的研究也还存在可以进一步挖掘的空间，发表于1993年的《纪实与虚构》即是一例。这是王安忆迄今为止篇幅最长的长篇小说，34.4万字，虽在本书第一章女性小说家族叙事部分已有提及，但该文本在故事内容、叙事方式以及多重意义特别是性别意蕴诸多方面，都值得一再细读和探究。

一

《纪实与虚构》讲述的是"我"的家族历史故事，这是一条穿越了千百年时光悠远深长的河流。这个长达1500年的家族历史故事如何讲述出来？

《纪实与虚构》全篇十章，第一章开始之前有"序"，第十章结束后有"跋",与大多数当代小说不太一样,更像一种学术著作开头"前言"和末尾"结语"的结构方式。"序"中交代了小说写作的缘由。"很久以来,我们在上海这城市里,都像是外来户。"为什么这样说,因为我们在这城市里"没有亲眷",春节只能到"同志家中串门";我们不讲上海话,而讲"一种南腔北调的普通话";我们是"属于那一类打散在群众中间的'同志'",因此我们在上海是孤独、自卑的。于是"我"——一个"同志"的孩子——"产生了一种外来户的心情,好像她是硬挤进人家的地方似的。什么才是她的地方呢?"长大了的孩子成了作家,开始思考探寻个体生命的生存意义:"孩子她这个人,生存于这个世界,时间上的位置是什么,空间上的位置又是什么。……她这个人是怎样来到这个世界,又与她周围事物处于什么样的关系。"① 小说正文的十章叙事由此展开。

有关时间和空间位置关系这样一个"很本质"的"关系到生命和存在的问题"② 决定了小说文本全篇的结构框架。"我"在时间上"怎么来到世上"是历时性的纵坐标轴,空间上"我"与"周围事物处于什么样的关系"是共时性的横坐标轴。"我"是原点,从纵、横两条线来讲述故事。纵的线索:"我"从哪里来?横的线索:自出生以来到现在的"我"是怎样的?纵坐标偏重于"虚构":对家族历史的探寻。横坐标偏重于"纪实":"我"成长经历的讲述。细读文本,还可以发现全文的纵横坐标又分别具有自身的两条叙事线索。在家族历史虚构的纵线中又具有着众多横向生发出去的停顿,采用了与叙事或紧密或松散的描写和议论,尤其是议论。这是其一。其二在现实横向的纪实中,其实又是"我"成长经历的具有纵向意义的叙事。大小纵横几条叙事线经纬交织,浑然天成地织成了一幅家族神话的美丽锦缎。文本全篇的话语叙述处于一种突出的位置,还是以"序"为例。"序"部分出现了几种人称代词:"我们",指称的是我们家的人;"我",叙事者;"她",坐在痰盂上进上海的孩子,即"我";"孩子她",王安忆创造的特殊第三人称(后边文本中还出现过类似结构的保姆她、表姐她、社仓他、后代我、徐文长

---

① 王安忆:《纪实与虚构》,人民文学出版社1993年版,第1、3、5页。
② 王安忆:《纪实与虚构》,人民文学出版社1993年版,第53页。

他……）指称的是"孩子"，也就是"我"。短短的5页序言中，出现了好几种人称，叙事在限知和非限知中似乎眼花缭乱实质上又有条不紊地频频转换。到正文部分，才基本转化为"我"的叙事，履行一切叙事功能的权力者便是叙述者"我"，"我"是一切的出发点。这个"我"的始终在场使得《纪实与虚构》成为一部充满元叙事手法的小说。

"元叙事"（metanarrative）概念来自西方，有不同层次的意义。在更广泛的意义上，它是一种哲学观念，在文学领域内则是叙事学批评理论中的一个术语。叙事学理论中又有两个重要概念：叙述与叙事。二者有什么差异？国内叙事学界颇有建树的申丹对此进行过辨析："两者并非完全同义。'叙述'一词与'叙述者'紧密相连，宜指话语层次上的叙述技巧，而'叙事'一词则更适合涵盖故事结构和话语技巧这两个层面。"[①] 在申丹的阐释理解中，"叙述"只是一种话语技巧（形式），"叙事"则既包含着技巧，又包含着故事（内容）结构，可以看出"叙事"的涵盖面超过"叙述"。也许正是这一原因，现在我国学界更多用的是"叙事学"而非"叙述学"来为结构主义者托多罗夫在1969年提出的Narratology这一学科命名。叙事学中的"元叙事"指的是一种暴露叙事虚构行为的技巧，通俗地说，就是小说作者在写作小说中把自己的构思过程写进小说文本，使构思过程也成为小说文本内容的一部分，有意告诉读者自己讲述的一切都是想象编造的，不是真实的。这一手法在西方后现代小说中有很多运用，比如博尔赫斯《交叉小径的花园》，约翰·巴思的《迷失在开心馆中》等，在中国20世纪80年代中后期的先锋小说中也频频出现，采用这种叙事手法的小说可称为元小说，《纪实与虚构》就是这样一部元小说。

1990年王安忆发表了中篇小说《叔叔的故事》。[②] 文本主人公"叔叔"在伤痕和反思文学中会被塑造成一个饱经沧桑心怀家国的被歌颂的男性英雄，但在《叔叔的故事》中，王安忆采用一种反讽的策略，解构了"叔叔"这一在以往作品中的英雄光环。小说文本中运用了"我"作

[①] 申丹：《叙事、文体与潜文本：重读英美经典短篇小说》，北京大学出版社2018年版，第1页。

[②] 王安忆：《叔叔的故事》，《收获》1990年第6期。

为叙事者的技巧，只不过这个"我"是一个纯粹的没有参与故事的旁观者。如果说王安忆在这篇小说中对元叙事武器的使用还是小试牛刀的话，那么在《纪实与虚构》中就不胜枚举、比比皆是，特别体现在"我"家族历史的追寻的双数章之中。叙述者"我"明确地告诉读者，"我"找寻家族史的心理动机和依傍凭据。第二章中孤独的"我"，一个同志的后代想探寻自己的来源，开始追溯家族神话，因为父亲的家乡遥远难以追寻，而"母亲的姓氏……是寻根溯源，去编写我们的家族神话惟一的线索"①，于是"我"从母亲的"茹"姓入手。根据史料《通志·氏族略》、《南齐书》和《魏书》记载，先了解到"茹"来源于"蠕蠕"，指历史上北方的柔然族，然后在史料的基础上，"我"虚构想象出了自己的祖先柔然人兴起和灭亡的历史。"我"贯穿于整部家族史中："'姓氏是标志家族系统的称号'这一定义强烈地感动了我。柔然是一个立马横刀的游牧民族，这个描绘深深地攫住了我；柔然的兴亡将我带到广阔的漠北草原，那里水土肥沃，日出日落气势磅礴，部落与部落的争战刀枪铿锵，马蹄嘚嘚，这给我生命以悲壮的背景。追根溯源其实更多的是一种选择，还是一种精神漫游。现在，我决定要为我的家族神话命名了，它的名字就叫柔然。"② 从第一个祖先木骨闾，经车鹿会到社仑，叙事者把社仑设定为"我们头一个汗"，因为"写一部家族神话不可没有英雄。没有英雄作祖先，后代的我们如何建立骄傲之心"③。英雄情结深埋在"我"心里，在后来的寻根道路上一再闪现。柔然经过辉煌走向灭亡，第四章开头："我总是想：我的祖先柔然灭亡之后，他们的血脉是如何传递至我，其间走过了什么样的道路？"④ "我"又扎入故纸堆，在《南史》和《魏书》列传以及《辞海》柔然条中找到柔然部族后来的几种下落，根据曾外祖父家乡一种原为蒙古贵族因罪贬至绍兴的"堕人"的特征，选择了"并入突厥"一说，再来铺陈蒙古的辉煌历史，将祖先纳入了蒙古英雄的行列中。第六章"我专门用来描述我祖

---

① 王安忆：《纪实与虚构》，人民文学出版社1993年版，第51页。
② 王安忆：《纪实与虚构》，人民文学出版社1993年版，第53页。
③ 王安忆：《纪实与虚构》，人民文学出版社1993年版，第81页。
④ 王安忆：《纪实与虚构》，人民文学出版社1993年版，第134页。

先从北方草原到江南村庄的过程"①。到第八章,"我想,现在茹家溇该出场了"②。整部小说文本中随时出现"我想"、"我设想"、"我觉得"……的表述,明明白白地告诉读者,"我"的家族史是"我"编造虚构想象的,不是真的。然而在强调虚构性的同时,文本中又不停地提示其纪实性,比如家族史追寻的起点是母亲的"茹"姓,王安忆的母亲是著名作家茹志鹃,第四章讲到祖上是蒙古英雄时,一个依据是母亲的相貌:"我母亲身材高大,细眼长梢,额头扁平,显然是蒙古人种。"③这就是茹志鹃的体貌特征。那么"我"不就是王安忆吗?如果在虚构的双数章中对"我"是王安忆尚有疑问,那么纪实的单数章中对"我"的成长历程的回顾,则与王安忆的主要生平相吻合。可见元叙事手法是《纪实与虚构》最主要的话语叙述技巧,而与王安忆的生平和创作历程的吻合又见出了《纪实与虚构》的互文性特点。

"互文性"又称为"文本间性"(intertextuality),是法国后结构主义者、符号学家和女性主义理论家朱莉娅·克里斯蒂娃在《符号学》中提出的概念术语,同时也是一种蕴含丰富的理论。互文性理论与俄国文艺理论家巴赫金的"对话"理论有联系和区别。在此不赘述互文性理论的源流,只就其要义而言。在最基本的意义上,互文性是指一个作家创作出的文本都不是独立自足的存在,而与其他已经写就的文本存在着"嵌入"(互为佐证)的关系,建立在对已有文本的转化和吸收的基础之上。这种"嵌入"有不同的表现形态,同一个作家的文本之间、不同作家的文本之间以及不同体裁(样式)的文本之间都会存在互文性现象。④《纪实与虚构》中的互文性体现在很多方面。

第一章是纪实的开始,孤单的"我"羡慕隔壁一家四代人人丁兴旺,亲戚众多,而"我们家就这么几个人几条枪"⑤,缘于革命现代京剧《沙家浜》中敌伪军司令胡传魁的唱词,与"想当初,老子的队伍才

---

① 王安忆:《纪实与虚构》,人民文学出版社1993年版,第229页。
② 王安忆:《纪实与虚构》,人民文学出版社1993年版,第316页。
③ 王安忆:《纪实与虚构》,人民文学出版社1993年版,第139页。
④ 参见王洪岳《元叙事与互文性》,《郑州轻工业学院学报》(社会科学版)2004年第4期。
⑤ 王安忆:《纪实与虚构》,人民文学出版社1993年版,第10页。

开张,总共才有十几个人,七八条枪"互文。"我"的第一个祖先木骨闾不甘心一辈子做奴隶:"为奴隶的生涯于他一日长于百年"①,"一日长于百年"与苏联吉尔吉斯作家艾特玛托夫一部小说名《一日长于百年》形成互文。寻根从母亲开始,讲到母亲的经历,"母亲在军队是一名文工团员……会编写歌词……一个著名的战地歌词作者"②,这与王安忆的母亲茹志鹃的小说《百合花》形成互文。《百合花》中的"我"就是一名部队文工团的团员。第三章讲述上学时开学习小组、学英语、写信等情节,与1986年出版的王安忆的第一部长篇小说《69届初中生》有相似内容情节,形成互文。第七章开始尤其是第九章中叙述"我"下乡后从农村回到城市,恋爱、结婚,成长为一个作家的经过,有很长的篇幅类似于"我为什么做小说"和"我的小说写的是什么"的创作谈,与《雨,沙沙沙》《荒山之恋》《小城之恋》《锦绣谷之恋》《弟兄们》等小说构成互文关系。其中还提到了《信使之函》《爸爸爸》《一九三四年的逃亡》,这三篇作品的作者分别是孙甘露、韩少功和苏童,作家"我"对三个文本的欣赏和看重,某种意义上说明自己的写作也会受到他们的影响,间接构成一种互文性。而双数章中想象自己家族的历史时,都是从史料出发,第二章中出现的《辞海》《通志·氏族略》《南齐书》《南史》《魏书》,第四章中一再提到《(蒙古)秘史》、《史集》(波斯人拉斯特著),第六章的《南村辍耕录》《元史》《马可波罗游记》《忽必烈》《考工记》《灾祥志》《明鉴易知录》,第八章的《清史稿》《嘉庆一统志》《清朝野史大观》《清代碑传全集》,第十章的《南浔县志》等,那就是小说与其他文类诸如史书、野史杂记和游记之间的互文了。

  仅从元叙事和互文性手法的运用就可以看出《纪实与虚构》是一部形式感非常强的小说。这种形式感还体现在故事时间和话语时间的安排上。笔者读过三遍文本,发现按照文本呈现的话语时间看,单数的一、三、五、七、九章是纪实为主也有虚构的"我"的现实故事,偶数的二、四、六、八、十章是虚构为主也有纪实的"我"的先祖们的历史故事。顺着文本话语时间即从一到十的顺序,故事读起来就是跳跃的、不

---

① 王安忆:《纪实与虚构》,人民文学出版社1993年版,第57页。
② 王安忆:《纪实与虚构》,人民文学出版社1993年版,第23页。

连贯的，如果按照故事发生、发展的实际时间看，应该这样来读：二、四、六、八、十、一、三、五、七、九，这样才是一条脉络大致清晰的像一条河流一样的家族故事。笔者第二遍就是这样读下来的，这也是笔者在行文中有专门"复述"《纪实与虚构》故事的原因，因为在讲这个故事时，作者王安忆是花了很多功夫的，读者也要用心来读。

二

王安忆通过繁复的叙事技巧追溯敷衍了"我"千百年的家族长河故事流脉，那么这个文本在王安忆的个人创作、在中国当代文学史及中国女性文学史中占据着怎样的重要地位，又具有怎样的价值意义呢？

对于王安忆的个人创作而言，《纪实与虚构》可谓其创作道路上承前启后的作品。王安忆是创作宏富的作家，其小说最初影响较大的是6000余字的短篇《雨，沙沙沙》（1980），文本通过对一个没带雨具的姑娘在雨夜等公交车，得到一个陌生男青年照料的小事，营构了一个清新宁静的艺术世界，表现社会生活中人与人之间纯洁美好的情感。迄今为止，在王安忆的所有小说中影响最大的是长篇小说《长恨歌》（1995），该书2000年获第五届茅盾文学奖，2018年在"中国改革开放四十周年小说论坛暨最有影响力小说"评选中入选终评名单15部长篇小说之列。最近的长篇小说是2015年的《匿名》和2018年的《考工记》。这两部作品由于出版时间过短尚难以对其在文学史上进行评判，但是写就的作品已经可以确立王安忆在中国当代文学史的定位，"王安忆是一个很难归于某种思潮或流派，却不断稳健地实现自我突破的作家"[1]。在从《雨，沙沙沙》到《长恨歌》的过程中，连接两者的正是《纪实与虚构》。

上海书写是王安忆小说中的另一个重要特点，评论界大多依据其一系列上海题材作品《长恨歌》、《富萍》（2000）、《上种红菱下种藕》（2002）、《遍地枭雄》（2005）、《月色撩人》（2008）以及《天香》

---

[1] 朱栋霖、朱晓进、吴义勤主编：《中国现代文学史1917—2013》下册，高等教育出版社2014年第3版，第133页。

（2011）乃至《考工记》（2018）来进行判断，殊不知对上海的书写意识在《纪实与虚构》中就有表露。第一章开头就表明"我们"在上海外来户的身份，"我"对邻居是上海本地人的羡慕。还交代了为什么从母亲入手寻根的缘由："在我父亲那边，是别指望有什么线索的，他来自很遥远的地方，为我与这城市的认同，帮不上一点忙，希望就寄托在我母亲身上了。"① 这里暴露了作者的心思，其心理深层是为了与这城市认同，"从小就这样热衷于进入这个城市"②。可见"书写上海"也是这部家族小说重要的叙事动力。如果说《小鲍庄》指向的是宏大的传统文化，"三恋"和《岗上的世纪》深入发掘人的本能心理无意识世界因而没有上海的影子，《雨，沙沙沙》虽然故事发生地点在上海的街道，但因篇幅短小还没有上海意识的铺展空间的话，《纪实与虚构》则明确表现出对上海意识书写的萌发。没有《纪实与虚构》，很难想象《长恨歌》《天香》一系列作品的出现。

从当代新时期文学发展来看，正如《纪实与虚构》第九章通过叙事者"我"（几乎等同于作者王安忆）所交代的，这是一部寻根小说。王安忆认为，寻根运动由前后两部分组成，一是文化传统上的，二是家族史上的。③ 1985 年发表的中篇小说《小鲍庄》就是传统文化意义上的寻根。文本通过对仁义之村小鲍庄上捞渣小英雄故事的讲述，反思了中国传统文化中一直被视为富含正面价值意义的"仁义"中存在的负面效应。《纪实与虚构》则是家族史寻根，而且与《小鲍庄》相比，一方面更具体化、更个人化，另一方面篇幅更浩繁，视界、境界更高远、阔大。在中国当代文学的发展流脉中，寻根意识早有存在，但作为一股显在的潮流，是在 1985 年韩少功的《文学的根》、阿城的《文化制约着人类》、郑义的《跨越文化断裂带》和郑万隆的《不断开掘自己脚下的文化岩层》④ 等理论文章发表以后，韩少功《爸爸爸》和阿城《棋王》也

---

① 王安忆：《纪实与虚构》，人民文学出版社 1993 年版，第 5 页。
② 王安忆：《纪实与虚构》，人民文学出版社 1993 年版，第 3 页。
③ 王安忆：《纪实与虚构》，人民文学出版社 1993 年版，第 406 页。
④ 韩少功：《文学的根》（《作家》1985 年第 4 期）；阿城：《文化制约着人类》（《文艺报》1985 年 7 月 6 日）；郑义：《跨越文化断裂带》（《文艺报》1985 年 7 月 13 日）；郑万隆：《不断开掘自己脚下的文化岩层》（《小说潮》1985 年第 7 期）。

分别代表着寻根文学创作所能达到的高峰。老作家汪曾祺在20世纪70年代末发表的《受戒》《大淖记事》等小说,邓友梅的《那五》《烟壶》,陆文夫的《美食家》及苏州小巷人物系列,王蒙的《在伊犁》系列、贾平凹的"商州系列"、李杭育的"葛川江系列"、张承志的《黑骏马》、鄂温克作家乌热尔图、藏族作家扎西达娃的作品都是寻根文学的代表作。在这支寻根文学创作队伍中,几乎清一色男性作家,因而《小鲍庄》使王安忆的身影格外醒目。家族小说的兴起使更多的女性作家也加入了寻根的创作队伍,比如蒋韵的《栎树的囚徒》、徐小斌的《羽蛇》、赵玫的《我们家族的女人》、张洁的《无字》等,彰显了女作家队伍的强劲发展势头,而《纪实与虚构》又以其炫目耀眼的叙事技法站位先锋前列。因此《纪实与虚构》除了是寻根小说之外,还是一部先锋小说。

所谓先锋,原指军队中的先遣前卫部队,引申到艺术领域,主要指创作者在文艺作品形式层面上进行标新立异的技巧创新。从这个意义上说,每个时代的文艺都有各自的先锋。而在中国新时期小说的发展流脉中,先锋小说指20世纪80年代中后期以马原为代表的一股创作潮流,格非、余华、苏童、孙甘露等是先锋小说的重要代表,这些作家在文本中致力于叙事方式等新奇技巧的探索。90年代之后,随着社会转型,文学艺术发生新变,先锋小说作为创作潮流渐趋落潮,但是先锋意识却对以后的文学产生着深刻持续的影响。王安忆的《纪实与虚构》在有意无意之间,不仅接过了80年代先锋作家们的接力棒,而且对80年代的先锋小说发扬光大并有所超越。如果说元叙事和互文性等手法在马原们的笔下已有所运用,但因新武器的不称手还略显生涩的话,到王安忆则不仅运用自如、游刃有余,而且是在30余万字长篇小说中的一以贯之、一气呵成而艺术张力不减。此即所谓超越。

正是在寻根和先锋两种小说创作潮流的交叉意义上,《纪实与虚构》再加上作者王安忆的女性性别身份,更显示出文本的分量。可以说《纪实与虚构》是一部女性小说,是女性作者创作的具有女性性别意识的小说。

在新时期文学中有两个女作家以不认同自己创作包含女权主义蕴含而出名,一个是张洁,另一个就是王安忆。《纪实与虚构》第九章中谈到20世纪80年代中后期的"三恋"中写男人和女人的故事时,王安忆借叙事者"我"之口再一次表明:"人们说我是写性爱的作家是大错特错了,说我是女权主义更是错上加错。"①一个作家的主观创作动因并不妨碍读者对作品文本的解读,虽然解读要建立在审美对象的基础上,但只要不做过度阐释,读者们尽可以持有自己的阐释的权利,这是接受美学理论早已阐明了的。因此对王安忆作品的女性主义解读并无不妥。这一解读思路最早应该来自王德威的《海派作家,又见传人:王安忆论》,其间谈到王安忆的《纪实与虚构》,认为"王安忆搭的虽是家史小说的最后一班车",但是她"刻意弃父从母,已是一种女性铭刻历史策略"②。马春花延续了王德威的研究,以"性别寻根与女性历史的虚构"③对《纪实与虚构》进行了更详细的解读,其中性别视角占据着特殊地位。沈红芳以王安忆和铁凝的创作为比较对象,探讨女性叙事的共性与个性时,认为《纪实与虚构》是对女性个体成长的时空探询。④从小说文本的实际看,确实如此,第一章中开始出现的是"母亲"形象:"我们在上海这城市里,就像个外来户。母亲总是坚持说普通话"⑤,然后是母亲的姨母、母亲的三娘娘、母亲的母亲("我"的外婆)、母亲的祖母("我"的曾外祖母),然后才引出了"我"的曾外祖父,"我"的外公等人物。文本似乎在进行一种法国女性主义理论家露西·伊利格瑞所提出的女性谱系(genealogy of woman)的图谱建构。但是从文本的具体书写看,无论是古代的柔然先祖木骨闾、蒙古铁木真的卫士,还是曾外祖父茹继生,都是些男性(英雄)人物,这是历史已经决定了的,因为历史是男人创造的——his story。因此女性谱系的梳理最终在《纪实与虚构》中似乎沦为或坠入了虚妄和空无。那么这部小说的性别意义又何在呢?

笔者以为主要体现于作者王安忆所具有的主体性上。这一主体性在

---

① 王安忆:《纪实与虚构》,人民文学出版社1993年版,第393页。
② 王德威:《当代小说二十家》,生活·读书·新知三联书店2006年版,第22、23页。
③ 马春花:《叙事中国——文化研究视野中的王安忆小说》,中国海洋大学出版社2007年版,第29页。
④ 沈红芳:《女性叙事的共性与个性——王安忆、铁凝小说创作比较谈》,河南大学出版社2005年版,第103页。
⑤ 王安忆:《纪实与虚构》,人民文学出版社1993年版,第1页。

文本中又主要表现在叙述者的设置"我"。"我"是故事的讲述者,从叙述方位即叙述者的位置看,属于"第一人称显示式"的叙述者身份＋全知式和绝对权威式①的类型。或者用另一种分类法,属于"同故事"＋"故事内"②模式。一般来说,第一人称叙事是一种内聚焦的限知叙事,只知道"我"的目力所及,看不到其他人的内心,但是《纪实与虚构》中的"我"是知晓一切的,与第三人称的零聚焦几无差别,像上帝一样地掌控一切。"我"当然能讲述自己从小到大的经历,同时"我"也知道自己的来历,这来历可以上溯到千百年前。"我"具有权威的力量,掌控着"我"家族史的一些来龙甚至去脉。同时这个"我"频频暴露自己的在场,如前已述的元叙事,成为具有巨大权威性的叙述者:"愈是暴露自己的'在场者'和'缺席的在场者',愈具权威性。"③《纪实与虚构》有较强的自传性,特别是单数章部分,叙述者与人物合一,"我"是人物,也是作者:"我名字的第一个字'安',是母亲和父亲翻阅苏联小说《日日夜夜》而来。……'安'后面那个'忆'字却不知他们是怎样想出来,充斥一股新月派的风雅气味。"④第八章讲"我"到茹家溇寻根时说别人在传:"王安忆要来找外婆桥了"⑤,可见文本属于那种叙述者＝"我"＝人物＝作者的模式。而作者王安忆是一个女作家,尽管追溯"我"的祖先不免落入只见男性英雄不见女性先祖的历史虚妄,但终归,"我"家的历史到目前为止,是由"我"王安忆来讲述的,男性英雄先祖们的身影已然远去,化为了模糊的背景,"我",一个女性,才是我们家族的当今英雄。笔者以为这才是小说文本的女性性别意义之所在。

《纪实与虚构》的意义还体现在其审美价值上,审美价值的传达最终主要由文本中的语言文字来承担和扮演,而这恰好是"文学是语言的艺术"这一文学理论命题的印证。小说是叙事的艺术,究其本质是叙事

---

① 赵毅衡:《当说者被说的时候:比较叙述学导论》,中国人民大学出版社1998年版,第129页。
② 陈顺馨:《中国当代文学的叙事与性别》,北京大学出版社2007年版,第12页。
③ 陈顺馨:《中国当代文学的叙事与性别》,北京大学出版社2007年版,第19页。
④ 王安忆:《纪实与虚构》,人民文学出版社1993年版,第207页。
⑤ 王安忆:《纪实与虚构》,人民文学出版社1993年版,第321页。

语言的艺术。纵观当代文坛上活跃的作家，王安忆显然已经形成了自己的语言风格。叙述贯穿始终，基本采用"讲述"而很少"显示"。① 同时叙述常常与描写和议论相结合。"沙漠中的落日是真正的落日，巨大的红日直从天际坠下，砰然落地。"② 这种画面感并不陌生，但是那"砰"的一声恍然响在读者耳边。"'你是谁家的孩子'这句话其实情谊浓浓，可使浪迹天涯的漂泊者流下泪水。"③ 这样的句子直抵人心柔软的深处，让人不禁眼眶发热。莫言曾对王安忆的作品进行过评价，说读王安忆的作品仿佛在观察一匹织锦或丝绸，上面的图案一会儿是牡丹，一会儿是凤凰，图案在变化，具体针法不变，千针万线，一丝不苟，一条跳线都没有。④ 这个评价特别吻合贴切于《纪实与虚构》的文本特色。"具体针法"应该主要就是指王安忆的语言文字，细腻而华美。文本在纵向的时间叙事展开中，不时旁逸斜出、横生枝蔓，但又在这枝蔓横陈中杂花生树、草长莺飞，铺陈出一段段美丽的文字盛宴。王安忆的小说是有强大理性的，没有这种强大理性，撑不起《纪实与虚构》鸿篇巨制的构架。理性意味着冷静的理智，与热烈的情感似乎是对立的，那么《纪实与虚构》似乎就是非抒情的，但在笔者读来，《纪实与虚构》（还可以推及王安忆的所有小说）的底色和骨子里，其实始终贯穿着一种优雅又忧伤的抒情格调，仿佛在聆听大提琴演奏的乐曲，一会儿是优雅的加布里埃尔·福雷的《西西里舞曲》，一会儿是激越的维托里奥·蒙蒂的《查尔达什舞曲》，然而更多的是静雅忧伤的阿尔比诺尼的《G小调柔板》和圣桑的《天鹅》以及柴可夫斯基的《如歌的行板》，当然必须是大提琴演奏的。正如笔者以为莫言最好的小说是《生死疲劳》而不是《蛙》一样，王安忆《纪实与虚构》的审美价值并不亚于后来获茅盾文学奖的《长恨歌》和获红楼梦奖的《天香》，甚至在形式探索的意

---

① ［美］W.C. 布斯：《小说修辞学》，华明、胡晓苏、周宪译，北京大学出版社1987年版，第3页。
② 王安忆：《纪实与虚构》，人民文学出版社1993年版，第76页。
③ 王安忆：《纪实与虚构》，人民文学出版社1993年版，第52页。
④ 2018年5月31日举行了年度京东文学奖颁奖典礼，国内作家作品获奖者为王安忆的《红豆生南国》，莫言作为这次评奖的评委，发表了对王安忆作品的评论（https：//www.jfdaily.com/news/detail?id=91502）。

义上超过后两部作品。

相比于《长恨歌》与《天香》,《纪实与虚构》的影响较小,没有产生应有影响的原因主要有两点。一是这部作品发表的时间,1993年的文坛是热闹的,陕西的陈忠实、贾平凹等五位作家各自带着《白鹿原》《废都》等到北京掀起"陕军东征"的旋风,其中《白鹿原》正好是家族小说。西部作家具有写实主义的传统,从柳青、路遥到陈忠实,莫不如此。《白鹿原》根植于陕西关中地区深厚的民族文化土壤,写的是实实在在的白、鹿两家半个多世纪的风云激荡故事,在文学界和广大读者那里产生了极大的影响,而其中就包含着第二个原因,《纪实与虚构》的先锋技法敌不过《白鹿原》的传统写实,读者已经养成了写实故事的阅读趣味和接受心理定势,读《纪实与虚构》犹如看闷片的感觉让许多人败下阵来。这也是一个比较有意思的地域文学现象:西部的陈忠实因为传统,赢得了大众,东部的王安忆因为先锋,失去了更广泛的读者。笔者这里并无贬低《白鹿原》的意思,相反,在笔者看来,这是一部可称为当代文学经典的作品,其性别叙事特征也是本书下一章将讨论到的问题之一。回到王安忆,正如电影中的闷片也有其价值一样,《纪实与虚构》的价值意义也需要得到理解和认识。

《纪实与虚构》是王安忆在舍弃了"上海故事"、"茹家溇"、"教育诗"、"寻根"、"合围"、"创世纪"之后,按照"我创造这纸上世界的方法"[①]来命名的。"我"探寻家族的历史,这历史有着众多的史料依据,"我"的成长经历也是实实在在的,然而这一切果然都是真的吗?"我"在一边做着似乎是客观追溯的同时,又不断地告诉读者这只是"我"的想象和虚构,打破传统写实小说的似真性,将读者从信以为真的幻觉中召唤回来。在西方,自伊恩·P. 瓦特在《小说的兴起》[②]中就强调小说的虚构性,小说即虚构(fiction),从那以后,西方小说创作形态的发展经历了很多变化。中国当代小说从十七年的注重写实的宏大叙事到20世纪80年代现实主义的复归,历经伤痕、反思、改革、寻根、先锋、

---

① 王安忆:《纪实与虚构》,人民文学出版社1993年版,第462页。
② 参见[美]伊恩·P. 瓦特《小说的兴起》,高原、董红钧译,生活·读书·新知三联书店1992年版,第1页。

新写实再到新世纪，小说的变化历历可寻。在新媒体盛行，各种新兴类型小说出现，乱花渐欲迷人眼的当下，重新细读《纪实与虚构》，可以发现这部小说的深远价值：虚虚实实，迷离恍惚，似真还假，说假又真，王安忆在虚实相生中创造了一个亦幻亦真的小说世界，这个世界以其丰饶和厚重的分量，能给创作者和读者提供一种永久的艺术滋养。

小　结

　　本章选取了4篇（部）小说文本延续第一章的论题，继续讨论中国现当代女性作家创作的小说的叙事与性别问题。与第一章视野较为宏观粗疏不同，本章采取以细读的方式切入文本，通过对每个文本具体的故事与话语的分析，解析其中的性别蕴含，以及对这一性别蕴含的呈现方式。选择哪篇小说则成为一个难题。任何选择都意味着某种凸显和某种遮蔽。保险的方式是选择现当代文学史上最突出的名家名篇，但是名家名篇的前人研究已多如牛毛，不说林林总总的论文，就是女性文学史如孟悦、戴锦华的《浮出历史地表：现代妇女文学研究》和盛英主编的《20世纪中国女性文学史》，已经把现当代女作家几乎一网打尽，因此笔者只能从个人的感受和学理需要来选择。

　　选择冰心，而且是两篇小说，一定会引起相当多人的诧异，因为冰心在文学史上并不是以小说家名世的，其文学史形象是散文家乃至诗人。但是细读文本，《西风》有关职业女性在工作与婚姻难以两全困境的揭示，抓到了关乎人类另一半——女性的人生的重大问题，是女性小说中特有的表现对象和题材，而且在现当代小说中有相当数量雷同文本的书写。女性的职业直接关联着社会，婚姻直接关联着男人，女性的发展与人类另一半的发展，与整个社会的发展都是密切相连的。这样的性别意蕴也内在地包含在《我们太太的客厅》中。这个文本发表80多年以来，因为小说与真人真事的或明或暗的联系，一直受到非议，尤其我国进入信息社会网络时代营构的大众文化语境下，此文本甚至被人讥刺为作者冰心人品不够温良宽厚的一个证据，而作为小说本身具有的审美价值则遭到忽视。文本通过"太太"身份设置的性别认同，"客厅"空间叙事的性别蕴含和"春天"意象选择的性别解放三个方面的叙事方式与性别意蕴的结合,体现出冰心有关女性问题的一些迷思,艺术传达上代表着冰心小说的最高水平,与凌叔华一些名篇的高超叙事艺术不相上下。

萧红在研究界有"文学洛神"之美誉,又位列中国现代散文四大才女之列,属于"重写文学史"思潮兴起之前就已进入主流文学史的作家。她的《生死场》通过对东北乡村的书写,一个民族国家被侵略压迫进而引起反抗和乡村女性受生育与病痛折磨的场景,呈现了民族国家与乡村女性的双重生死场。《呼兰河传》对文学作品中小说、诗歌、散文的打破与融通,具有相当的文体学意义。本章则选择其最后一个短篇小说《小城三月》加以细读,从文本体现出的文学症候与萧红的人生经历相结合,阐释《小城三月》的叙事技巧和性别蕴含。《小城三月》采用了限知叙事的修辞技巧来讲述女性人物的死亡故事,是一个熔铸了叙事者无法言说也难以言说的女性生命体验的文本,充满了作者萧红无尽的哀愁和忧伤。

中国当代文学从1949年至今已70年,时间早已是现代文学30年的两倍有余。如果说中华人民共和国成立后的前30年,由于种种因素的制约,女性作家的创作相对薄弱,那么到新时期改革开放以后,女性作家的创作蓬勃发展,老、中、青队伍浩浩荡荡。如第一章中第二、三节所提及的当代女作家的小说就不在少数,因此可选择的范围是很宽广的。选王安忆的原因主要在于其小说创作的量多质高。如果以性别表现的维度衡量,《长恨歌》和《天香》也许更能凸显王安忆小说文本具有的性别意识。然而对这两作前人相关评论研究资料太多,说什么都像在拾人牙慧,与对现代时期张爱玲的研究情况类似。反而是目前篇幅最长的《纪实与虚构》具有挑战性,其深藏的性别意识和叙事技巧的关系更引人探究。

第三章

男性小说中的女性想象

与第一章对女性小说的界定思路相应和,我们把男性作家写作的小说称为男性小说。因此,本章即将讨论的是男性作家创作的小说中的叙事与性别问题。本章与第一章、第二章的理路有较明显的差异,前两章关注的是女作家笔下的小说——女性小说。本章则欲以男性作家的小说为对象展开论析,看一看男性作家如何想象女性,他们的小说中体现了怎样的性别意识,这些性别意识如何体现以及为什么会有这样的意识产生等问题。具体选取茅盾、路遥、陈忠实和徐怀中的小说文本进行论析和阐释。

第一节 茅盾早期小说中的性别修辞及意义

茅盾是中国现代文学史乃至当代文学中的一个巨大存在,对茅盾文学世界的研究资料不计其数,但是对任何一位大作家的接受都不会有终结的过程,不同的接受者都可以随着时代、种族、阶层、性别、环境等因素的差异对同一个对象作出不同的阐释和解读,只要这种阐释和解读不脱离对象的实际,在忠实于对象的基础上展开,就应该有其合理性和有效性。本节欲从性别视角出发,对茅盾早期小说中的性别修辞以及其中蕴含的性别政治含义做一点讨论。

一

先看茅盾小说中的性别修辞策略。

作家茅盾的产生与社会活动家沈雁冰的革命历程是神奇地相纠缠的，正如茅盾后来的一篇文章标题所说的是"文学与政治的交错"[①]。1927年8月，沈雁冰从大革命的旋涡中心武汉东下"逃离"回到上海，此前他被中国共产党中央派到中央军事政治学校武汉分校任政治教官，随后又任《汉口民国日报》总主笔。蛰居上海家中的沈雁冰"是真实地去生活，经验了动乱中国的最复杂的人生的一幕，终于感得了幻灭的悲哀，人生的矛盾，在消沉的心情下，孤寂的生活中，而尚受生活执着的支配，想要以我的生命力的余烬从别方面在这迷乱灰色的人生内发一星微光"[②]而开始文学创作的。随着《幻灭》的发表，茅盾从此在文坛崭露头角并随着时间的流逝而逐渐成为20世纪中国文学的大家之一。

茅盾的小说创作集中在中华人民共和国成立之前，从1927年9月开始连载于《小说月报》的《幻灭》始，终于1948年的短篇小说《一个理想碰了壁》和连载于香港1948年9—12月的长篇小说《锻炼》。[③] 1932—1933年应算是茅盾小说的创作高峰期，1932年6月下旬写成《林家铺子》，11月发表《春蚕》，巅峰之作是1933年开明书店初版的《子夜》单行本，这几部作品奠定了茅盾在中国现代文学史上开创现实主义文学范式的地位。20世纪40年代茅盾有影响的小说主要是《腐蚀》和未完成的《霜叶红似二月花》。本节的早期小说指的是20世纪20年代创作的小说。

从处女作《幻灭》开始，茅盾20世纪20年代的小说主要有后来与《幻灭》合称为《蚀》三部曲的中篇小说《动摇》《追求》，长篇小说《虹》，短篇小说《创造》《自杀》《一个女性》《诗与散文》《色盲》《昙》等，除《色盲》以外的五个短篇结集为《野蔷薇》，1929年7月由上海大江书铺出版。

虽然以上各个文本不尽然都以女性人物作为主人公，但这些小说最突出的特点是对女性人物形象的描画和塑造，这确是一个不争的事实，而女性形象最集中的是茅盾自己所说的"都穿了'恋爱'的外衣"，"主

[①]《茅盾全集》第34卷，人民文学出版社1997年版，第248页。

[②] 茅盾：《从牯岭到东京》，傅光明编《茅盾作品精编》上，漓江出版社2004年版，第275页。

[③] 依据来源于桑逢康《大家茅盾》，社会科学文献出版社2013年版，第266、192页。

人都是女子"① 的短篇小说集《野蔷薇》。

《创造》是茅盾的第一个短篇小说，讲述的是一对青年夫妇君实和娴娴的故事。全篇是丈夫君实的心理流程的揭示，作为"进步分子"、"创造者"的君实希望把妻子娴娴创造为自己理想中的样子，但被改造后的妻子"先走一步了"，超出了丈夫的心理预期，丈夫君实体会到了一丝懊恼。《自杀》的主人公环小姐与一个革命者的青年男子相恋，两次约会后，"舍弃一己的快乐，要为人类而牺牲"的磊落的大丈夫的革命男子消失不见，环小姐发现自己有了身孕，寄居在老姑母家的环小姐无法与人言说，最后上吊自杀。《一个女性》讲述的是少女琼华中学毕业前后几年间青春生命从繁花盛开到凋零死亡的过程，全篇以第三人称内聚焦展开叙事，聚焦于琼华的心理。《诗与散文》展示的是青年男子丙的心理。丙面对着两个处于两极状态的女子——表妹和房东家的寡媳桂。丙向往诗一样的理想的圣洁表妹，却又沉沦在与散文般的现实的桂的肉欲关系之中。最后两个都离开了他。《野蔷薇》中最后一个文本《昙》的主人公是张女士。小病中的张女士得到自己好友兰的探望，但在兰的闪烁其词中嗅到了兰与自己中意的男子何若华的关系的暧昧之意，后来在公园中张女士又亲眼见到了那一对。陷于好友背叛和父亲包办逼婚苦闷中的张女士意欲逃离家庭，下定了去革命之地广州的决心。

如何解读这五篇小说？"茅盾的作品总是夹带着政治信息"②，王德威此言不虚，正如茅盾在1929年《写在〈野蔷薇〉的前面》中所说："这里的五篇小说都穿了'恋爱'的外衣。作者是想在各人的恋爱行动中透露出各人的阶级的'意识形态'。这是个难以奏效的企图。但公允的读者或者总能够觉得恋爱描写的背后是有一些重大的问题罢。"③ 多年以后茅盾在自传《我走过的道路》中谈到《创造》时更明确表明："在《创造》中，我暗示了这样的思想：革命既经发动，就会一发而不

---

① 茅盾：《写在〈野蔷薇〉的前面》，傅光明编《茅盾作品精编》上，漓江出版社2004年版，第292页。

② 王德威：《革命加恋爱——茅盾、蒋光慈、白薇》，王德威《中国现代小说十讲》，复旦大学出版社2004年版，第52页。

③ 茅盾：《写在〈野蔷薇〉的前面》，傅光明编《茅盾作品精编》上，漓江出版社2004年版，第292页。

可收,它要一往直前,尽管中间要经过许多挫折,但它的前进是任何力量阻拦不了的。被压迫者的觉醒,也是如此。"[1] 茅盾的这些夫子自道为批评研究者提供了重要的依据,成为许多研究茅盾者的套路,人们总是惯于透过文本的故事表层去探寻小说下面的深层革命政治意识形态含义。但是需要注意的是,茅盾的关于《创造》的这段话写于1980年7月12日[2],是作者自己52年之后的阐释,这当中有多少符合自己当时写作时有意无意的心理动因大可质疑。因此回到小说文本的故事表层也未尝不是一种更可靠的阐释路径。

仔细读来,《野蔷薇》中的5个短篇写到的女性故事分两类,一类是直接以女性作为主人公的《自杀》《一个女性》和《昙》,另一类是间接以女性作为主人公的《创造》和《诗与散文》。第一类中的女性是处于弱势群体的被压迫者,她们不是死亡(环小姐、琼华)就是逃离(张女士),特别是环小姐的遭遇更是意味深长。环小姐不怨恨自己的恋人突然消失,因为恋人是为全人类而活的,有着更高远的革命目标,但是未婚先孕的环小姐怎么办呢?当时的社会环境还没有为敢于解放的女性提供更好的可走的出路,前面是漆黑一片的黑洞,环小姐只能用一根丝带把自己吊死在床柱上。在这一类作品中,作者聚焦于女性主人公的心理世界,通过对女性人物心理世界细微之处的展露和揭示,表现出对当时在社会现实和历史文化重压下的妇女的深切悲悯和同情。这些女性已不是如祥林嫂和单四嫂子一样的底层蒙昧女子,而是类似于子君的有所解放的"五四"女性。但是这类女性依然没有摆脱悲惨的命运,好在张女士已经在努力挣扎,逃离自己的悲剧命运。在这类文本中,作家基本采用的是第三人称内聚焦叙事,笔力集中于女主人公心理流程的展示上。

与上一类以女性人物作为视点展开故事的讲述方式不一样,《创造》和《诗与散文》两篇都是以一个男性眼光来看待女性,《诗与散文》中是青年丙面对表妹和桂,《创造》中虽然只出现了一个女性形象妻子娴娴,但是在君实的意念中其实是两个,一个是理想的娴娴,另一个是现

---

[1] 茅盾:《创作生涯的开始》,《茅盾全集》第34卷,人民文学出版社1997年版,第392页。

[2] 《茅盾全集》第34卷,人民文学出版社1997年版,第382页。

实的娴娴。这两个文本从人物关系设置看有类同性，都是一男二女结构模式，类似的人物结构模式还可以在另一篇没有收入《野蔷薇》但同属于"革命加恋爱"的短篇小说《色盲》中可以看到。青年男性革命者林白霜在新兴资产阶级的女儿李惠芳和封建官僚家庭的大小姐赵筠秋之间摇摆。回顾茅盾的创作轨迹，可以发现这种模式在茅盾的处女作《幻灭》中就已经呈现了，抱素面对着静女士和慧女士，在其后的《动摇》中又有方罗兰面对陆梅丽和孙舞阳。这种结构模式文本中是从男性人物的眼光来看待这两种女子，而且正是由于男性眼光的加入，这类文本凸显了一种突出的性别修辞特征。几乎每个文本中张扬的都是那种狷介、狂放、妖艳的女性，这类革命女性一般都有着美丽骄人的外表，身上总发出迷人的香味，柔媚的艳笑，白色的小手，细腰丰臀，特别是绸衣下颤动的乳峰。这些女性以《蚀》三部曲中的慧女士、孙舞阳和章秋柳为代表。

　　这种性别修辞在1929年的长篇小说《虹》中对革命意识更彻底的新女性梅行素的描写中也比较明显，身处四川的梅行素从开始朦胧的反抗封建包办婚姻，逃离成都，经重庆、泸州后到上海，最终汇入了革命洪流，从个人解放走向了社会解放的大道。但在对她的描写中，依然顽强地呈现出茅盾此期小说中女性人物惯有的肉感特点："一面说着，她很大方地披上了手里的新旗袍，便走到沙发旁边，坐在一张椅子上穿袜子。旗袍从她胸前敞开着，白色薄绸的背褡裹住她的丰满的胸脯，凸起处隐隐可以看出两点淡淡的圆晕。"①这是梅行素到上海以后成为真正革命者后和一位重庆时期的倾慕者相遇时，那倾慕者眼中的梅行素。这种修辞倾向甚至延伸到30年代的《子夜》中。《子夜》第一章对吴老太爷眼中光怪陆离的上海的描画，对女交际花徐曼丽，经济间谍刘丽英，被父亲用作美人计的冯眉卿，乃至对吴少奶奶林佩瑶、林佩瑶之妹林佩珊的描写中都可以看见这种肉感的痕迹。

　　王德威曾说《幻灭》中"静和慧这两位女主角后来成为茅盾笔下许多女性小说人物的原型"②。在文本中一般地这两类形象都是由男性人

---

① 茅盾：《虹》，《茅盾文集》第二卷，人民文学出版社1958年版，第273页。
② 王德威：《革命加恋爱——茅盾、蒋光慈、白薇》，《中国现代小说十讲》，复旦大学出版社2004年版，第59页。

物的眼光去看的，男人基本沉迷于对后一类女子的迷恋中。而作为文本掌控者的作家在下笔时也就格外突出了后一类女子生理上的令人沉迷之处，经常细描女性的肉体感官，形成了所谓的"性描写"[①]特点，也由此造成了作为现实主义小说家的茅盾遭人诟病为自然主义的不足之处。

二

以上是对以短篇小说集《野蔷薇》、中篇小说《蚀》三部曲和长篇小说《虹》为主要代表的茅盾早期小说中的性别修辞的粗略罗列和分析，这种修辞主要表现在两方面，一是通过对女性心理的展示表达对不幸的女性命运的同情，二是对革命队伍中的新女性形象进行浓墨重彩的书写，赞誉、张扬那类刚强而又美艳的女子，特别突出了这类美艳女子的肉感之处。这两种修辞都明显地出现在茅盾的笔端，前者体现出对女性的尊重，是严肃的现实主义的，后者却表现出一种对女性的狎昵、轻慢趣味，是轻薄的自然主义的，两种倾向形成了茅盾早期小说性别修辞中的一种矛盾现象。

为什么会出现这种现象？

熟悉茅盾生平的人都知道茅盾是一个在进行文学创作之前已经有着丰富社会实践经验和深厚文学修养的文化人，早在1921年，在商务印书馆工作的沈雁冰（德鸿）就参加了上海的共产主义小组，是中国共产党早期的革命者之一。同时，沈雁冰聪明早慧，学习勤奋，作文能力突出，北京大学三年预科的熏陶更增加了其文学文化功底。1921年他受邀成为中国现代文学史上最早最大的文学社团"文学研究会"发起人之一，其主编、改版的商务印书馆的《小说月报》在某种意义上几乎成为文学研究会的代用会刊。但是对于茅盾是思想意识上具有先进、文明女性观的文化人这一点人们却注意不够。事实上，20世纪20年代沈雁冰在《东方杂志》《妇女杂志》《民国日报》等报刊上发表了大量政论、杂感文章，鼓吹妇女解放思想。比如《妇女杂志》1919年11月15日沈雁冰以佩韦的笔名发表《解放的妇女与妇女的解放》一文，其间明确宣

[①] 余斌：《当年文事》，南京大学出版社2009年版，第14页。

称"我是极力主张妇女解放的一人","凡是人类,都是平等的;奴隶要解放,所以那些奴隶(是就中国最旧的男尊女卑观念说)的妇女也应得解放。在旧礼法底下,妇女不许有自由的意志,不许有知识,不许有自由的行动和言论,被'三从''四德'等等的信条,束缚得丝毫不能动,一言以蔽之:'人的权利',剥夺净尽;现在要解放,就是要恢复这人的权利,使妇女也和男人一样,成个堂堂底人,并肩儿立在社会上,不分个你高我低。这就叫妇女解放"①。接着在 1920 年 1 月 5 日的《妇女杂志》上他又继续妇女解放的话题,提出妇女解放问题的建设手段应该从家庭、教育和职业三个方面进行的见解。对男女社交公开、女子参政运动、家庭改制、恋爱与贞操的关系、两性互助、离婚与道德、妇女教育运动等问题都发表了看法,此外还介绍了西方的女子主义(女性主义,feminism)和爱伦凯的母性论观点。他因此被学者刘慧英认为是《妇女杂志》从"宣传贤妻良母"向鼓吹妇女解放过渡的关键人物。②

　　茅盾不仅思想上是受压迫妇女们的同道人,而且身体力行。他是那个时代男性中为数不多的娶了"包办婚姻"的未婚妻的人,其妻孔德沚婚后才开始学认字、上学,以后还参加了革命工作。③ 与同时代的鲁迅、郭沫若相比,茅盾显示出了他的令人尊敬的一面,他不是空喊口号,从某种程度上算是真正的实实在在地解放了一个女人的伟岸男子。这里并没有贬损鲁迅和郭沫若之意,每个人的人生际遇各不相同,性格气质也有差异,这里只是在说一个事实。

　　因此也就不难理解为什么在茅盾的笔下,会出现《自杀》《一个女性》这样对女性悲惨命运深表同情的作品。在这些文本中,作为男性作家的茅盾显示出了他正确的社会性别意识和性别文化观念。这些文本不过是他先进的性别文化思想在虚构想象的文学世界中的一种自然投射,或者反过来说,他通过文学想象世界来进一步阐明自己的女性性别文化观念。

　　对女性形象的另一种性别修辞又如何解释呢?

---

① 《茅盾全集》第 14 卷,人民文学出版社 1987 年版,第 63—64 页。
② 刘慧英:《女权、启蒙与民族国家话语》,人民文学出版社 2013 年版,第 174 页。
③ 茅盾:《我的婚姻》,《茅盾全集》第 34 卷,人民文学出版社 1997 年版。

从文学活动的社会生活（宇宙）—作者—作品—接受者（读者）的循环环节看，当时的社会生活中有着这样的女性，茅盾是在按照生活的本来样子在反映、描写生活。他在回忆录中曾谈到这些新女性的来源主要是妻子孔德沚的朋友："她那时社会活动很多，在社会活动中，她结交不少女朋友。这些女朋友有我本就认识的，也有由于德沚介绍而认识的，她们常来我家中玩。由于这些'新女性'的思想意识，声音笑貌，各有特点，也可以说她们之间，同中有异，异中有同。我和她们处久了，就发生了描写她们的意思。"①可以说这些女性形象是有客观现实生活的依据的。但是生活本身并不等于艺术，文学与客观生活存在着距离是无法否认的，生活要经过升华和提升方始成为艺术，那么从生活到文学艺术要经过的重要一环——作者便成为重要的因素。因此还是要解析茅盾为什么把这些"同中有异，异中有同"的女子在虚构的文本中归结为了静女士和慧女士两种原型，而其中又对肉感化的慧女士一型倾心有加。

以往的有些研究者把茅盾的"性描写"归结为受法国自然主义的影响，确实，茅盾是将自然主义引入中国的第一人②，他的创作也明显受到莫泊桑、左拉的影响，同时他在《从牯岭到东京》中也说过"我爱左拉，我亦爱托尔斯泰"③的话。但这只是因素之一，这种观点言之成理但是存在流于表面化的倾向。

前面说过，茅盾是"五四"时期具有先进性别文化观念的人，那么不妨回到当时茅盾所处的历史场域，虽然还原当时的历史现场在今天已成为一种奢望，但是透过一些资料还是可以大致感受、触摸得到历史的气息和轮廓。

"五四"时期，个性解放、妇女解放成为潮流，参与者们依托杂志和团体形成一股股力量，汇合成了时代的话语场。1922年8月，沈雁冰参加了"妇女问题研究会"，这是一个以商务印书馆《妇女杂志》主编、编辑（章锡琛、周建人等）和文学研究会成员（周作人等）为主要

---

① 《茅盾全集》第34卷，人民文学出版社1997年版，第351页。
② 余斌：《当年文事》，南京大学出版社2009年版，第23页。
③ 茅盾：《从牯岭到东京》，傅光明编《茅盾作品精编》上，漓江出版社2004年版，第275页。

成员的团体，这个团体以讨论妇女问题为宗旨，提倡"妇女主义"。成员们撰写大量的文章，探讨各种妇女问题。这些妇女主义者应该算是广大妇女的"同道人"，但是学者刘慧英通过辨析后指出，他们不过是"以男性为本位的'妇女主义'"，"他们更重视女性的'性征'——女性之所以为女性的那些特征"，也就是女性的生理特征，因此，"'妇女主义'对两性关系的构想，对女性特征的想象，以及对女性的界定等等，都表明他们站在一种男性本位的立场。他们根据自身的阅历和经验所想象的女性无非是一种集中国传统妻、妾、妓于一炉的女性角色特征"①。作为"妇女主义者"之一的沈雁冰也免不了这样的心理，因此当沈雁冰在1927年变身为作家茅盾的时候，他笔下的肉感女性形象的出现也不足为怪了。文学文本可以投射、反映出创作者深层的潜意识世界，"茅盾在创造《蚀》里头那些解放了的女性角色时，想来不无某种遗憾：某种无从满足的欲望在螯咬着他的内心。"② 王德威在对茅盾的文学创作与婚恋关系进行互文分析时说过的这句话也极有道理，可以佐证我们的看法。

如此说来，男性作家茅盾骨子里并没有摆脱男性对女性的客体欲望化对象的无意识深层心理。早在十余年前，已有少数犀利敏锐的研究者涉猎批判了茅盾小说文本中存在的这种弊端："茅盾笔下的女性性感，实际上是独立于女性人格、个性之外的、纯粹应男性欲望而设置的女性肉体特点。"③ 可见，对茅盾小说的解读不仅仅能读出作家自己所企望的阶级意识形态，更能读出其中的性别意识形态蕴含。

茅盾早期小说的性别修辞和其中蕴含的性别意识形态含义不是单一的而是复杂的，一方面，他站在女性的立场和角度，体察女性的心理，对女性的悲剧命运寄予深切的同情；他肯定女性的自主性，对新女性身上的勇敢、独立精神充满赞誉。另一方面，他又无法摆脱男性深层的把女性作为被看的欲望对象的无意识心理，文本中大肆渲染女性的生理性

---

① 刘慧英：《女权、启蒙与民族国家话语》，人民文学出版社2013年版，第185、187、191页。
② 王德威：《革命加恋爱——茅盾、蒋光慈、白薇》，王德威《中国现代小说十讲》，复旦大学出版社2004年版，第98页。
③ 李玲：《中国现代文学的性别意识》，人民文学出版社2003年版，第79页。

征，陷入了古老的男权文化的窠臼。

第二节　路遥小说的叙事与性别

在中国当代新时期文学迄今40余年的历史中，茅盾文学奖无疑是考量长篇小说成绩的一个重要标杆，到第九届跃过这一标杆的不过41人，陕西作家路遥就是其中之一。1992年11月17日，年仅43岁的路遥病逝。路遥的英年早逝让人嘘唏，但是尚可宽慰的是在逝世前的1991年3月，作者看到倾注自己心血的《平凡的世界》获得了第三届茅盾文学奖。而在《平凡的世界》之前，中篇小说《人生》（1982）以及作者亲自改编的同名电影《人生》（1984）就创造了一个20世纪80年代的文学艺术奇观。对于这样一个作家，文学研究评论界自不会轻慢，虽然在路遥的接受史中，存在着文学史家与读者大众对路遥的不同"待遇"[①]，但是对路遥的研究一直持续有文面世，特别是2015年2月，同名电视剧《平凡的世界》在北京卫视和东方卫视的首播，带动了文学批评界对路遥作品的又一轮研究热潮。在中国当代作家中，对路遥的研究应该有某种便利条件，因为路遥的英年早逝为其创作画了一个戛然而止的句号，为研究者提供了面目相对清晰的一个观照对象。然而综观已有的路遥研究，从性别视角切入的论析总的还不多。在此笔者拟从性别视角出发，主要结合文本的细读，对路遥小说中蕴含的性别意味作一点探讨。

路遥主要以现实主义笔法来叙写20世纪80年代改革开放初期的中国社会现实，在对路遥相关的较早评论中有一个关键词"交叉

[①] 中国人民大学的程光炜教授在《文学年谱框架中的〈路遥创作年表〉》一文中曾指出，"路遥的文学史定位现在还是一个问题"，杨庆祥的《路遥的自我意识和写作姿态》和黄平的《从"劳动者"到"劳动力"》中也都谈到此问题，指的是在中国当代文学史比较权威的教材洪子诚著的《中国当代文学史》中讲到改革小说时提了一句《人生》，对《平凡的世界》不见只字；陈思和主编的《中国当代文学史教程》中虽对《人生》有所论述，却一笔带过《平凡的世界》。而在读者大众那里，《平凡的世界》却是印数居高不下，最受欢迎的"常销书"。见程光炜、杨庆祥编《重读路遥》，北京大学出版社2013年版，第5、53、75—76页。

地带"①，所谓的交叉是指乡村（农村）和城市（用今天的眼光看，那时的县城严格说来只是城镇，但是在当时县城对于农村来说已可叫城市了）的交叉，乡村和城市是路遥笔下人物流徙辗转的活动空间，有意味的是，如果用性别眼光凝视其间的女性人物，可以发现乡村和城市几乎成为女性人物命运的象喻，其间承载着丰富复杂的性别蕴含。

一

乡村女子的牺牲与受苦是路遥小说性别蕴含的突出表征。

塑造女性人物形象，书写女性故事不是路遥小说的重心，这是任何阅读过路遥小说读者的一个突出感受，他关心的是男性人物的男性故事，尤其是出生于农村而又上了学，掌握了一定文化知识的青年男性人物，比如《人生》中的高加林，《平凡的世界》中的孙少平、孙少安，《在困难的日子里》的马建强等。路遥的情感和笔力倾注于这些活跃在城乡交叉地带中的农村男性知识青年身上，这使得路遥的小说带有某种"男性视角"："……在性别上，男生对于路遥的认可程度要高于女生。我想其原因大概是男性的审美习惯相对来说会粗犷一些，更重要的是，路遥的小说实际上有一个'男性视角'在里面，自然会更容易引起男性的共鸣。"②但是写男性必然要写到女性，因为男性和女性就是构成人类社会的两种基本性别，尤其是青年男性，恋爱婚姻对于他们虽不及对女性的意义重大，但也是不可避免的人生内容。因此，具男性视角的路遥哪怕是无意，也会"顺带"出与男性主人公相关的人物，于是刘巧珍、田润叶、贺秀莲；田晓霞、吴亚玲、卢若琴；黄亚萍、杜丽丽、刘丽英等女性人物形象浮现出来，凸出于文本表面。最先出现的人物形象便是刘巧珍。

即使没有熟读小说《人生》，但看过同名电影的人都对巧珍的故事

---

① 如王愚《在交叉地带耕耘——论路遥》，《当代作家评论》1984年第2期。而"交叉地带"这一词语又来自路遥本人，在谈到《人生》的写作时，路遥说他写的是一个发生在"农村和城市的交叉地带"的故事。见路遥《面对着新的生活》，《中篇小说选刊》1982年第5期。

② 杨庆祥：《阅读路遥：经验和差异》，程光炜、杨庆祥编《重读路遥》，北京大学出版社2013年版，第73页。

耳熟能详。这个漂亮、勇敢的乡村姑娘在高加林被大队书记的儿子顶替了民办教师落入沮丧境地时，向心仪的加林求爱，给阴霾中的加林带来了温暖灿烂的阳光。但是在加林进县城工作后，却遭到了遗弃。最后加林走关系到县城工作的事情被揭发，狼狈回村，而此时的巧珍已嫁为人妇。但是巧珍不计前嫌，拦下了准备为自己出气的姐姐，又为加林恢复民办教师的身份向姐姐的公爹（大队书记）求情。

巧珍无疑是一个牺牲品。她的牺牲性体现在两个层面。一是巧珍把自己作为牺牲奉献给高加林而不自知；二是一种传统性别文化把巧珍送上了神圣的道德祭坛。

漂亮得"盖满川"的巧珍"没有上过学，但感受和理解事物的能力很强，因此精神方面的追求很不平常"。"她决心要选择一个有文化而又在精神方面很丰富的男人做自己的伴侣。"① 于是巧珍主动出击追求高加林，高加林为巧珍的深情感动，也爱上了这个像一幅俄罗斯油画中人物的姑娘。但是高家村以及大马河川狭小的天地如何驰骋得开高加林狂野的心灵骏马。进城以后的加林在有共同语言的高中同学，城市姑娘黄亚萍的追求下动摇了。美貌善良的巧珍原想着"你在家里呆着，我上山给咱劳动！不会叫你受苦的"②，由于没有上过学，巧珍在有文化人的面前有一种深刻的自卑感，她自觉地把自己置于一种低到土地（类似张爱玲的尘埃）里仰望加林哥的位置。然而哪怕是这样的努力，也依然没有获得牺牲的资格。小说结尾，作者路遥一改全书前三十三章的体例，在第三十四章后边用小括号里加个"并非结局"小标题的"露骨"方式，设置了一个开放式尾巴，为读者提供了一种故事情节不愿终止闭合的续写可能。或许有些读者会按当今 21 世纪的价值观念去想象加林和巧珍再续前缘的可能，但是"诞生"于 20 世纪 80 年代初的巧珍明确表示要和朴实的丈夫马栓好好过日子。而且"并非结局"主要是对高加林而言，一如后来的很多评论所评判，也是路遥作为创作者所希望的③，一俟有机会，高加林还会出走高家村，"逃离"大马河川。

---

① 《路遥文集》第 4 卷，人民文学出版社 2005 年版，第 27 页。
② 《路遥文集》第 4 卷，人民文学出版社 2005 年版，第 34 页。
③ 路遥：《早晨从中午开始》，《路遥文集》第 5 卷，人民文学出版社 2005 年版，第 305—306 页。

巧珍的命运令人嘘唏，很多人尤其是女性读者（观众）会为巧珍的悲惨结局一掬同情之泪，这泪水中除了同情，可能还有钦佩，甚至觉得庄严崇高。这种钦佩和崇高感其实来自作家自身和评论界，更来自我国性别文化传统的集体无意识。路遥自己说过巧珍"表现了我们这个国家、这个民族的一种传统的美德，一种在生活中的牺牲精神"[①]。无独有偶，在以往的一些评论者的视域中巧珍被视为散发出传统女性魅力的人物[②]，就像文本中的德顺爷爷把巧珍称为"金子"一样。金子是不假，但这只是一层性别文化观念给女性镀就的外壳，这金子下面包裹着的是流着血泪的肉身，巧珍便是一件置于道德祭坛上镀了金色外壳的牺牲品。因此同情固然可以，但是钦佩就走向了错误的方向。只需反问一句，为什么牺牲的一定是女子？为什么只能巧珍为高加林牺牲而不是相反？高加林不是很爱巧珍吗？后来他对黄亚萍说自己其实爱的是巧珍，而且文本最后不是有他扑倒在地下，手里抓着两把黄土，叫着"我的亲人哪"的场景吗？然而正如前边已分析过的，高家村（农村）不是有知识有文化的高加林的栖息地，而只是他人生奋斗之旅的驿站，《人生》主要是男人高加林的故事，追光是为高加林而打的，而巧珍只能沉入逐渐变为黑暗的背景中。然后她被送入道德的祭坛，被镀上一层金粉，成为千百年女性美德之一例。

在路遥的笔端，乡村女子似乎就是为吃苦受累而生的。具有这种牺牲精神的除了巧珍，还有《平凡的世界》中的田润叶和贺秀莲。将田润叶划入这个队列可能有人不同意，她可是吃上了国家粮的县城小学教师。但是就精神实质而言，润叶还没有脱离双水村土地的根子，她的爱情是属于泥腿子孙少安的，即便婚后也依然如此（心苦）。只有在丈夫李向前车祸失去双腿之后，她才转移了自己的视线，去照顾丈夫（身苦）。文本中这样叙述此时的润叶："正是在这种自我牺牲和献身之中，

[①] 路遥、王愚：《关于〈人生〉的对话》，《路遥文集》第 5 卷，人民文学出版社 2005 年版，第 409 页。

[②] 如宗元著《魂断人生：路遥论》中"人物论"有一节"绚丽多姿的女性世界"，将路遥小说中的女性人物形象分类概括为"传统女性"和"当代女性"，其标题为"传统女性的魅力"和"当代女性的风采"，对于二者都给予了肯定性的评价。上海文艺出版社 2000 年版，第 132—161 页。

润叶自己在精神方面也获得了一些充实。……青春炽热的浆汁停止了喷发，代之而立的是庄严肃穆的山脉。"叙事者评价"我们不由再一次感叹：是该为她遗憾呢？还是该为她欣慰？"最后落脚为："啊！润叶！难道她不仍然为我们所喜爱吗？"① 在叙述中不断插入叙述者的主观评价（议论），似乎是路遥从他的导师柳青那里学来的一种技巧吧。叙事学理论通过对小说实践的分析后总结道："叙述者干预一般通过叙述者对人物、事件甚至文本本身进行评论的方式来进行。"② 这种叙述者干预多存在于那种重"讲述"而非"展示"的小说中。"讲述"（telling）和"展示"（显示，showing）是美国小说修辞理论家布斯对小说叙述中两种话语方式的区分。③ "讲述"在叙事过程中充满叙述者的评价和指引，让阅读者明显意识到叙述者—隐含作者—作者的存在和对所述事件、人物的价值判断。而"展示"中故事被不加评价地表现出来，"是客观的，非人格化的，或戏剧式的，是事件和对话的直接再现"④。布斯认为"讲述"多出现在早期故事中，带有人为专断的色彩。发展到现代主义、后现代主义阶段，小说越来越多地采用"显示"的技法。西方小说作家中从讲述到重展示的转变的标志性人物是福楼拜。福楼拜在致乔治·桑的信中，明确表明自己的观点："说到我对于艺术的理想，我以为就不该暴露自己，艺术家不该在他的作品里面露面，就像上帝不该在自然里面露面一样。"⑤ 被称为陕西文学界教父的柳青的写作路数就是重讲述的，在十七年的代表作《创业史》中就频频使用叙述者干预的技法，柳青对其时和之后的陕西作家影响很大，路遥亦在受影响之列。因此现实主义的路遥的"讲述"可谓顺其自然，充满叙述者干预的讲述某种角度看似乎不及"显示"来得耀眼炫目，却最清晰地表明了作者的思想观念和倾向。在路遥看来，自我牺牲和献身受苦正是乡村女子的安身立命

---

① 路遥：《平凡的世界》第三部，《路遥文集》第 3 卷，人民文学出版社 2005 年版，第 202 页。
② 谭君强：《叙事学导论：从经典叙事学到后经典叙事学》，高等教育出版社 2008 年版，第 207 页。
③ ［美］W. C. 布斯：《小说修辞学》，华明、胡晓苏、周宪译，北京大学出版社 1987 年版，第 3—24 页。
④ 谭君强：《叙事学研究：多重视角》，中国社会科学出版社 2018 年版，第 142 页。
⑤ 伍蠡甫主编：《西方古今文论选》，复旦大学出版社 1984 年版，第 250 页。

之所。

还有秀莲。聪明的孙少安是不幸的,因为家里太穷供不起他上中学,小学毕业就回家务农了,成为名副其实的"地球修理工"。孙少安又何其幸也,除了润叶想嫁他而不成后依然思念他,还娶到了不要彩礼的贤惠秀莲做婆姨。秀莲真是一把好手,家里家外地忙,田间地里头,砖窑场地上,家里锅台边。但是最后,少安捐资修建学校,终于成为进入双水村历史的人物,秀莲却因多年积劳成疾,口喷鲜血倒在会场:罹患肺癌。读者是该感叹小说作者遵循按生活的本来样子描写生活的现实主义的原则的伟大?还是责怪作者的残酷,让叙事者做出这样残忍悲惨的故事讲述?

也许这就是文学想象,女人的吃苦受累和牺牲精神千百年来不是值得也一直有人在歌颂吗?但是历史的真相是什么呢?那些吃苦牺牲的女子本人到底是怎么想的?大多数的读者也许就沉浸在作者编织的故事中,根本没想过这样的问题。

二

与乡村女子的牺牲受苦相对,在路遥小说中,城市女性却扮演着引领者与拯救者的角色。

对于路遥的两部重要作品,《人生》和《平凡的世界》,有一种看法受到不少人的追捧:《人生》是路遥最好的小说,高加林是最成功的人物形象,《平凡的世界》不如《人生》,孙少平也不及高加林。"路遥的最高成就其实止步于《人生》,而后此的《平凡的世界》无论从现实主义文学的各种评判标准来看(主题、人物、思想、结构等等)都只不过是《人生》的'加长版'。"[①] 这种观点的持有者有其出发点,但是就性别视角来看,笔者以为《平凡的世界》是远远高出《人生》的,正是因为有田晓霞如霞光般灿烂的形象的出现,才使得作家路遥没有完全陷于传统男性中心主义的泥淖。

[①] 如杨庆祥《路遥的自我意识和写作姿态——兼及1985年前后"文学场"的历史分析》,见程光炜、杨庆祥编《重读路遥》,北京大学出版社2013年版,第53页。

路遥曾说:"人,不仅要战胜失败,而且还要超越胜利。"①《人生》的成功为路遥带来了诸多的荣耀,但是路遥在初期的喜悦后,又对这种热闹喧腾不胜其烦,《平凡的世界》就是他想实现超越《人生》愿望的产物。路遥计划:"三部,六卷,一百万字。作品的时间跨度从一九七五年初到一九八五年初,为求全景式反映中国近十年城乡社会生活的巨大历史变迁。人物可能要近百人左右。"②路遥花了六年时间在一种近乎清教徒的狂热与苦行僧般的生活条件下,投入写作。从作品最后完成的情况看,他基本实现了自己的设想愿望。"全景式"让人想起茅盾的《子夜》,《平凡的世界》走的也是《子夜》开创的现实主义范式道路。但是比较有意味的是,写实的《平凡的世界》却洋溢着某种理想主义的光辉,这是由主人公孙少平和田晓霞这对恋人带来的。

他们最初相遇在原西县城高中,两人是同级不同班的同学。两个人之间有着较大的等级差异,开始孙少平是连黑馍和丙菜都无法保证的农村学生,田晓霞的父亲田福军则是县革委会副主任。这种身份差异一直保持到作品最后,孙少平在大牙湾煤矿当工人,几乎每天都要到地下深井的掌子面挖煤,而晓霞的父亲已官升至省委所在地的市委书记,晓霞是名副其实的高干子女,本人也大学毕业以后在省报当了记者。两人的身份地位可谓有霄壤之别,但是两个青年却跨越了这种等级界限,从少年时代的友情走向了青年的爱情。在这个发展过程中,田晓霞承担的是孙少平引领者的角色。

在爱情产生之前的高中时代,孙少平的阅读书报基本是田晓霞带来的。比如她带《参考消息》给少平看,给孙少平传抄天安门诗歌,还想方设法帮助少平解脱肚子吃不饱的困境,虽然少平对此不领情。见多识广的田晓霞为孙少平打开了认识广大世界的窗口,从某种意义上说,就像引导迷途的但丁去游历天国的贝雅特丽齐一样,田晓霞就是孙少平的贝雅特丽齐。有意味的是小说文本中也用到了"引"这个词:"孙少平被田晓霞引到了另外一个天地。他贪婪地读她带来的一切读物。""所有

---

① 路遥:《早晨从中午开始——〈平凡的世界〉创作随笔》,《路遥文集》第5卷,人民文学出版社2005年版,第248页。
② 路遥:《早晨从中午开始——〈平凡的世界〉创作随笔》,《路遥文集》第5卷,人民文学出版社2005年版,第253页。

这些都给孙少平精神上带来了从未有过的满足。他现在可以用比较广阔一些的目光来看待自己和周围的事物，因而对生活增加了一些自信和审视的能力，并且开始用各种角度从不同的侧面来观察某种情况和某种现象了。当然，从表面上看，他目前和以前没有不同，但他实际在很大程度上已不再是原来的他了。他本质上仍然是农民的儿子，但他竭力想挣脱和超越他出生的阶层。"① 晓霞又犹如点化孙少平灵慧之心的大师，使这个农民的儿子身在地面，而心向往着天空。高中毕业时晓霞请少平在街上的国营食堂吃饭，晓霞说："不管怎样，千万不能放弃读书！我生怕我过几年再见到你的时候，你已经完全变成了另外一个人。满嘴说的都是吃；肩膀上搭着个褡裢，在石圪节街上瞅着买个便宜猪娃；为几根柴火或者一颗鸡蛋，和邻居打得头破血流。牙也不刷，书都扯着糊了粮食屯……"② 这一段也是非常关键的，很大程度上正是田晓霞的激励，回乡后的孙少平才继续坚持阅读，在民办教师"下岗"后，痛下决心走出双水村，离开亲人温暖的照拂，到比原西还大的黄原城，当上一个出卖苦力的揽工汉。抬石头的重体力活让少平背上伤痕累累，但哪怕是在这种艰苦的环境条件下，他都坚持阅读。一个农民揽工汉，繁重的劳动之余捧着外国文学经典名著读，那种情形，只有在 20 世纪 80 年代理想主义文化氛围场景中才可能真实地存在。

在孙少平心理世界的潜意识深处，总有一种忧郁的底色，这是由他出身的低微带来的。但是他一直努力超越自己的卑微，提升自己的精神境界，他最后变得坚强、自信。某种意义上，《平凡的世界》可以说是一部有关主人公孙少平的成长小说③，繁重的劳动使其身体成长，丰富的阅读让其心智成熟，而在这一成长过程中，田晓霞就是孙少平最初的启蒙者和引路人。与主动奉献牺牲的刘巧珍相比，田晓霞是一个具有明确自我意识，居于主体位置的现代城市女性——不仅可以把握自身的命

---

① 路遥：《平凡的世界》第一部，《路遥文集》第 1 卷，人民文学出版社 2005 年版，第 184、185 页。
② 路遥：《平凡的世界》第一部，《路遥文集》第 1 卷，人民文学出版社 2005 年版，第 321 页。
③ 参见李陀、刘禾、蔡翔等《路遥与八十年代文学的展开》，载程光炜、杨庆祥编《重读路遥》，北京大学出版社 2013 年版，第 217—223 页。

运，还可以引领、指导男性。

与田晓霞类似的还有《在困难的日子里》的吴亚玲。这个写于1980年冬到1981年春的中篇小说，从其内容看，就是《平凡的世界》中高中阶段的孙少平与田晓霞故事的前篇。来自农村的男学生马建强因为家境贫寒，每天吃不饱肚子以致影响学习成绩，要求退学。而在这一过程中，班上的生活干事、女同学吴亚玲想方设法在不损伤马建强自尊心的前提下，利用父亲是县武装部长的便利条件，让马建强得到一个利用课余时间打工的机会获得报酬，改善自己的生活条件。与后来的《人生》和《平凡的世界》不同的是，这个小说采用的是第一人称内聚焦的方式展开叙事，"我"就是马建强。这种聚焦方式特别突出了"我"的所思所想，重点不在吴亚玲，但是亦可看出晓霞的雏形，只是文本没有讲到二人对读书的热爱以及交换读物这样高级的精神生活内容。文本通过马建强的眼光突出了吴亚玲单纯善良的脱俗精神，她只是想帮助、拯救这个身处困境的农村同学。

发表于《人生》之后的《黄叶在秋风中飘落》有论者视为路遥的败笔[①]，主人公卢若琴却是个与田晓霞有相同精神气质的人。她从富饶繁华的平原来到一个山沟小学当代理民办教师，开始旁观、继而卷入了高庙小学另一个教师高广厚家的生活。善良朴实，热爱工作的高广厚经历了家庭解体又重新复合的过程，而若琴便是帮助这个家庭让其死而复生的拯救者。

三

乡村女子和城市女性的命运在路遥小说中呈现出一种纠结缠绕的复杂状态，这种状态可以用乡村女子的苟活与城市女性的死亡来加以概括。

在路遥的小说里，除了巧珍为代表的乡村女子和晓霞为代表的城市女性外，还有一组带有杂糅性质的女性人物，黄亚萍（《人生》）、刘丽英（《黄叶在秋风中飘落》）、杜丽丽（《平凡的世界》）。杂糅有两个层

[①] 宗元：《魂断人生：路遥论》，上海文艺出版社2000年版，第89页。

面,第一是她们有城有乡,黄亚萍和杜丽丽身处城市,刘丽英则来自乡村。第二也是最主要的,是在她们身上体现出诸多矛盾之处。黄亚萍是"抢走"巧珍心上人的情敌,她知识丰富、眼界开阔,真心爱高加林但又有虚荣心,最后也没有随高加林到农村,而是尾随父母回了江南大城市。故事的结局似乎看得出作者路遥对黄亚萍的某种贬抑倾向。这种倾向到杜丽丽则有所改观,对诗人杜丽丽的婚后出轨文本中并没有多少道德评判的遣责之词,只是如实展示这个女人既爱丈夫也爱诗人情人的痛苦状态。美貌的乡下少妇刘丽英在经历逃离农村家庭又回归农村家庭之后,终于找到自己的位置。然而就审美价值而言,这组形象塑造比较粗疏,远不及刘巧珍和田晓霞那样具有艺术魅力。

在某种程度上可以说,刘巧珍是高加林的牺牲品,田晓霞是孙少平的引领者。她们代表着路遥笔下女性形象的两极。一个处于甘愿为男人吃苦牺牲的客体位置,另一个则占据着引领男人提升的主体高度。在此我们还可以继续细读文本,对两个人的结局做进一步的探讨和究诘。

在与高加林的关系中,巧珍其实一直置于主动与被动之间的变化状态。主动是她先在心里悄悄爱上加林又在加林落难时主动出击,然而这只是表面现象,在心理深层,她其实有一种没读过书的人在文化人面前的自卑感,所以在得知加林哥不要自己之后,她别无选择地在痛苦之后,快速与"门当户对"的追求者马栓结婚。读者可以想象巧珍婚后的生活情境,她会像一般的村妇那样生娃、种地、养鸡养猪,会很平静,安稳地活着。

开始时引导少平走入精神世界追求的晓霞对少平的认识其实也在发生一种变化。高中毕业以后他们失去联系很久,一直到少平作为破衣烂衫的揽工汉与穿米色风衣的师专大学生的晓霞因为看《王子复仇记》巧遇在电影院门口,然后他们再度联系,阅读书籍,交流思想。此时的晓霞"从他的谈吐中,知道这已经是一个对生活有了独特理解的人"[①]。她对少平由原来的指引变而为钦佩,又逐渐变为爱情。少平对晓霞的爱恋也是情不自禁。两个有着高远精神追求的青年男女相爱了,这算得上是天底下最理想主义的爱情了。但是从世俗的层面看,两个人的身份差

---

① 《路遥文集》第 2 卷,人民文学出版社 2005 年版,第 173 页。

距实在是太大了。从黑暗的井下升到地面的少平看到一身阳光的晓霞时，恍然以为是仙女降临。然而一个天上一个地下的遥远距离似乎就在暗示着现实的某种残酷预兆：天仙田晓霞的死是势所必然。作者路遥如何让天仙落入大牙湾的煤矿工人的家属院或者双水村的土窑洞呢？无法想象。"天仙"这一说法是笔者源于文本叙事文字的联想。晓霞死后，悲痛难当的少平一直在意念中向往见到晓霞一面，于是出现了写实的路遥作品中少有的科学幻想——外星人出现的场景，虽然这是孙少平的梦魇。但这似乎也在说明晓霞非我族类的仙女属性。

前面说过，路遥文学世界中的重心不是女性而在男性人物，女性仿佛是男性"顺带"出来的，但是文学形象一旦产生，他（她）自身就有了生命力。刘巧珍和田晓霞是路遥笔下最感人的女性形象，是当今美国女性主义叙事学家罗宾·沃霍尔所谓的可以让女性读者"痛痛快快哭一场"（Having a good cry）的人物。刘巧珍活着，田晓霞死了。这样的结局安排似乎是《人生》和《平凡的世界》故事发展的自然结果，但是这一表面的症候下是否暗含着某种观念意识的走向，是否可视为一种古老性别文化观念的情不自禁的自然流露？刘巧珍代表的是一种富于牺牲精神的传统美德，特别是客体的女人为主体男人牺牲，因此她必须活着，哪怕这种生活只是一种苟活。而主要居于主体位置的田晓霞虽然起到了引领一个男人成长起来的关键作用，但是她只可能活在理想的天空，在现实的大地上却找不到自己继续存活的土壤，只有走向死亡的天国？

这或许就是小说文本的创造者路遥的一种心理深层无意识的流露和投射，这种无意识说到底并不是他个人特有的，而隶属于一种集体，这种集体存在着性别的差异。早于路遥的《人生》，女诗人舒婷就在《致橡树》中发出了不做攀援的凌霄花，不做痴情的鸟儿，不像险峰、泉源，甚至不做日光、春雨，而要做一棵与橡树平等的木棉树，作为树的形象站在一起的呼吁。而男作家路遥歌颂的则是牺牲，虽然他所说的富有牺牲精神的人包括德顺爷爷，但是牺牲者的角色往往更多是由巧珍这样的女子来承担，这一点，想来路遥并无多少明确的意识。

文学创作起步于诗歌的路遥最后停留于小说艺术殿堂的建造，他的小说并没有刻意宣扬某种性别意识，作家只是遵循着现实主义的文学法则叙写20世纪80年代的中国社会现实，他集中摹写的是中国现代化转型时期农村男性知识青年的苦难奋斗历程。然而用性别眼光检视路遥小说，依然可以看到其中包含的性别意识形态意蕴。乡村女子几乎都是吃苦受累的牺牲品，而城市女性则焕发着主体的理想主义的华彩。从作品的实际看，路遥小说中的性别意识不是单一的，而是丰富复杂的，呈现出某种纠葛缠绕的艺术张力。就像他为20世纪80年代文学留下一笔遗产一样，路遥也在作品中如实描画了中国社会现实中的女性的生动状貌。然而在潜意识深处，路遥认同的依然是女性吃苦牺牲是一种美德的观念，这又打上了中国传统性别文化男性中心主义的深深印痕。

第三节 《白鹿原》的性别叙事与儒家伦理道德

1993年，陕西作家在全国文坛创造了一个轰动事件，时称"陕军东征"。那一年五位陕西作家先后在北京的出版社出版了长篇小说，分别是高建群的《最后一个匈奴》，贾平凹《废都》，陈忠实《白鹿原》，京夫《八里情仇》和程海的《热爱命运》。《白鹿原》正是其中之一。1993年至今已有25年的历史，25年的时间对一部文学作品而言很难说具备了完成经典化的历程，然而经过25年时间潮水洗涮涤荡的接受传播，《白鹿原》显示出巨大的生命力，不仅是当年的畅销书，也成为二十余年间的常销书，堪称中国当代文学的经典。对于《白鹿原》的评价和探讨，文学评论界已有很多，笔者在这里重评可能是狗尾续貂。然而，从接受美学的角度说，对于经典的接受和阐释应该也永远不会过时。因此，笔者欲从性别叙事的角度再对《白鹿原》进行解读。那么，从性别的眼光看过去，《白鹿原》叙的什么事？怎样叙事？为什么这样叙事？

一

《白鹿原》的扉页上写着巴尔扎克的一句话："小说被认为是一个民族的秘史。"这可以算是陈忠实对《白鹿原》写的是什么的夫子自道。作者欲通过白鹿原上从清朝末年到民国结束期间发生于白、鹿两家之间故事的讲述，再现半个世纪里中国社会历史的风云变幻与更迭变迁以及人物命运的兴衰际遇与跌宕起伏。如扉页题记所言，《白鹿原》写的是民族的秘史，其中包含着白鹿原人的心灵密码。这个宏大的场景中有女人的身影和位置吗？如果有，那是什么样的？一如陕西作家路遥在《人生》《平凡的世界》里所表征的显在特征，讲述的是男人高加林和孙少平、孙少安的成长故事一样，《白鹿原》的聚焦对象也是男人，主要讲述男人的故事，第一代的白秉德、鹿泰恒匆匆闪过，登场的主角是第二代白嘉轩、鹿子霖、鹿三和第三代白孝文、鹿兆鹏、鹿兆海、白灵和黑娃（鹿兆谦）等。舞台上有短暂的白鹿精灵闪过后的惠风和畅，但更多是男人们血雨腥风中的角力较量和征战搏斗。"男人的一半是女人"，伴随着男人，女人的身影自然也出现了。在一众的女性人物形象中，田小娥是最突出的一个。通读《白鹿原》，可以看出白灵当然是女性人物形象中最亮的星，但白灵更多呈现的是一种象征意味，一个虚幻的符号般的存在。只有田小娥实实在在地站在那里，尽管卑微，而且带着些"淫邪"的味道。作为艺术创造，田小娥在《白鹿原》中是作家着笔最多的女性形象。田小娥虽然只是一个女人，却在男人戏里扮演着重要角色。在她的身上，承载着中国传统性别文化中关于女人的重要密码。她与白鹿原的几个重要男人都有或直接或间接的关系。这些男人排列下来有一个长长的名单：黑娃、鹿子霖、白孝文、鹿三、白嘉轩、朱先生，还有郭举人、田秀才、狗蛋，等等。

田小娥是白鹿原的外来者，第一次出现白鹿村是在小说的第八章末尾，由外出到渭北熬活的黑娃从将军寨带回来的"一个罕见的漂亮女人"[①]。黑娃是白嘉轩家的长工鹿三的儿子，白嘉轩把鹿三当家人看待，鹿三还被白嘉轩的母亲提议成为女儿白灵的干大。《白鹿原》没有从阶级的角度来处理地主白嘉轩和长工鹿三之间压迫与被压迫的关系，而是突出了主仆之间如亲人般的关系。白嘉轩出钱让黑娃与自己的儿子孝文、孝武一起在白鹿村的学堂读书，学堂就设在修复好的白鹿村的祠堂里。长工的儿子黑娃却不安心读书，读了几年辍学，刚十七岁就想要出去给人家拉长工熬活挣钱。他到了渭北一个叫将军寨的村子里姓郭的财

[①] 陈忠实：《白鹿原》，人民文学出版社1993年版，第125页。

东家，在这里黑娃与自己生命历程中具有重要意义的女人田小娥相遇。财东郭举人是清朝的一个武举，会几路拳脚，能使枪抢棒，年过花甲身体尚好，对长工并不吝啬。田小娥便是郭举人的小妾。小女人田小娥在郭家的日子并不好过，豪爽的郭举人和其强势的大女人只将其视为一个工具。血气方刚、不解风情的愣头青黑娃遭遇了小女人有意无意的勾引成了好事，被郭举人发觉。田小娥被郭举人休回娘家，黑娃被暴打。侥幸逃过死亡的黑娃追到田小娥娘家，用计"娶"到田小娥，带回了白鹿村。

田小娥到白鹿村和黑娃没有能进祠堂，但也在村子东头的破窑洞里过上了自己的日子，虽然名不正言不顺但是很快活。后来背叛自己家庭出身的鹿子霖的儿子鹿兆鹏，也是黑娃小时候的玩伴，来动员黑娃加入农会。黑娃参加了农讲所培训班，在白鹿原刮起了一场风搅雪，批斗以白鹿原总乡约田福贤为代表的剥削阶级，烧毁镇嵩军征集军粮的粮台。田小娥在这场风搅雪中也当上了白鹿村农协会的妇女主任。黑娃甚至带领农协会打砸白鹿村的祠堂，砸坏刻有白鹿村乡约的石碑。后来白鹿原农民协会失败，黑娃逃离白鹿村，留下小娥一人守在窑里。孤身一人的田小娥受到了村子里的光棍汉狗蛋的骚扰。担心黑娃被抓的田小娥去向白鹿村乡约鹿子霖求情，觊觎田小娥美色的鹿子霖狡猾地利用了小娥，尤其是狗蛋对小娥的骚情，实现了自己对田小娥身体占有的目的。田小娥和狗蛋被族长白嘉轩用干酸枣棵子捆成的刺刷惩戒。没能沾上小娥身体的狗蛋被打死。田小娥私下受到鹿子霖的照顾，伤好以后彻底依从鹿子霖。鹿子霖指使小娥去勾引白嘉轩的儿子白孝文，经过一番曲折计划成功，致使饱读诗书已行使族长职责的白孝文成了一个完全没有廉耻的、堕落的讨饭者，在土壕里几乎被野狗分尸差点毙命。于心不忍的鹿子霖将在欲抢施舍粥饭饥民中的白孝文推荐去滋水县保安大队。黑娃逃离白鹿原后参加习旅革命军队失败、落草当土匪，最后接受鹿兆鹏建议，受保安队招安，与白孝文成了同事和战友，暂时各自有了自己的好前程。最后的结果先按下不表，接着看小娥。到土壕里拉土的鹿三看见讨饭者白孝文气息奄奄的不堪样子，想到祸根是自己儿子黑娃引回的小娥，夜里独自一人到破窑里用磨快的梭镖杀死了虽不愿承认却实实在在是自己的儿媳的田小娥。

二

田小娥死了，孤独地悄悄死在村外的破窑里，很多天后才被发觉。田小娥为什么死？她该死吗？小说文本中主要是以田小娥和周围男人们的关系来一步步展示这一切的。

首先是郭举人。与黑娃相恋之初，小娥告诉黑娃自己在郭家连只狗都不如，但这只是小娥可信度存疑的一面之词。当二人东窗事发，郭举人对黑娃这样说："这事嘛，我不全怪你，只怪她肉臭甭怪别人用十八两秤戥。她一个烂女人死了也就死了……"① 此话证实了小娥所言不假。如果说黑娃当时对小娥的迷恋主要来自小娥是自己的性事启蒙老师，她给自己带来了不曾经历过的巨大的肉体享受和欢悦，那么后来对小娥的不弃则是对小娥诚实人品的信赖，因为随后郭举人表面放走黑娃暗中又派人杀他的举动，使黑娃认清了郭举人的虚伪和狠毒，增强了黑娃对小娥的疼惜爱恋程度。小娥遭遇的第二个"敌人"是自己的亲生父亲田秀才。田秀才是读书人，要脸顾面子，因为女儿被休回娘家而气得病倒，秀才父亲想尽早把丢脸丧德的女儿打发出门。但是"人家宁可定娶一个名正言顺的寡妇，也不要一个不守贞节的财东女子"②。因此黑娃才捡了个便宜，把小娥带回了白鹿村。在回白鹿村的路上，黑娃和小娥一定对自己未来小家庭的日子有着美好的憧憬，但是以仁义出名的白鹿村，并不欢迎田小娥。先是黑娃的父亲鹿三对漂亮的小娥的来历起疑心，专门跑了一趟渭北查清了底细，知道儿子带回来的是个进不了白鹿村祠堂的婊子，于是激烈地反对儿子的选择。白鹿村对嫁娶有严格的族规。新婚夫妇要在祠堂里举行由族长主持的叩拜祖宗的仪式，仪式要求白鹿两姓凡是已婚男女都来参加。新婚夫妇一方面叩拜已逝的列位先辈，另一方面还要叩拜活着的叔伯爷兄和婆婶嫂子们，并请他们接纳新的家族成员③，这样的婚姻在白鹿村才具有合法性。因此如果说公公鹿

---

① 陈忠实：《白鹿原》，人民文学出版社1993年版，第141页。
② 陈忠实：《白鹿原》，人民文学出版社1993年版，第146页。
③ 陈忠实：《白鹿原》，人民文学出版社1993年版，第148页。

三是田小娥的第三个"敌人",那么族长白嘉轩就是田小娥最大的对立面。

　　作为外来者的女人田小娥与白嘉轩最开始不可能产生直接的联系,产生联系在于公公鹿三把白嘉轩这个东家当作自己的恩人,从白嘉轩的父亲白秉德老汉一代开始,白家就对长工鹿三家照顾有加。鹿三一切都听白嘉轩的,白嘉轩对黑娃直接说:"这个女人你不能要。这女人不是居家过日子的女人。"① 到后来白嘉轩是因为儿子孝文的堕落而痛恨田小娥。这是私人关系层面的原因。于公,白嘉轩在发家积累了一定财富后,主持了破败的祠堂的修复工程,并在祠堂中辟出教室设立学堂,在白鹿村深孚众望成为族长。祠堂是决定白鹿村的一切大事的地方,凡有大事发生族长便召集全村人在那里集中议事。黑娃与小娥注定进不了白鹿村的祠堂,族长白嘉轩不会也不可能让他们踏进祠堂,除了黑娃闹农协成功,小娥当了农协妇女主任的时候,那时白嘉轩甚至阻止不了黑娃对祠堂的打砸。但是在农协失败黑娃逃跑后,小娥先被黑娃闹农协时批斗过的总乡约田福贤在戏台上吊打,然后又在祠堂里被白嘉轩主持大会,与"偷情"的狗蛋用刺刷子惩罚。白嘉轩表面上抽打田小娥,其实是打给任白鹿镇保障所乡约的鹿子霖看。白、鹿两姓以前是同一个祖先,但是分开两姓后,白、鹿两大家族的历代当家人之间总是心有嫌隙、暗中较量,心里都明镜一样清楚对方的心思。当鹿子霖授意小娥去勾引好青年白孝文时,小娥成为白嘉轩和鹿子霖两个男人之间相互角力的工具。田小娥与白嘉轩直接的矛盾和对立是在小娥死后。白鹿原因干旱造成饥馑,死了好些人。好不容易老天降雨,度过饥荒。但没多久,又陷入了大瘟疫当中,瘟疫的原因说是被杀死的小娥制造的。小娥被公公鹿三杀死之后,冤魂久久不散,附体在鹿三身上,与白嘉轩之间展开对骂和交锋:"族长,你跑哪达去咧?你尻子松了躲跑了!你把我整得好苦你想好活着?我要叫你活得连狗也不如,连猪也不胜!"白嘉轩回:"……我活着不容你进祠堂,我死了还是容不下你这个妖精。不管阳世不管阴世,有我没你,有你没我。你有啥鬼花样全使出来,我等着。"②

---

　　① 陈忠实:《白鹿原》,人民文学出版社1993年版,第149页。
　　② 陈忠实:《白鹿原》,人民文学出版社1993年版,第466页。

小娥的鬼魂非常顽强，没有被白嘉轩请来的法官捉住，还闹得白鹿原的村民到埋着其尸首的窑洞前烧香，以至于一些在瘟疫中幸存的村民提出要为她修庙塑身的要求。最终，邪不压正，鬼斗不过人，何况是个"邪恶"的女鬼。白嘉轩坐镇指挥，在田小娥死去的窑洞顶上修了个六棱砖塔，把妖精田小娥镇压在下。

"白鹿村乃至整个白鹿原上最淫荡的一个女人以这样的结局终结了一生……整个村子的男人女人老人娃娃没有一个人说一句这个女人的好话。"[1] 绝色女子田小娥的鬼魂永远不会知道白嘉轩的力量巨大到什么程度，不知道自己是在做螳臂当车的无用功。白嘉轩身后站着的是白鹿村的所有村民，这些村民构成了一道凝聚着几千年历史观念力量的铜墙铁壁。他们按照千百年流传下来的规则活着，任何的一举一动、一饭一蔬都在无意识中遵循、践行着这一规约，那就是儒家伦理道德观念，而族长白嘉轩只是这种观念的执行者，或者说一个象征符号。白鹿村被称为"仁义白鹿村"，祠堂里的学堂刚开张时请来的徐先生说他就是冲着"仁义"二字才来学堂教授学生的。族长白嘉轩就是这"仁义"二字的典型代表，而白嘉轩的精神导师则是姐夫朱先生。朱先生被奉为"关中大儒"，他每日晨起即读，生活简朴。受到上至省城达官贵人，下至普通民众的爱戴。他在白鹿书院教授学生，后来带领滋水县的读书人撰写县志。小说文本中对这个朱先生的塑造和刻画有诸多神话色彩，比如在清末民初的混战中，曾靠一张嘴一句话就斥退20万清军，避免了一场生灵涂炭的大战。他讲话微言大义，每每包含深刻哲理；又如神的预言，每每成真，包括年下种庄稼该种什么品种之类。他是白鹿原传说中代表美好精灵的白鹿的化身，去世时宛若一只白鹿腾空而去。小说里只有两个人物被赋予这种神性品格的殊荣，女性人物是白嘉轩的女儿白灵，男性人物便是朱先生。如果说叙事者在对白嘉轩的讲述中，还从场面和情节中隐隐显示出对族长白嘉轩精神和人格的微词，比如他对鹿子霖家巧换风水地的计谋，比如他靠着山里娶来的媳妇仙草娘家收中草药生意，有提供种子方便而种罂粟发家的举动，还有三儿子孝义无生育能力，他与母亲暗中巧妙设计，让黑娃的弟弟兔娃顶替孝义，掩盖了孝义

---

[1] 陈忠实：《白鹿原》，人民文学出版社1993年版，第352页。

的生理缺陷,这些都是白嘉轩道义上的不足。但是对朱先生文本中全是赞扬之声,没有负面评价,见不到叙事者对朱先生这一人物形象的复杂的叙事干预。然而细读文本,可以发现修六棱塔的主意其实是朱先生出的,遇到解决不了的烦恼事找姐夫拿主意的白嘉轩只是想把田小娥的尸骨烧三天三夜,烧成灰末后撂到滋水河里,朱先生则说那会弄脏滋水河,装到瓷缸里封严封死,再给上面造一座塔,叫她永远不得出世。朱先生才是白嘉轩的真正靠山,才是白鹿原上使田小娥永世不得翻身的"如来佛"和"法海"。

三

在儒家伦理道德观念根深蒂固的白鹿原上,"坏女人"田小娥只有死路一条。因为"在帝国的历史上,女性的道德标准由早先无性别特征的美德如'仁'(仁慈,威仪)、'智'(聪明)等逐步发展为突出强调女性对婚姻的忠贞和对子女的奉献"[①]。对婚姻的忠贞占据着突出地位。犯了"七出"之条"淫"戒的田小娥不死,又该谁死呢?但是且慢,在田小娥之后,白鹿原上该死的女人们在排着队走来,只不过她们是和田小娥不一样的好女人。

白嘉轩的媳妇仙草算是符合儒家伦理规范要求的女人吧?仙草是白嘉轩娶了六个女人都死了之后的第七房妻子,白嘉轩不停娶妻不停埋人的魔咒景象到仙草终于停止。她为白家生了马驹(白孝文)、骡驹(孝武)、牛犊(孝义)和女娃白灵。老大孝文是白嘉轩寄予厚望的长子,自小读书受过四书五经的熏陶,长成后成熟稳重地继承族长之位。白灵是白嘉轩最疼爱的女儿。但是孝文被小娥勾引后堕落,白灵进城读书走向独立之路,白嘉轩家长的威严被侵犯,这两个孩子被白嘉轩开除"家籍",不许二人回家。大瘟疫中仙草犯病,白嘉轩都没有让仙草见上这两个儿女一面,来自山里为白家完成传宗接代大任的贤妻良母仙草在没见到自己多年最想见的儿女之后,离开了人世。可见功臣仙草的地位如

[①] [美]罗莎莉:《儒学与女性》,丁佳伟、曹秀娟译,江苏人民出版社2015年版,第110页。

何虚妄。与仙草类似的还有鹿三的媳妇即黑娃的母亲，她曾经对鹿三杀死了自己儿媳妇的行为有所谴责，但是没有话语权的她最先在大瘟疫中丧命。若真是田小娥为报复白鹿村人而制造瘟疫，那田小娥的这种报复实在是选错了对象。

文本里还有一个与田小娥命运形成异构同质之势的女人，就是鹿兆鹏的妻子、鹿子霖的儿媳冷秋月。冷秋月是白鹿原最好的郎中冷先生的大女儿，冷家是在白鹿原与白嘉轩、鹿子霖家形成三足鼎立之势的一家。接受过新思想熏陶的鹿兆鹏想抗婚而不成，被迫与冷秋月成亲，但又一直不愿意回家，也不和妻子同房。冷秋月在多年无尽冰冷孤独的等待中走向疯癫，疯人呓语中说出公公对自己的不雅之举，随后被郎中父亲开出的中药方子变哑，最后走向死亡。所谓异构同质中的"异构"，是指冷秋月恪守儒家伦理道德规范，成为守活寡的"贞妇"。田小娥则溢出规范，成为淫女。"同质"是指她们的结局都是走向死亡。公公原本想让儿子休掉儿媳，放儿媳一条生路，但是儿媳是冷先生的女儿，不能休，郎中冷先生可是白鹿原有头有脸的人物。最终冷秋月是由自己的父亲冷先生杀死的叙事真可谓"寒冷"至极。相比于田小娥，冷秋月是最可怜的牺牲品。

可见浸淫着白鹿原人心理结构的观念对女人们的残忍、冷酷乃至狰狞。如果说白鹿原人信奉的儒家伦理道德观念的族规和乡约在凝聚村民的品格和力量上发挥着巨大的正面作用，那么在对待女人上却显示出其冰冷残酷的一面。

好女人仙草和冷秋月在儒家道德伦理下都显得无足轻重，何况是"村口烂窑里的那个货"（冷先生好意告诉亲家白嘉轩孝文和小娥私情时所语）。再回到田小娥。小娥经历了几个男人，她爱过吗？当然，对黑娃自不必说，对孝文也有一个感情变化的过程。当初执行父亲命令的孝文在祠堂里抽打过小娥，后来孝文与小娥苟且之事败露，白嘉轩又在祠堂里用同样的方式惩罚孝文，小娥得知后，"努力回想孝文领着族人把她打得血肉模糊的情景，以期重新燃起仇恨，用这种一报还一报的复仇行为的合理性来稳定心态，其结果却是一次又一次地在心里呻吟着，我这是真正地害了一回人了！"[1] 她因此尿了小人鹿子霖一脸，真正爱上

---

[1] 陈忠实：《白鹿原》，人民文学出版社1993年版，第303页。

了孝文。在变成鬼魂附体鹿三时,她曾为自己辩冤:"我到白鹿村惹了谁了?我没偷掏旁人一朵棉花,没偷扯旁人一把麦秸柴禾,我没骂过一个长辈人,也没揉戳过一个娃娃,白鹿村为啥容不得我住下?我不好,我不干净,说到底我是个婊子。可黑娃不嫌弃我,我跟黑娃过日月。村子里住不成,我跟黑娃搬到村外烂窑里住。族长不准俺进祠堂,俺也就不敢去了,咋么着还不容下俺呢?……"① 不见容于白鹿村的小娥终归被镇压在六棱塔下。

比较有意味的是黑娃和孝文在小娥死后人生道路的相似性,小娥成了黑娃和孝文生命里的驿站和过客。黑娃后来归顺保安大队以后,诚心悔过,戒了土匪时的鸦片烟瘾,拜了朱先生为师,"学为好人"变成鹿兆谦,娶了新的妻子——县城高老秀才的女儿、"温柔庄重刚柔相济恰到好处"②的高玉凤。浪荡败家的白孝文到保安大队后,先当文书做案头工作,后来一路顺畅,官至保安团的营长。在与小娥厮混之前,家里为他娶的第一个媳妇在大饥馑中饿死了,孩子们跟了爷爷奶奶。此时孝文也新娶了妻子。这两个男人的新娶证明:"家族体制内女性的存在纯粹是功能性的,并且是可替代的。"③ 这种"替代"早在古典小说《三国演义》第十四、十五回里已经有过表现:张飞因看不惯吕布,酒醉后鞭打了吕布的老丈人曹豹。曹豹一气之下,里应外合迎吕布入徐州城,战乱之下,张飞慌忙逃走,不仅丢了徐州,就连刘备的家眷也留在了徐州,成了吕布的俘虏。刘备安慰对保护自己甘、糜二位夫人不力的张飞:"'兄弟如手足,妻子如衣服。'衣服破,尚可缝;手足断,安可续?"④ 明媒正娶的妻子均可以被替代,何况名不正言不顺的田小娥。田小娥的被杀也让人想起《水浒传》中对潘金莲、潘巧云等一众淫妇的杀戮。而且更有意味的是,黑娃和孝文都获得了重新回到白鹿原家乡的资格,进入祠堂,得到了白嘉轩的首肯和白鹿原乡民的隆重欢迎。男人可以通过走上正途洗刷掉淫荡女人给自己带来的污点,而曾经先后带给过这两个男人无比欢愉体验的小娥永远躺在了镇

---

① 陈忠实:《白鹿原》,人民文学出版社 1993 年版,第 465 页。
② 陈忠实:《白鹿原》,人民文学出版社 1993 年版,第 584 页。
③ [美]罗莎莉:《儒学与女性》,丁佳伟、曹秀娟译,江苏人民出版社 2015 年版,第 11 页。
④ 罗贯中:《三国演义》,人民文学出版社 1973 年版,第 124 页。

妖塔下。正如美国从事中国女性研究的学者罗莎莉（Rosenlee Li-Hsiang Lisa）所说："缺乏文化的中国农村妇女普遍地受到父权制大家族的压迫，这一现象在一定程度上获得了儒家封建伦理的支持，从而使其成为中国社会不平等的标志。"① 至于最后富于心机，当上解放以后滋水县人民政府的第一任县长的白孝文解放前夕在保安团起义中谋划布局，窃取了鹿兆谦的功劳，将副县长鹿兆谦曾当过土匪的往事翻出定罪枪毙，这一行为中白孝文是否存有因田小娥而嫉妒黑娃的潜意识心理因素，小说文本并没有写，我们读者也不好妄加揣测。

四

《白鹿原》的性别叙事主要就体现在田小娥形象的人生历程里。不独田小娥，整个白鹿原上的女子除了进城读书的白灵成为新女性外，其余都或多或少是儒家伦理道德规约的牺牲品。"尽管儒家道德作为国家所推崇的正统思想，但整个社会对女性的残酷压迫却一直存在于前近代中国。"② 罗莎莉此言不虚，小说《白鹿原》中的文学想象就是一个明证。《白鹿原》小说文本中的性别含义似乎可以这样概括：对于男人，妻子可换；对于女人，淫妇该杀，贞妇也该死。对于文本中的这一蕴含，小说作者陈忠实是持批判态度的，在《贞节带与斗兽场》《沉重之尘》等文章中，陈忠实不止一次谈到田小娥形象的来源契机，是在写作《白鹿原》之前，到蓝田县查县志看到三大本《贞妇烈女卷》而产生的："我们漫长到可资骄傲于任何民族的文明史中，最不文明最见不得人的创造恐怕当属对女人的灵与性的扼杀。"③ 田小娥形象的塑造是为那些"屈死鬼牺牲品们"④ 呼喊冤屈和寄予悲悯。在这一意义上，男性作家

---

① ［美］罗莎莉：《儒学与女性》，丁佳伟、曹秀娟译，江苏人民出版社2015年版，第1页。
② ［美］罗莎莉：《儒学与女性》，丁佳伟、曹秀娟译，江苏人民出版社2015年版，第15页。
③ 陈忠实：《悲欢离合总关情：陈忠实说文化》，华中科技大学出版社2014年版，第183页。
④ 陈忠实：《悲欢离合总关情：陈忠实说文化》，华中科技大学出版社2014年版，第183页。

陈忠实是具有正确的社会性别意识观念的。

　　行文至此，话好像已到结尾，然而又似乎意犹未尽。本节是论述《白鹿原》性别叙事的，这里不妨进一步将电影版的《白鹿原》和电视剧版的《白鹿原》作为比照对象再对田小娥形象作一点互文解读。电影《白鹿原》拍摄于 2010 年，2012 年 9 月内地上映。王全安导演，张雨绮扮演田小娥。影片对小说中的中心，即写白、鹿两家的争斗有所淡化，突出了作为男性陪衬人物的田小娥的戏份儿，特别是她与黑娃、鹿子霖和白孝文的情欲纠葛，加上演员张雨绮的美艳，以至于有人得出"不见史诗，只见奸情"的评语，认为"田小娥成为多个男人之间的欲望对象，人物的行为也大多以占有田小娥作为动力"[①]。这样的解析从公演影片的实际出发，是有一定道理的。还有一种说法，《白鹿原》中的田小娥是因为导演王全安与演员张雨绮的关系（二人其时为夫妻），是丈夫给妻子的量身定做之作。这样的理解虽有一定道理，但总脱不了大众文化中的八卦娱乐因素。作为一部改编于同名小说的艺术电影，影片对田小娥的塑造自有艺术审美的考虑，笔者倒认为是社会生活中女性主义思潮形成的文化观念氛围对电影人物塑造的一种有意无意的影响和渗透，小说里把田小娥写成一个淫妇和荡妇，而电影恰恰要突出田小娥所谓"淫荡"外表下的行为的合理性，她的"淫荡"只是因为她不甘心居于客体的位置，而要求实现自己作为一个漂亮女人的生命意识。相较影片过于突出田小娥的肉欲色彩，2016 年出品的电视剧《白鹿原》总体上更忠实于原作。因为电视剧具有相当的容量来叙述故事，所以以白嘉轩和鹿子霖为代表的冲突和争斗成为中心，而与电影相比，田小娥角色的分量下降，配角田小娥则由李沁饰演，变成了清纯版的田小娥，增加了观众对田小娥惨死的结局的同情。

　　再回到《白鹿原》小说文本套用哥伦比亚作家加西亚·马尔克斯《百年孤独》句式的著名开头："白嘉轩后来引以为豪壮的是一生里娶过七房女人。"[②] 七个女人的生命只用来衬托男人白嘉轩的阳刚之气和豪

[①] 燕赤霞：《电影〈白鹿原〉的文化征候解剖》，见 http://www.wyzxwk.com/Article/wenyi/2015/04/342739.html。

[②] 陈忠实：《白鹿原》，人民文学出版社 1993 年版，第 3 页。

壮之情。在巧取风水地后,白家日渐兴旺发达,修复祠堂的白嘉轩成为继任族长,这时文本的叙事语言是这样的:"那个曾经创造下白鹿原娶妻最高纪录的白嘉轩原本没长什么狗球毒钩,而是一位贵人,一般福薄命浅的女人怎能浮得住这样的深水呢?"[①] 男人白嘉轩是深水,需要很多女人的生命才浮得住。漂亮女人田小娥是祸水,祸害来祸害去,却把自己的命祸害没了,死了还要压于镇妖塔下,永世不得翻身。男性作家陈忠实确实忠实于中国的历史文化和社会现实,在小说中揭示了白鹿原上残酷惊心的男女不平等的性别真相。从性别的角度来看《白鹿原》的叙事,此作确实堪称经典。

第四节 徐怀中《牵风记》的女体叙事

2018年12月《人民文学》杂志发表了90岁高龄的军旅老作家徐怀中的长篇小说《牵风记》,2019年8月16日第十届茅盾文学奖揭晓,《牵风记》获奖。茅盾文学奖是我国当代文学新时期以来衡量长篇小说水准最重要的标杆,获奖作品一般都会受到评论界的更多关注,《牵风记》也不例外,出现了一些对该作的评论、研究文章。在由于时间尚短因而为数不多的有关评论中,有涉及性别视角的文字,比如推出《牵风记》的同期《人民文学》上发表了军旅文学评论家朱向前和青年作家西元关于《牵风记》的对话体评论[②],其中就谈到了文本中的战争与爱情问题;还有的用"战地浪漫曲"[③]来概括小说的旨意,而爱情一般都发生于男女两性之间,这些评语都与性别相关。但主要从性别视角切入《牵风记》文本解读的文章目前似未见到,本节意欲通过细读的方式,探讨《牵风记》叙述了怎样的女性身体,如何叙述女性身体,这种女体叙事的成因及意义等一系列相关问题。

[①] 陈忠实:《白鹿原》,人民文学出版社1993年版,第3页。
[②] 朱向前、西元:《弥漫生命气象的大别山主峰——关于徐怀中长篇小说〈牵风记〉的对话》,《人民文学》2018年第12期。
[③]《牵风记》2019年8月获得茅盾文学奖后,9月和10月的"人民网""中国青年网""光明网"等介绍作品获奖消息的文章中,"战地浪漫曲"成为介绍《牵风记》的标签用语。

一

　　从性别视角看,《牵风记》是一部写女性的书。自然,《牵风记》在中国当代文学作品中属于宏大叙事一脉,具有深广的现代历史即抗日战争,尤其是解放战争中千里跃进大别山的背景,小说因而具有强烈的写实气息。与此同时,读过《牵风记》的读者,对这部小说的男女主人公齐竞与汪可逾的恋爱是一条叙事主线不会有疑义,再联系小说开头扉页上的题词"献给我的妻子于增湘",便可以说相当的意义上,这是一部写女性的书,而且文本中直接写到了女性的自然身体,共计三次。

　　第一次出现于第八章,在狂风暴雨中强行军后,部队夜宿村子,汪可逾用雨布保护心爱的乐器宋琴而让自己淋得透湿,脱下衣服光身睡在一家门洞里的门板上,因疲累过度天亮时未醒,被带早操的"五号"首长齐竞看见,齐竞用"罗来可德"空相机拍下。这一次写的是汪可逾一人的女性身体。第二次聚焦对象变成了女性群体。部队战略北渡黄河,第一船是将近百人的支前女民工担架队,由司令部军务参谋汪可逾组织。因为担心风急浪高渡船万一有失不好施救,汪可逾提议并带头脱光了自己的衣裤,在其感召下女民工们从开头的羞怯到纷纷响应。开船时多种因素叠加,果然翻船:"一整船'妇救会'被抛上天空,阳光照射下,分明看见一个个全裸身体从高空飘落下来,如春雨来临前,一群活泼的燕子在云层下自由翻飞……"① 这一场景叙述者称为"黄河七月桃花汛",占据了第十二、十三两章的篇幅。虽然聚焦的对象是女性群体,但是焦点依然是汪可逾。第三次女体叙事还是汪可逾,在整部作品的将近尾声阶段,身受重伤的汪可逾与齐竞分手后,与齐竞的警卫员曹水儿组成一个战斗小组行动,躲过了敌人的大火烧山,涉过淤滩,追赶大部队。在大别山主峰找到当年的"红军洞"。汪可逾病情恶化,去世之前洞内的超级洁净的空气和流水,让汪可逾虽死犹生,变成了一尊死而不腐的美丽的女体雕像,由老军马"滩枣"用"褥垫"拉运到一棵大银杏树洞里站立着,银杏树是汪可逾生前最喜欢的树。

---

① 徐怀中:《牵风记》,《人民文学》2018年第12期。

"身体"首先是人类每个个体的自然物质存在,所谓肉身,但自进入人类社会以来,"身体"就不仅仅是一种自然的物质存在,而成为诸多观念意识的承载物,因为人有自然性别的差异,因此有男性的身体和女性的身体,女性的身体承载的似乎更多。中外文学中都有对女性身体的书写,某种意义上形成了一种女体叙事的流脉。仅以中国现当代文学中的小说而论,茅盾的早期小说《蚀》三部曲,新时期贾平凹的《废都》,莫言的《丰乳肥臀》等文本中便有突出的女性肉身修辞叙事。因此《牵风记》中对女主人公汪可逾形象的女体叙事并不足为怪。不过,《蚀》三部曲中的慧女士、孙舞阳、章秋柳,《废都》中的唐宛儿、柳月,《丰乳肥臀》中的上官鲁氏等女性形象尽管包含着复杂的意识,如慧女士之类"五四"新女性身份,上官鲁氏宽广深厚、忍辱负重的大地母亲等,但对这些女性形象文本中都又突出渲染女性性别生物性特征,这种女体修辞叙事呈现出男性将女性视为欲望化对象的浓郁色彩,《废都》尤甚。然而汪可逾却不是这样的。

汪可逾与齐竞首次相会于抗日战争炮声隆隆的太行山区的一个战斗间隙的小村,文工团小分队到九团慰问演出,背着宋琴路过此地的汪可逾以《高山流水》救场。几年以后汪可逾中学毕业来到齐竞的九旅。文本中有对汪可逾美丽身体的描写文字:"她已经不再是要成年未成年的那个干瘦干瘦皮肤略显发黑的女学生,似乎是按照同比放大了的一名白白净净丰满而又匀称的十七岁女八路。和一般少女们相比,她双乳位置略略靠上去了几分,走动之下,胸部先自向前送出一点,平添了清灵俏丽。"① 假如前边的文字没有脱去对女性自然生理特征渲染的窠臼和陈套,那么最后"清灵俏丽"这一带有浓郁叙述者干预色彩的评价之语则突出了对陈套的摆脱和超越。文本中汪可逾像一泓(汪)清泉,一股清流,干净明澈,永远带着她天然的标志性微笑,向遇到的每一个同志说"你好",对发现了偷拍自己裸体的齐竞依然如此,还大大方方地向对方索要照片。船渡黄河时,她心无旁骛,单纯考虑的是女民工的生命安全,她的坦然使女人们在自己身体的解放中达到一种狂欢,也让开头兴奋新奇的围观男战士和民工终而兴味索然散去。"红军洞"中预感到自

---

① 徐怀中:《牵风记》,《人民文学》2018 年第 12 期。

己的生命即将终结之前,她空弦弹奏心爱的宋琴。在排净自己的身体后,这个从北平来的女学生,参加革命在军队成长的女战士,死后成为雕像,身姿仍然保持一种前行在自己生命之路的姿势。

在世俗人的眼光中,汪可逾的行为显得有些懵懂无知、痴傻愚顽,但是出身艺术之家能够弹奏《高山流水》《平沙落雁》《关山月》……的汪可逾真的懵懂痴傻吗?与齐竞的分手更显示汪可逾的超拔高标。八里畈工作队的女队员在被俘期间遭遇敌人的侮辱,齐竞去问恋人是否也有类似遭遇,希望获得否定的回答。敏感的汪可逾洞穿了齐竞的潜意识心理,针锋相对间齐竞欲盖弥彰地暴露了自己希望女方"干净"的处女情结。这是中国传统性别文化中为男人所有的特权,存在于一般男人的心理深处,然而齐竞不是革命队伍中的大老粗,而是曾留学东洋大学艺术系,主修过莎士比亚兼学油画、人体艺术摄影,从军后奋战在第一线英勇无畏,又有出众军事理论素养和演讲口才的儒将。如此洋化,受到东西洋现代文艺熏陶的齐竞依然没能摆脱传统封建观念的糟粕,这是意味深长的。处女情结是历史遗留下来加诸女性身体的不平等的痼疾,汪可逾的女性身体在此承受了历史的重负。而在现实关系中,汪可逾还遭遇了另一种权力的压迫。初见汪可逾时,齐竞是九团团长(一号),再见是九旅的参谋长(五号),在跃进大别山之前升任九旅旅长(一号),汪可逾一直称其为首长,即便是两人确定恋爱关系之后。齐、汪两人之间存在着现实的政治权力的高低关系,齐竞是领导者,汪可逾是被领导者,齐竞的才能也让汪可逾崇拜敬仰,因此才有汪可逾背诵了齐竞军事报告片段,并将其用小楷写在壁报上的举动,此时二人谱写的确实是"莲开并蒂双骏并行"的战地浪漫曲。但是在"决裂"时,"首长"的称呼为直呼其名取代:"齐竞,我从内心看不起你!"① 就像鲁迅《一件小事》中的劳动者人力车夫高大的身影刹那间榨出了知识分子的"我"皮袍下藏着的"小"来一样,下属汪可逾超越了首长齐竞,女性站到了高于男性的位置。

对汪可逾的女体叙事,不仅突破了中国传统性别文化历史中宗法父权制对女子的规训,也突破了现实中握有政治权力的男人对女人的规

---

① 徐怀中:《牵风记》,《人民文学》2018 年第 12 期。

训。未被规训的女性身体不再感到焦虑、压抑、沮丧和忧伤，一如张爱玲笔下的那些旧时代的女人们那样，而是活出了自己生命的青春活力和灿烂光华。汪可逾死后的肉身化为雕像，惩戒着男人，也救赎男人。战争结束以后的齐竞，一改当年意气风发斗志昂扬的人生姿态，心灰意冷无声无息，彻底把自己封闭起来，沉浸在对汪可逾的怀念之中。在终于完成悼念汪可逾的《银杏碑》的撰写后，老将军安然走完了自己的一生。

二

《牵风记》是一部既有写实的现实主义质地又洋溢着神奇的浪漫主义气息的小说，这种神奇很大程度来自小说中的女体叙事。这种女体叙事从何而来？一部文学作品的形成不是单一因素决定的，其与创作者本人、创作者所处的时代社会生活与文化语境都有着密切的关联。

徐怀中的第一部长篇小说是《我们播种爱情》。小说讲的是中华人民共和国成立初期，中国共产党领导的人民政府在西藏一个叫更达的坝子建立农业技术推广站（农场的前身）的经过。农业站在艰苦的条件下，一年之中进行了土地耕作、修筑水坝和畜牧业种植改良，其中又穿插着与当地的穷苦民众、土司、宗教寺庙活佛的关系，与隐藏在当地和流窜在山间的反动势力周旋的故事，展现了新中国在藏区的社会主义新生活图景。小说把"爱情"赫然置于标题之内，足见其重要。爱情是古今中外文学中重要的叙事母题，很多作家都喜欢讲述爱情故事，不分作家性别，徐怀中就是其中之一，徐怀中对爱情的情有独钟在第一个长篇中就很明显。望文生义，文学中爱情叙事应该与男女之间的情感关系有关，尤其是中国当代文学 20 世纪 50 年代到 90 年代前的爱情叙事一般处理的都是男女间的爱情。但是细读文本，可以发现《我们播种爱情》中的爱情分成两个层面。一个层面是新中国社会主义建设初期人民对新生活的热爱之情，第七章写到马拉播种机第一次在农业站开机，工委书记苏易亲自执掌仪式，因为这是一个庄严神圣的时刻，开机仪式传达着每个耕耘者所要献给祖国这一壮丽高原的全部的爱情。另一个层面的爱情才是青年男女间的情感故事，在男青年技术员雷文竹、兽医苗康和女青年身兼气象员、教师的林嫒、畜牧师倪慧聪四人之间的恋爱纠葛间展开。这个长篇在50—70年代以革命历史小说和农村题材小说占主流的当代文学史叙述中似乎未受应有的重视，但是其题材是非常独特的，具有不可替代的价值。在时间流水的淘洗沉淀后，该作在2019年入选"新中国70年70部长篇小说典藏"之列。当然这些不是笔者关注的重点，还是回到爱情。四个青年男女的爱情关系体现出中华人民共和国成立初期的时代意识形态色彩，一心为公、不畏困难进行技术革新的雷文竹收获了具同样品格的倪慧聪的爱情，个人主义、自私自利的苗康则遭到林嫒和倪慧聪的鄙弃。这种歌颂建立于劳动中的爱情在闻捷表现新疆少数民族风情的《天山牧歌》中也有体现，可视为不同文学样式对同类主题和题材的互文书写。除此之外，笔者以为文本中对另一对已婚夫妇——站长陈子瑾与妻子李月湘——的婚姻生活叙事更令人关注。战争年代已婚的这对夫妇在分居多年后终于团聚，但李月湘是作为照顾丈夫的家属的角色身份而存在的，文本开头部分写李月湘把家里操持得很干净整洁，但身材和面貌都不错的她却显得老气横秋。她时常处于一种伤心羞愧之中，一则自己未能为丈夫生个孩子，更重要的是她发现丈夫对待自己和他的女同事的态度存在差异，站长丈夫和倪慧聪、林嫒商谈事情的时候，是一种庄重的神情和信赖的语调，对自己却从来不这样。转折发生在李月湘担任了农业站库房管理员之后，她将库房管理得井井有条，虽然很忙很累，但是她内心感到了从来没有过的充实，她感觉不再是站在行列之外而是与丈夫并肩走在一起的人。丈夫也改变了以前的态度，注意减轻妻子的家务劳动。《我们播种爱情》末页显示，这部小说完成于1956年4月，其时徐怀中28岁，还是一个非常年轻的作家。虽然有关陈子瑾和李月湘夫妇的描写在文中不占多少篇幅，远没有那几个年轻人的恋爱故事多，但其中蕴含着作者一种健康正确的社会性别观念意识。女性不是男性的附属物，而是要与男性站在同一地平线上的人，女性也有一种生存、生命和生活价值需要的获得感。可以说，这是年轻作家徐怀中性别观念意识在小说创作中的体现，显示出一种正确的社会性别意识的可贵萌芽。

1959年，徐怀中根据自己的短篇小说《松耳石》改编成的电影剧本《无情的情人》发表于《电影创作》第11期。剧本写的是一对藏族青年爱恨情仇的故事，土司的女儿与农奴的儿子在不明就里间萌生了爱情，和罗密欧与朱丽叶殉情而死不同的是，最后在长一辈的仇人真相暴露后，两个年轻人感情未再继续下去。1960年，剧本被认为是一部具有严重错误、宣扬"人性论"的作品受到批判。[①] 一直到新时期的1986年，同名电影才由珠江电影制片厂拍摄完成，与徐怀中当年的剧本比较又有改动。这个剧本体现了徐怀中创作的倾向，在讲述故事中特别关注人的心理世界，解剖人性的复杂构成。这种对人性的关注在开新时期军旅文学先河的《西线轶事》中也有明显体现。

发表于《人民文学》1980年第1期的《西线轶事》笔触直接对准1979年春天的中越自卫还击战的战争场景，主要叙写九四一部队有线通信连总机班陶珂等6个女兵和男战士无线步话机员刘毛妹在战争中的经历，再现了新一代军人在战争中的英勇顽强、不畏牺牲的精神面貌。很多评论者注意到了刘毛妹形象的独特性，表面冷漠甚至有些玩世不恭的刘毛妹的内心其实对民族国家饱含深情，贴心理解母亲在"文化大革命"中不得已与父亲划清界限的行为。细细读来，文本占据突出位置的还是女兵班群像，虽然女兵们面临与男兵不同的生理问题，但是从战前的决心、战场上的勇敢，她们都不亚于男兵。从《我们播种爱情》到《西线轶事》，作品中贯穿着女性形象具有的积极向上的主体精神的印迹，为《牵风记》汪可逾的形象塑造打下了基础。其中《西线轶事》是精神气质上最接近《牵风记》的小说，可以说，汪可逾便是《西线轶事》中的陶珂母亲曾方同志年轻时代的影像，而且从年老的曾方追溯还原到汪可逾时，比她们的女儿辈陶珂们焕发出了更灿烂的迷人光彩。

汪可逾形象比陶珂们更生动、丰满，这一形象所具有的超越性，除了小说篇幅长短的影响外，主要原因还来自作家讲述故事的年代。徐怀中1945年即参加革命，成为八路军，在文工团工作。《牵风记》是徐怀中早在1962年就曾进行创作的小说，本已完成初稿，但是由于种种原因，《牵风记》初稿被毁。历经60年之后，已届耄耋之年的老作家对年轻时候亲身参与过的千里跃进大别山的经历念念不忘，另起炉灶，终于完成新的《牵风记》。这60年中，作家所处的时代环境和社会心理发生

---

① 朱寨主编：《中国当代文学思潮史》，人民文学出版社1987年版，第446—449页。

了很大的变化，中华人民共和国成立后开始的男女平等精神一直是我国社会性别制度的基本要义，所谓社会性别制度指的就是"规约并塑造着女性存在方式的社会制度和权力结构"[①]，男女平等而后还成为我国的基本国策。新时期以来改革开放的背景环境中的妇女获得了越来越大的解放，虽然在现实经验世界中，还有很多男女不平等的现象和问题存在。但是文本世界的文学创作应该立足现实又超越现实，作为一个从年轻时代即参加革命的军队作家，徐怀中深受先进社会性别制度的熏陶，深受时代精神的影响，妇女要解放，包括灵与肉的解放，完整的身体的解放。于是，在21世纪的《牵风记》中，出现了汪可逾形象，出现了令读者瞩目的女性身体书写。

三

《牵风记》的女体叙事如此明显，已成为一个无法忽视的存在。那么《牵风记》对女性人物形象的塑造，尤其是对女性身体的叙事有着怎样的意义呢？

将文本置于中国当代文学史的流脉中考察，《牵风记》具有相当的文学史意义。从《牵风记》的写作对象看，它属于我国十七年文学时期在小说创作领域占主导地位的革命历史小说的范畴，大别山意象的凸显还可将其又归于解放战争题材小说。笔者曾从性别视角对十七年解放战争题材小说进行过考察[②]，通过对杜鹏程《保卫延安》（1954）、曲波《林海雪原》（1957）、吴强《红日》（1957）和茹志鹃的《百合花》（1958）的细读，探讨在表面政治意识形态掌控一切的创作中，不同性别的作家们也会在自己的创作中留下无意识的性别印记，既体现在叙事内容上，也体现于叙事方式中。那是横向的比较。时隔60多年后，《牵风记》的出现给我们提供了一个对不同时代男性作家进行性别叙事比较的绝佳案例。传奇性的《林海雪原》和史诗性的《红日》中都有对女性

[①] 贺桂梅：《三个女性形象与当代中国社会性别制度的变迁》，《中国现代文学研究丛刊》2017年第5期。

[②] 参见拙文《性别视野下的解放战争题材小说》，《湘潭大学学报》2018年第1期。

人物形象的生理性特征的修辞渲染，以《林海雪原》尤为突出。在人物构成模式上《牵风记》与《林海雪原》甚至是一脉相承的，都是能文能武的男性首长对一个下属女战士。但是两人之间关系的叙事展开已大不相同。《林海雪原》中是白茹先对少剑波心动并行动，威虎山歼灭座山雕之后少剑波在看到白茹的睡态之后才萌动情愫。表面是女追男，实质上是男性首长的魅力令女性下属产生敬仰之情而发生爱恋之意，深层是男/主体和女/客体的男高女低的位置关系。《牵风记》中的男女主角则是势均力敌、旗鼓相当的，见面时两人就能以白居易的咏琴诗进行唱和，相恋的过程说不上是谁追谁，是"莲开并蒂双骏并行"的互为主客体的平等关系。而随着被俘事件的发生，汪可逾洞悉了齐竞潜意识深处有关女性身体贞洁的封建思想，俩人零体温握手。与齐竞的决裂使汪可逾走向了超越齐竞的高处，大大提升了《牵风记》对男性中心主义批判的力度，显示出创作者徐怀中秉持的是一种正确先进的社会性别观念意识，而徐怀中作为一个男性作家的身份来如此"写女性"，其中又包含着深长的意味。

"写女性"是西方女性主义文学理论的分类原则，着眼的是作为读者的女性，与着眼于作者的女性的"女性写"相对。[1] 分类原则似乎是共时性的，但"写女性"与"女性写"在女性主义理论发展中也呈现历时的阶段性，"写女性"在前，"女性写"在后。"写女性"是一种阅读理论，着重女性读者在阅读男性作家作品时对其中蕴含的性别观念意识的检视。1949年出版的波伏娃的《第二性》中，以"五位作家笔下的女性神话"为题，通过对蒙特朗、D. H. 劳伦斯、克洛代尔、布勒东和司汤达作品中的女性形象的塑造，对其中蕴含的女性观进行了尖锐的批判："对于他们每个人来说，理想的女性都最确切地向他显示自己的他者。"[2] 具体表现在"蒙特朗这位大男子主义者在女人身上寻找纯粹的动物性；劳伦斯是个阳具崇拜者，他要求女人总括一般的女性；克洛代尔把女人界定为灵魂姊妹；布勒东珍爱扎根于自然的梅露辛，把他的希

---

[1] 张岩冰：《女权主义文论》，山东教育出版社1998年版，第9—10页。
[2] ［法］西蒙娜·德·波伏娃：《第二性》（全译本）Ⅰ，陶铁柱译，中国书籍出版社1998年版，第289页。

望寄予孩子般的女人；司汤达希望他的情妇有才智、有教养，精神上和行为上都很自由，是个与他般配的女人"①。这些男性作家都在文学作品中表现了符合男性希望和要求的女性形象和女性特质。1970 年美国凯特·米利特的《性的政治》也以"性在文学中的运用"为题，对 D. H. 劳伦斯、亨利·米勒、诺曼·梅勒的作品进行了更犀利尖锐的剖析和批判②，《性的政治》由此成为当代女性主义文学批评的标志性著作。总之，她们认为在这些男作家笔下，女性形象是歪曲的，充满了男性对女性的欲望化想象。在批判男作家的基础上，女性主义批评家将目光投向女性作家，挖掘女性作家作品，探寻女性文学传统，这方面的工作以美国女性文学批评家伊莱恩·肖瓦尔特的《她们自己的文学》，帕特里克·迈厄·斯帕克斯的《女性想象：一部对妇女作品的文学和心理的考察》等最为有力，这便是"女性写"。"写女性"和"女性写"一破一立，构成了西方女性主义文学批评理论的重要部分。"写女性"理论中蕴含着女性主义的一种方法论，女性主义批评并不是只适用于研究女作家作品，而是适用于一切作家作品，是采用一种为女性张目的性别视角来解析作家作品、文学（文化）现象乃至文学思潮，而为女性张目又来源于人类文化史上女性受压抑的地位。20 世纪 80 年代中后期，西方女性主义批评理论传入我国，经过与中国本土文学（文化）磨合，有关论题被"女性文学研究"所包含，女性文学研究核心探讨的其实是"女性写"，虽然"写女性"也一直有人涉及。

《牵风记》的出现就像专门为"写女性"提供的一个标本和靶子，因为其中直接写到了女性的身体，一如前边已提到的《蚀》三部曲、《废都》和《丰乳肥臀》一样。但是在《牵风记》这里，批评的武器与批评的对象之间出现了吊诡的状况。还是要回到文本细读。与十七年同类解放战争题材的小说相比较，《牵风记》也存在《林海雪原》和《红日》中类似的男作家对女性身体的想象修辞，显露了古老的性别文化把女性视为被看的欲望化客体的观念意识在男性作家心理深层的存留，这

---

① ［法］西蒙娜·德·波伏娃：《第二性》（全译本）Ⅰ，陶铁柱译，中国书籍出版社 1998 年版，第 289 页。

② ［美］凯特·米利特：《性的政治》，钟良明译，社会科学文献出版社 1999 年版，第 363—568 页。

是应该警惕并加以批判的。但是更重要的是，《牵风记》的女体叙事修辞基本摒弃了肉欲的成分，女主人公汪可逾外表美丽，内心干净而明澈，不再是男人眼中的欲望化客体，而是具有坚定的独立自主意识的与男人一样平等的人。因此，又可以说，《牵风记》的女性身体叙事溢出了西方女性主义"写女性"的理论边界，具有了自己的独特品格，获得了一种超越性别的意义。"超性别意识"是我国评论界在20世纪90年代曾讨论的话题，持论者有感于女性作家写作中对女性意识的过度张扬，提出一种扩大提升眼界和胸襟，超越自身性别意识的主张。其实，"超性别意识"不仅是对女作家，对男作家也应如此。从这个意义上说，《牵风记》就是一部男性作家创作的具有超越男性中心意识的文本。

阅读《牵风记》对笔者来说是一次神奇的体验，是一个让笔者不断陷入迷惑又解惑的过程，让笔者一再感到作家生理性别身份与社会性别意识观念之间的丰富复杂性。不一定女作家就站在女性立场说话，也不是所有的男作家都是男性中心主义者。男作家写女性在古今中外文学作品中并不少见，但是以如此大胆而神奇的笔触来写女性的身体，尤其是最后死而不腐的女体雕像，在中国现当代文学中似乎还未见到，同时男性作家对自身性别观念中陈腐意识的审视与批判达到如此深度和力度也不多见。不过笔者作为女读者，对小说中的三次女体书写还是有不小的疑惑：这可能吗？汪可逾真的能摆脱中国传统性别文化对女性的身体禁忌，在公共空间暴露自己被观看、被凝视的肉身时没有感到一丝羞怯和耻辱吗？她在遭遇齐竞的处女情结的狙击后，内心深处不可能没有波澜，作为女性的汪可逾心理世界到底怎样？这一切在文本中付之阙如。或许作为一个男性作家，不可能对女性人物达到一种感同身受的贴肤贴心的写作，而采用一种空缺的叙事策略取而代之？而这似乎又歪打正着、无心插柳地使《牵风记》的意象叙事方式与哲思境界取得并达到了返归本心的美学效果[①]。这种自然而然、随心所欲的天马行空的女性想象或许与徐怀中的高龄相关，或许与他长期在解放军艺术学院的文艺环境的熏染有关，再或许与历史深处中国传统文化中的阴阳和谐的观念相

---

① 参见刘大先《返归本心——徐怀中〈牵风记〉的意象叙事与哲思境界》，《中国现代文学研究丛刊》2019年第11期。

接通？当然最根本的，是新中国多年来的"男女都一样"的男女平等的社会性别制度的浸润，使作家立足于正确的社会性别意识观念的坚实基础，让《牵风记》的女体叙事祛除了肉感气息，达到一种圣洁和崇高的审美高度和境界。

这就是文学艺术不同于现实生活之处，尽管当代社会科技发展迅猛，生活千变万化，时代日新月异，虚构和想象的文学似乎已不足以跟上现实生活的步伐，出现了非虚构写作的新形态。但是文学始终应该超拔于现实，如果文学与现实的界限完全消泯，那么人为什么还需要文学？同时也表明，西方的女性主义理论到中国后，并不能解释所有的中国文学实践，而需要与中国的文化传统、社会现实生活和文学实际相结合，才能获得长久的生命力。因之，建构中国自己的女性主义理论也显得日益迫切。

小　结

我国新时期文学研究对文学创作中作家作品性别问题的关注，是在 20 世纪 80 年代中后期对西方女性主义文学批评理论的介绍开始的，而新的西方文学批评理论的引介又与中国发展进入新时期，改革开放成为时代主潮的大背景下西风再次东渐密切相关。女性主义传入中国后，开始一种外来文化与中国实际逐渐磨合融汇的过程，形成了女性文学研究这一具有中国特色的学术领域。女性文学研究针对的主要是女性作家作品。然而女性主义原本是一种方法论，对象不仅仅限于女作家作品，而应该是包含男作家作品，是性别的，而不是女性的。琼·W. 斯科特认为："孤立地研究女性，会强化这样的信念，即男性的历史与女性的历史毫不相干。"[1] 谈论的虽是历史研究，但对于文学研究也具有同样的意义。只是孤立地研究女性文学，从女性文学中去找寻女性文学的本质特征，姑且不说找寻中存在的困难，还可能会陷入一种本质主义的陷阱和误区。况且，性别又包含生理性别和社会文化性别的层面，一个人的

---

[1] 琼·W. 斯科特：《性别：历史分析中的一个有效范畴》，[美]佩吉·麦克拉肯主编，艾晓明、柯倩婷副主编《女权主义理论读本》，广西师范大学出版社 2007 年版，第 171 页。

生理（生物）性别与社会文化性别并不一定构成必然的联系。由于长时间的社会文化浸淫，女性作家不一定就站在女性的立场上为女性说话，男性作家也不意味着必然就是男性中心主义者。从以上对四位男作家在小说中有关叙事与性别的分析中，可以得出这一结论。

有心的读者在本章的阅读后，一定会注意到所选的作家小说与茅盾的关系。首先是现代文学史阶段茅盾的早期小说，然后是新时期茅盾文学奖获得者路遥的小说，陈忠实的《白鹿原》和最近一届茅奖获得者徐怀中的《牵风记》。这些小说表达了男性作家对女性的一种审美想象，体现出一些明显的特征。从横（共时性）的方面看，他们的性别叙事的共性表现在两点。第一，在他们的小说叙事中，都有意无意地会显露出一种男性中心主义的文化心理印迹。茅盾的《野蔷薇》、《蚀》三部曲和《虹》等早期小说多有将女性视为欲望化对象，渲染新女性的肉感的性别修辞。路遥的《人生》《平凡的世界》则在文本中弘扬女性忍辱负重的忘我、无私的精神和美德，具有将女性看作牺牲品的意涵。陈忠实在《白鹿原》中对田小娥美貌的渲染和其与几个男人之间性事的细叙，隐含着将女性形象欲望化的倾向。徐怀中的《牵风记》则保留着作家创作中惯于对女性形象肉身体态的关注的特点，这与茅盾小说倒有相似性，虽然徐怀中的文本不及茅盾小说表露明显。第二，几位男性作家在讲述女性故事、塑造女性形象时，又显示出正确的社会性别意识。茅盾是《妇女杂志》从"宣传贤妻良母"向鼓吹妇女解放过渡的关键人物，在"五四"时期抱有一定先进、文明的女性观，所以在其小说中也对女性的悲惨命运寄予同情和悲悯；路遥在《平凡的世界》中对田晓霞"天仙"女性形象的塑造，肯定了女性对男性具有引领者的作用；陈忠实《白鹿原》对田小娥生命历程的客观展示，揭露了儒家伦理道德对女子的压迫；徐怀中通过汪可逾对齐竞内心深处顽固的处女情结的反抗，针砭批判了传统性别文化观念中对女性不公的糟粕之处。这些都证明身为男性的作家也可持有正确的社会性别意识观念。而从纵（历时性）的方面看，几个当代文学时期的作家的这种正确的社会性别意识观念的色彩呈现出越来越突出的倾向。这也充分说明中华人民共和国成立以后几十年，"时代不同了，男女都一样"的男女平等精神深入人心，我国的社会性别制度不仅对女性作家，对男性作家也在发挥着越来越大的作用。

第四章

男女作家性别叙事比较

本章即将探讨的是分属于不同性别的女性、男性作家的小说中，面对相同的书写对象时，会呈现出怎样的面貌。生活于同一时代环境的作家，必然会面临相同的时代和社会环境，他（她）面临的生活内容和问题很多时候是一致的，这就形成了类同的题材或主题。那么这些相似的题材或主题进入性别不同的小说家们的笔端，变为文学艺术结晶的物化形态时，他（她）构造、生产出的作品（产品）是否会相同呢？

第一节 解放战争题材小说的叙事与性别

解放战争题材小说是中国当代文学十七年革命历史小说的重要组成部分。20世纪50年代末前后，我国文学界出现了小说尤其是长篇小说的创作高峰，创作实绩最为突出的是革命历史小说和农村题材小说，"三红一创"、"青山保林"就是对这两类小说的精辟概括之语。不过就数量和质量而言，前者的成就大大高于后者[①]，而且从接受看，"革命历史小说"作为"红色经典"对后来的文学发展依然产生着绵绵不绝的影响，成为20世纪90年代以来文化消费市场中一个可供借鉴，并进行再生产的重要资源。解放战争题材小说也概莫能外。解放战争题材小说不在少数，以出版发表时间为序，杜鹏程的《保卫延安》（人民文学出

[①] 洪子诚：《中国当代文学史》，北京大学出版社1999年版，第106页。此外，孟繁华、洪子诚主编《中国当代文学关键词》中收有"革命历史小说"（黄伟林撰）词条而无农村小说，也是一个证明。见《中国当代文学关键词》，广西师范大学出版社2002年版，第112—120页。

版社1954年6月初版），吴强的《红日》（中国青年出版社1957年7月初版），曲波的《林海雪原》（作家出版社1957年9月初版）和茹志鹃的《百合花》（《延河》1958年第3期）是其中的代表作。之所以得出这样的断语，是因为除了纸质书的出版外，这几部作品都在当时和其后被改编成影视作品，《红日》（1963）、《林海雪原》（1960）和《百合花》（1981）都有同名电影，《红日》（2008）、《林海雪原》（2002，2017）、《保卫延安》（2009）还有电视剧。《保卫延安》虽然没有同名电影，但是根据柳青小说《铜墙铁壁》改编而成的影片《沙家店粮站》（1954），因为取材与《保卫延安》的片段构成互文书写，某种意义上可列入《保卫延安》的延伸作品。需要加以说明的是，《红岩》也属于解放战争题材小说的重要作品，也有改编影视剧，但是由于小说特殊的写作方式[①]，加上其表现地下斗争与前几部在内容上的明显差异，暂不列入本节的讨论范围。

这四部小说的共性特点是非常突出的，它们处理的都是战争题材，都属于宏大叙事。宏大叙事是一种"面向社会和群体命运的探索，以普遍性、权威性和文本开放性为表现特征，以代言人身份写作"[②]的叙事，在十七年这一时期特别突出，代表党和国家的意志，再现中国共产党领导下的革命斗争并取得胜利的革命历史小说就是最典型的宏大叙事。这是毋庸置疑的共识。既有的研究也涉及了几个作品之间差异性的探讨，比如《保卫延安》和《红日》有史诗性的追求，《林海雪原》具传奇性的特点，属于一种"革命英雄传奇"，《百合花》则体现出抒情性特征。[③] 但是目前从性别角度进行讨论的还不多，这与当代文学研究界的某些共识相关。就中国现、当代文学历史而言，十七年文学尤其是随后的"文革"十年文学，与现代文学三十年和新时期以来的文学（包括新世纪文学）相比，分量上显得不够大不够重。在女性文学研究界，该段也被视为一个相对薄弱的时期，学者戴锦华在赞誉新中国第一部法律《中华人民共和国婚姻法》为当代中国妇女带来翻身解放地位的同时，

[①] 洪子诚：《中国当代文学史》，北京大学出版社1999年版，第111—114页。
[②] 穆乃堂：《90年代以来"个人化写作"研究》，《文艺争鸣》2007年第8期。
[③] 洪子诚：《中国当代文学史》第八章"对历史的叙述"和第九章"另一类小说的处境"，北京大学出版社1999年版，第106—130页。

又遗憾"在1949—1979之间,女性文化与女性表述,却如同一只悄然失落的绣花针,在高歌猛进、暴风骤雨的年代隐匿了身影……'女人的故事'在书写与接受的意义上,成了一片渐行渐远的'雾中风景'"①。或许研究对象的薄弱确实会带来研究主体的无奈,但是,如果我们的考察不限于写作主体——作家的生理性别,拓宽研究对象的范围,不仅仅探究女性作家笔下的文学世界,而是把男性作家的作品囊括进来,探究其间的性别表现,或许也能带来别一种天地。本节将以这四部(篇)小说为对象,对其中的性别叙事蕴含进行一些探讨和分析。

一

从性别视角切入可以读出四部小说中蕴含着战争与性别关系的思考,在某种程度上表现了作家对具有进步意义的中国当代女性形象的一种审美想象。这是四部小说的共性,不管创作者的生理性别如何。

战争是一种武装斗争,在人类社会发展进程中一般发生在民族与民族、国家与国家、阶级与阶级和政治集团与政治集团之间。四部小说写的都是解放战争,属于阶级与阶级、政治集团与政治集团之间进行的武装斗争。当然它们的具体故事各有不同:《保卫延安》以1947年春到秋中国人民解放军在西北保卫延安的战役为表现对象;《红日》以1946年冬到第二年春解放军的山东战场为表现对象;《林海雪原》讲述的是解放军一个小分队1946年冬季在白雪皑皑的东北深山老林悬崖峭壁间剿灭国民党残匪的故事;《百合花》虽是短篇,但是也有一个特定的时空场景,故事围绕1946年中秋节夜晚海岸战解放军发起总攻时的一个包扎所而展开。

战争对于人类来说是一种灾难,但是战争在人类社会发展史上又是不可避免的客观存在,当今的世界和人类社会存在战争,未来也很难避免。战争是人类社会的一种难以绕开的非常态。从生理性别上看,人类社会由男性和女性构成,战争因此与男性和女性两种性别都有关系。但是由于生理构成的差异,男人的生理身体一般比女人更有力量,因此男

---

① 戴锦华:《涉渡之舟:新时期中国女性写作与女性文化》,北京大学出版社2007年版,第2页。

人成为战争的主体,"在大多数文化中,合法暴力在传统上属于男人领域,唯有男人战死在疆场,战争之血是男儿血"①。在实地战争场景中活跃着的基本是男人的身影,这是经验世界中既有也无法改变的事实,所以有"战争,让女人走开"②之语。总的来看,四部作品中出现的人物男性官兵占据着压倒性的数量优势,女性人物形象几乎只是点缀。从写作这些小说的作者性别看,四部作品中有三部长篇均出自男性作家,而只有一个短篇出自女性作家之手也很说明问题。这些小说有很强的纪实性,杜鹏程、吴强和曲波都是所写战争的亲历者,茹志鹃也当过新四军文工团团员。从作品的叙事方式等艺术表现看,前三部长篇小说都以像上帝一样的第三人称全知全能视角再现了战争或恢宏壮阔(《保卫延安》《红日》)或惊险刺激(《林海雪原》)的史诗或神奇画卷,具有一种阳刚的男性气质,洋溢着英雄主义的豪迈气概,属于壮美范畴。这些都颇能说明战争与男人关系更为紧密,似乎是男人的专利的表象。但事实上当真正的战争来临时,所有人都会卷入其中,女人也不例外。她们或间接或直接地与战争联系在一起。一般说来,在战争尤其是民族战争中,女性往往更多地处于受害者的位置,比如日本侵略中国的战争中中国受凌辱的妇女不少于 20 万人③,相当数量的中国女子沦为日军慰安妇。1947 年印度独立与巴基斯坦分治时,发生了不在少数的"对穆斯林妇女、印度教妇女和锡克教妇女的强奸、拐卖,以及因此而引起的殉教"④现象,宗教和民族差异冲突酿成的暴力使弱势女性受到极大伤害,而且这种伤害往往处于被遮蔽的状态。这是经验世界中的相当一部分妇女的实际遭遇。然而这几部解放战争题材小说(除《保卫延安》以外)对女性的想象则呈现出另一种面貌,《红日》中的黎青、姚月琴、华静、阿菊,《林海雪原》中的白茹以及《百合花》中"我"等女战士

---

① [美]佩吉·麦克拉肯:《战争让女人闭经》,[美]佩吉·麦克拉肯主编,艾晓明、柯倩婷副主编《女权主义理论读本》,广西师范大学出版社 2007 年版,第 635 页。

② 1987 年我国拍摄的一部国产电影即此名字,由部队作家韩静霆编剧。

③ 该数字见 2017 年上映的采访中国抗战期间慰安妇幸存者的纪录片《二十二》。四川光影深处文化传播有限公司推出,郭柯执导。

④ 范若兰:《暴力冲突中的妇女:一个性别视角的分析》,时事出版社 2013 年版,第 2 页。还可参见陈顺馨、戴锦华选编《妇女、民族与女性主义》,中央编译出版社 2004 年版。

们与那些战争中的受害者具有了本质的差异,她们不再是战争中被动的受害者与被凌辱者,而是战争的积极参与者,是和男性战士一样获得了主体身份的人。尤其是白茹形象。

白茹曾在一次战斗中从火线上一连抢救了 13 个伤员而荣获抢救模范,现在作为剿匪小分队的唯一女性,肩负着小分队救治伤病的重任。在剿灭许大马棒的战斗中,她与男战士一样用大绳从老鹰嘴的悬壁上飞身荡到奶头山大树梢头;从夹皮沟行军威虎山与全队人一起滑行几百里,战斗结束时其他男战士可以休息,而她还要负责治疗他们脚上的冻伤。这些都充分显示出白茹已是不同于传统被动的等待拯救的弱女子,而是富有青春活力,全身焕发着主体风采的现代女性。如果说白茹这样的女性形象在《保卫延安》中还付之阙如,那么《红日》中的黎青、姚月琴、华静、阿菊和《百合花》中"我"则在列队前进。黎青是野战医院的医生,在履行自己工作职责的同时还照顾丈夫,给了肩负军长重任的丈夫沈振新很多内在力量;姚月琴是军部的机要员,曾经因为不能随大部队前行而与恋人胡克中断恋爱关系;华静则压抑着对副军长梁波的爱意全身心投入地方工作;阿菊支持杨军上前线,自己也参军留在部队医院里做看护;文工团员"我"在前沿包扎所很干练,以致被误为能抢救伤员的医生。正如李小江所说:"无论底层或中上层妇女,无论她是文盲还是知识女性,都有可能通过'参战'走出家庭、走向社会,走向'解放'……女人是战争的主要受害者;但是战争却可能为参战妇女走出传统性别角色和性别屏蔽打通道路。"[①] 这些白茹们正是那种走出了传统性别角色和性别屏蔽的充满主体力量的现代女性。因此,"对女性而言,战争带来的改变不见得全然是痛苦而负面的,因此造成的社会结构松动瓦解,反倒可能提供她们更为宽广的独立自主空间"[②]。

这样的女性形象在文学创作中是如何出现的呢?

女兵形象在中国文学历史中并不多见,屈指可数。南北朝诗歌中的《木兰辞》写到女儿身的木兰替父从军的故事,这种女扮男装的故事在

---

① 李小江主编:《让女人自己说话:亲历战争》,生活·读书·新知三联书店 2003 年版,第 4 页。

② 陈雁:《性别与战争:上海 1932—1945》,社会科学文献出版社 2014 年版,第 386 页。

清代女作家弹词小说中也有出现,如《榴花梦》中的桓珠卿和《笔生花》中的姜德华等。① 穆桂英、樊梨花的巾帼英雄故事也一直流传在通俗文艺中,虽然她们不是严格意义上的女兵。这些只不过是文学历史长河中寥若晨星的特例。即使到了现代文学时期,像谢冰莹的《从军日记》《一个女兵的自传》也是少数,而且其作品自传色彩很浓。中华人民共和国成立后,十七年的革命历史小说尤其是解放战争题材作品中,则出现了白茹们这样焕发着女性主体性光彩的女性形象,而且很多还出自男性作家笔下。原因何在?文本世界是对经验世界的书写,文学是对社会现实生活的反映,中国共产党领导的军队里出现的最早女兵建制是1935年在长征途中成立的第一个妇女团,该团由2000余名女兵组成。小说中出现的女兵形象应该来自现实生活中部队里就有女兵的事实。不过文学文本尽管离不开经验世界,但是它毕竟不等同于经验世界,而是一种人类的书写和表达,而"人类的自我表达往往是以理想的形式出现的,即使在我们看来最具有真实性的文字,比如蒙田的散文,卢梭的忏悔录等,其实都是一种精心的虚构"②。因此,哪怕曲波确实有一个战友叫杨子荣,但是《林海雪原》中的杨子荣也不可能等同于现实生活中真正的杨子荣。白茹形象更是如此。那么白茹形象在作家曲波的笔下为什么如此呈现?对这些作品的解读阐释须将其置于讲述故事的年代,即20世纪50—60年代的社会时代背景下,而其中对女性的想象更受制于作品写作年代的性别文化观念,这种性别观念的根源就在于当时的社会性别制度(gender system)——"规约并塑造着女性存在方式的社会制度和权力结构"③。中华人民共和国成立后党和政府制定了一系列政策提高妇女的社会政治地位,核心在于男女平等,毛泽东主席还发出"时代不同了,男女都一样。男同志能做到的事情,女同志一样能做到"④

---

① 参见鲍震培《清代女作家弹词小说论稿》,天津社会科学院出版社2002年版,第126—134页。
② 倪志娟:《女性主义知识考古学》,高等教育出版社2012年版,第39页。
③ 贺桂梅:《三个女性形象与当代中国社会性别制度的变迁》,《中国现代文学研究丛刊》2017年第5期。
④ 《毛泽东1964年6月畅游十三陵水库时对青年的谈话》,辑录自1965年5月27日《人民日报》通讯《毛主席刘主席畅游十三陵水库》,这句话作为毛主席语录正式公布,见《人民日报》1970年3月8日第2版。

的号召。尽管《林海雪原》发表于这个讲话之前，但是当时由党和政府引导的社会性别制度就在建构形成这样一种氛围，置身于这种文化环境的作家们自觉不自觉地会受到这种氛围精神的指导和影响，从而在创作中留下这个时代的观念印记，白茹在小分队中所做的一切，就像是对这一讲话精神的实践，又像是在印证这一讲话的正确。当然男同志能做到的事情，女同志也能做到在后来的实践中对女性产生了一定的负面效应，比如铁姑娘现象，也由此成为新时期性别文化质疑、反思的重要内容，但是"妇女能顶半边天"提高了妇女的地位，使广大女性焕发出了主体性光彩这也是不争的事实。而《林海雪原》《红日》的女性想象可以说正是这种社会性别制度所引导的性别观念的表达。

这样的想象确实走出了女性在战争中多为受害者的格局，展示了解放了的女性的风姿，使女性获得了一定的主体性，虽然这一主体性是有限度的。

二

几个文本的女性想象表达出女性主体性色彩是一个比较突出的特点，同时更显在的表征，是对女性人物区别于男性的生理性别特征的身体（主要是外貌）修辞上。这一修辞特点基本都出自《林海雪原》和《红日》两个文本。

如前所述，白茹、华静、姚月琴、黎青、阿菊都是些焕发着青春活力的女战士，她们和男战士一样处身于男性压倒性优势的军营，有时甚至直接参加战斗，如华静和白茹。《红日》里华静担任沙河区委会书记时，有一次率领民兵队员和据点里的敌人正面交锋，文本里写到了华静在战斗中的行动和心理。华静打了枪，小炮弹掀起的小石头打中了她的手，流了血。她流了眼泪，不是疼痛和恐惧，而是看到两个民兵一个受伤一个牺牲。战斗结束后"她更多的感觉是新奇和振奋，仿佛嘴里嚼着一种奇异的果实似的，她觉得战斗确是很有味道的东西"[①]。这里的描写看不出性别的差异，女战士华静与男战士在战争中的反应应该区别不

---

① 吴强：《红日》，中国青年出版社2004年版，第364页。

大，这可以说是男女都一样的绝好注脚。但是一旦落笔于女性人物的外貌和心理书写的时候，又暴露出男性作者无意识深处的某种心理思维定势。

《保卫延安》是四部作品中发表时间最早的、纪实性最强（其中出现了真实的总司令彭德怀的形象）的文本，然而在女性性别上着笔却是最少最淡的。与《保卫延安》着力于男性的性别修辞相比，《红日》则出现了"爱情"描写，而且涉及的人物达四对之多：沈振新与黎青，梁波与华静，姚月琴与胡克，杨军与钱阿菊。这四对可以分成两组：已在婚姻之中和正处于恋爱状态的。军长沈振新是高级将领，妻子黎青是军医。因为大战在即，几乎所有军官的爱人、妻子都安置到后方的工作岗位上去，怀孕的黎青也不例外。文本中主要写了二人在分别之前的谈话，显露出黎青对军长丈夫的仰视和服从。杨军是个班长，涟水战役中受重伤在部队后方医院治疗养伤，订过婚的妻子钱阿菊在家乡失去了一切，历经艰辛到部队找到了杨军。杨军急于伤好归队，阿菊心里开始不乐意与其分别，后来在杨军的帮助下转变态度。军部机要员姚月琴与军部参谋胡克是一对年轻恋人，活泼漂亮的姚月琴因为是女性，差点也被派到后方，她为此急得掉眼泪，参战心切的她为此中断和胡克的恋爱关系，以便专心工作。文本着笔最多的是副军长梁波和从军队转到地方工作的女干部华静之间的恋爱故事。前几对不是夫妻就是已经挑明，而梁波和华静之间还处于朦朦胧胧、将明未明之间。梁波是一个工农军人，风趣幽默但读书不多，华静则是个知识分子女性，读过俄苏小说《战争与和平》《钢铁是怎样炼成的》和中国古典文学作品《红楼梦》《西厢记》等。梁波对华静是有意的，但是文本里又主要展示的是华静对梁波的爱慕，她热爱梁波的英雄气质。最后她写了一封给梁波的信，"她没有写上一个'爱'字或者'想念你'、'你想念我吗'一类的字眼，但在字里行间却又隐约地含蕴着'爱'和'想念你'的意思"[①]。这封信经过一番波折，交到了梁波的手里，虽然文本最后没有机会交代二人的结果，但是读者的期待视野可以想象这一段爱情是修成了正果的。

《保卫延安》对爱情几乎未着一字，《红日》更像是蜻蜓点水，《林

[①] 吴强：《红日》，中国青年出版社2004年版，第370页。

海雪原》却是浓墨重彩。传奇性的《林海雪原》在几部小说中的性别修辞色彩是最浓郁的，所谓"传奇"不仅体现在剿匪过程中歼灭奶头山许大马棒、威虎山座山雕和绥芬草原残匪的惊险刺激中，也体现在少剑波和白茹在战斗中产生的爱情之花的开放上。《林海雪原》涉及爱情的人物虽然没有《红日》的四对之多，只有少剑波和白茹，但是他们的爱情故事却有一条清晰完整的线索和过程，虽然这只是文本叙事剿匪主线的一条副线。

对剿匪小分队组建之初到来的卫生队护士长白茹，少剑波开始是坚决拒绝的，因为白茹是"丫头片子"，但是上级一时又找不到比白茹更合适的人手，于是少剑波勉为其难地接收了。开始的工作中两人之间并没有任何感觉，在奇袭奶头山之战后，少剑波写了一首歌颂胜利的诗，白茹读了之后，情愫开始为文武双全、英勇俊俏的小首长所萌动，而一门心思想着如何破敌的少剑波对此一无所知。一直到进驻夹皮沟后，文本里才写到少剑波在不知不觉间对白茹也有所动心。两人之间的感情高潮出现在威虎山胜利之后，少剑波无意之间看到在劳累之后入睡了的白茹，想到了白茹在小分队里的一切，不禁"为他的小分队有这样一个女兵而骄傲"，在日记中写下了歌颂女英雄的美丽青春的诗句，直接袒露了雪乡中对白茹的动情之心，至此他们之间的感情得以表露并达到高峰。小说结尾的一个场景是所有残匪剿灭以后，少剑波和白茹一起，像战士们一样第一次用平静的心情环顾周围的美景，发出"我们的祖国多美"的共鸣感叹。

如果说《保卫延安》充满着男人的阳刚之气，以周大勇、王老虎、李诚、卫毅为代表的男性人物的摹写使本书"真正可以称得上英雄史诗"的"第一部"[①]，是男人的书，其性别意味由此显得比较单调，那么《红日》和《林海雪原》的性别修辞则呈现出比较复杂的意味，尤其是《林海雪原》。在此可以作进一步分析。在两个文本的爱情描写中，有一种女低男高的性别心理和"女追男"模式。华静热爱着梁波的英雄气质，白茹敬仰于少剑波文武双全的智勇才能，黎青在心理上是仰望着

--
① 冯雪峰：《论保卫延安》，杜鹏程著《保卫延安》，人民文学出版社2005年版，第25页。

军长丈夫的。于是华静先给梁波写信，白茹也向少剑波先抛出了爱情的丝线。这种"女追男"模式表面上看是女性处于主体地位（因为先写女性心动并行动），但事实上是梁波和少剑波吸引了华静和白茹，所以深层依旧是男/主体与女/客体的位置结构。这种位置结构也体现在白茹和少剑波关系明确后，白茹在威虎山胜利后不愿意离开小分队，上级另派了一个男卫生兵下来替换白茹原来的治疗任务，她的主要职责改为照顾少剑波的日常生活并帮他写东西，实际上变成了少剑波的"内助"，因此她在实现获得甜蜜爱情愿望的同时，主体位置其实是下降了。

这种男/主体与女/客体的关系更体现在叙事者对女性人物的身体修辞上。梁波对华静是有意的，一次二人工作谈话后，梁波"在这个二十四五岁的干练的女人身上、头上、脸上，转动着他锐利的眼光"，使得"华静羞怯地避过脸去"[①]。虽然这里没有细写华静的身、头、脸怎样，但是对更年轻的姚月琴描写就不一样了："姚月琴的模样生得很俊俏，白润的小圆脸上，活动着两只黑溜溜的眼睛。冻得微微发红的两腮，不但不减损她的美貌，而且成了一种美的装饰。"[②] 姚月琴进到军官们开会的屋子时，军官们"目不转睛地看着她"以至于她"立刻感受到强大的威胁"。对"小白鸽"白茹的身体修辞在《林海雪原》中更为突出："她很漂亮，脸腮绯红，像月季花瓣，一对深深的酒窝随着那从不止歇的笑容闪闪跳动。一对美丽明亮的大眼睛像能说话似的闪着快乐的光亮。……"[③] 这里是静止的肖像描写尚可理解，但在其他地方，更反复出现白茹"绯红的脸腮"、"细嫩的小手"、"悦耳的声音"、"大眼睛"、"小嘴"、"长睫毛"甚至"玲珑的小心"的修饰用语。尤其是在表现威虎山胜利后少剑波看到劳累后的白茹的睡态时："她在睡中也是满面笑容，她睡得是那样的幸福和安静，两只净白如棉的细嫩的小脚伸在炕沿上。"如此睡态使"少剑波的心忽地一热，脑子里的思欲顿时被这个美丽的小女兵所占领"[④]。每日里被如何进行战斗占据心思的少剑波此时才好好思量了一下白茹，虽然文本里写到他首先想到的是白茹令人骄傲

[①] 吴强：《红日》，中国青年出版社2004年版，第114页。
[②] 吴强：《红日》，中国青年出版社2004年版，第88页。
[③] 曲波：《林海雪原》，人民文学出版社1964年版，第50—51页。
[④] 曲波：《林海雪原》，人民文学出版社1964年版，第328页。

的女英雄身份，没有强调她的外表，但是通过叙事者的眼光，读者们已经反复领略了白茹的漂亮。少剑波与白茹的爱情是在战斗中产生的，有点类似于诗人闻捷在《天山牧歌·苹果树下》里表现的劳动中产生的爱情一样，这种爱情是志同道合、比翼齐飞的。不过仔细考量，少剑波与白茹的爱情关系的叙事结构是一种英雄加美女的模式，白茹身上体现出了一种传统加现代的复杂意味。如上一节所分析的，白茹已经是一个具有主体性的现代女性——女战士，但是文本里反复渲染的性别身体修辞又在提醒读者，白茹是一个让人心动的美女。"万马军中一小丫，颜似露润月季花。"[①] 这是少剑波日记里歌咏白茹的诗歌的第一句，如果说叙事者在前边还不能让少剑波先看到的是白茹的身体美，而是先思考她的女英雄身份，那么在私密的日记里就可以让无意识显现了。

对白茹、姚月琴、华静的女性身体的渲染几个文本中都有或淡或浓的表现，这种性别修辞的根源在于传统的性别文化规约，女人基本上处于一种被看的位置，男人则是观看的主体，女人是被看的对象。随着表现对象的变更，传统的"才子佳人"模式置换为战争题材中的"英雄美女"模式，不变的是女人的身体和外表，一定要是美的女人身体才配得上才子和英雄（与此同时，少剑波也是俊俏的，也没有脱开传统男性主角的痕迹。这里涉及《林海雪原》与通俗小说的关系，那是另一个话题，此不赘述）。同时要指出的是，这些文本里对女性的身体修辞和20世纪90年代以来的新历史小说中的欲望化叙事还是有很大程度的不同，由于时代的变迁，90年代的欲望化叙事中肉欲的成分较浓郁、张扬，而这些则比较清淡、内敛。

男性作家们对女战士的想象固然有社会性别制度赋予的进步的一面，但是对女性的身体修辞却体现出古老的传统性别文化惯性的巨大力量。

三

前边讨论的论题对象主要来源于《林海雪原》《红日》和《保卫延

---

① 曲波：《林海雪原》，人民文学出版社1964年版，第335页。

安》，对《百合花》涉及不多。《百合花》是中国当代文学史的名篇，几乎所有当代文学作品选本都会选到《百合花》，当代文学史教材几乎每一部也都少不了《百合花》的阐释篇幅。因此，关于《百合花》的写作动因、表现主题、叙事方式、艺术风格等问题都有很多讨论，那么现在再来谈《百合花》，如果就《百合花》本身来看，似乎已经穷尽了论题。跳出文本本身的限制是一个不错的路径，而将《百合花》与《保卫延安》《红日》《林海雪原》置于同一个系列，用比较的眼光来审视其间的同和异，就已经暗含着打开一个新的阐释空间的可能。

首先可以确定的是与前三作一样，《百合花》同属于解放战争题材小说，这似乎是不言自明的，但是细读文本，又可以发现《百合花》和前三作着眼点并不相同。《保卫延安》是讲保卫延安从最开始的战略防御、转移到后来的反攻的过程和胜利，《红日》从涟水战役的失败到莱芜大捷并最终实现孟良崮战役的胜利，《林海雪原》讲的是剿匪的艰苦过程并最终胜利，都着眼于战争的过程和胜利的结果。而《百合花》表面写的是战争，但是着眼的是战争中三个人之间的关系。《百合花》的故事很简单。三个人物：女文工团员"我"，送"我"到前沿包扎所的通讯员和包扎所驻地村子里的新媳妇。"我"和小通讯员一路到包扎所，"我"路上与小通讯员交谈，到包扎所后一同到村子里借被子，小通讯员借被子时与新媳妇言语不和冲突，经"我"调停借到了被子，返回部队的途中小通讯员勇敢地牺牲了，新媳妇把最开始不愿意借的被子装殓了小通讯员。"我"看着并记录下来这一切，读者随着故事的进展情不自禁泪盈眼眶，特别是当新媳妇为已经牺牲的小通讯员缝补肩上衣服破洞的时候。作者茹志鹃对这篇小说的自我评语是"没有爱情的爱情牧歌"[①]，第一个"爱情"指的是男女间的情感，第二个则指的是战争年代人与人之间单纯的超越了血缘和异性的美好感情，体现在"我"与小通讯员之间，也体现在小通讯员和新媳妇之间。文本的结尾是小通讯员的牺牲而不是胜利，读者会感到悲伤，但更多的又是感动。这是《百合花》在叙事内容上和其他三个作品表面相似实际不同的地方。

从文本的体式看，《百合花》是短篇小说，另三部是长篇，似乎篇

[①] 茹志鹃：《残云小札》，上海文艺出版社1998年版，第107页。

幅的长短就决定了它不可能像其他三作一样展开全景式的对战争的再现。于是相应地就带来《百合花》在叙事方式上与另外三作的差异。

从叙事方式看，其余三部是全知全能的第三人称叙述视角，《保卫延安》的故事从春天撤离延安到秋天歼灭胡宗南部队，按时间顺序从空间展开战争的铺排，每一章在一个地点，依次是延安、蟠龙镇、陇东高原、大沙漠、长城线上、沙家店、九里山，最后第八章合围成天罗地网，全书采用一种时空交错而空间特点很明显的叙事结构。《红日》从我军失利的涟水战役开始，经过莱芜大捷，再到孟良崮战役彻底歼灭蒋介石的主力王牌军74师。《林海雪原》中的土匪也主要有三个窝点，奶头山、威虎山和绥芬草原。三个文本故事时间或半年或几个月，地点空间经过很多转换改变，《百合花》严格说来只有一天时间，空间场景基本是包扎所一个地点。《百合花》更像是从另外三个文本中任何一部截取下来的一个片段，篇幅的短小使《百合花》的容量和前三者的不可同日而语。由此更带来了虽然都写战争，但是《百合花》着眼点重在战争中的人性，以及审美风格的独特性，获时任文化部长茅盾的著名评语"清新俊逸"。与前三部或波澜壮阔或惊险刺激地再现战争的审美风格相比，《百合花》像个小品般精致隽永。

从性别修辞的角度看，前边我们分析了《林海雪原》《红日》里突出的性别修辞表征，《保卫延安》相对单调，但也可以从中找到些蛛丝马迹。全书出现了众多解放军形象，清一色的男性，将领以旅长陈兴允，连队干部以周大勇为代表，军队里没有女战士。第四章叙述部队行军到大沙漠时，旅长陈兴允在床头翻出一包书：有几本马克思列宁主义和毛主席的著作，有一本《孙子兵法》，两本写战争的小说，还有五六本描写爱情故事的外国文学译本。[①] 这只是小说中的闲笔，却是《保卫延安》中少见的涉及爱情的文字，这里没有具体说几部外国文学翻译作品具体所指，但是从此也可以透露出陈兴允这样的解放军高级干部内心世界的丰富。对战士的感情生活的轻微展示也出现在同一章，班长王老虎有一张女人的照片，那是王老虎在家乡尚未过门的未婚妻任冬梅，但是这个名字也仅仅是出现在照片背面，王老虎后来牺牲了，不知道那未

---

① 杜鹏程：《保卫延安》，人民文学出版社2005年版，第193页。

婚妻后来怎样。如果说任冬梅远在他方，那么延安的老百姓又是怎样呢？文本对老百姓中的女性形象有那么淡淡的几笔，比较明显的是战士宁金山因为惧怕打仗逃跑时遇到的老大娘，老大娘是延安边区李振德老汉的老伴，游击队长李玉山的母亲。也在逃难途中的大娘为保护宁金山忍受国民党兵的毒打，大娘对宁金山是出于人民对子弟兵的爱，是母亲对儿子的情意。行进到最后一章《天罗地网》，解放军对进犯延安的国民党部队形成合围之势，民兵游击队组成担架队，妇女们也参加了支前工作。周大勇连队经过一个村子时，"妇女们，羞答答地向战士们喊：'你们穿上鞋了吗？吃到了粮食吗？那都是我们动员的。'"[①] 这里出现的不是清晰特定的某个女子而是面目模糊的妇女群体，只有"羞答答"用词显示了她们作为农村妇女的心理特征。如果把爱情限于指异性之间的感情，那么《百合花》是最纯粹的，《保卫延安》里尚有旅长陈兴允随身带的书是外国文学爱情小说的，更不要说《红日》和《林海雪原》，但《百合花》里难觅踪迹，虽然故事发生在二女一男三个青年人之间。从这个角度说，《百合花》的性别修辞是最淡最弱的。

至此似乎已经把《百合花》与另三作在文本上的差异罗列完成，那么造成这些差异的原因何在？对这一问题的解答需要把视线转移到创作出文本的作家身上。文本是作家写作出来的，写作文本的作家是有性别的，有意味的是《百合花》的作者茹志鹃恰好是其中唯一的女性。前边论述战争与性别的关系时已经提到过这四部作品的作家性别构成，这里再次考察，可以发现正是作者性别的不同带来了《百合花》与另三作的差异。

人类的性别构成从自然生理上一般（不包括特例）分为男性和女性，在社会历史发展中，在自然生理性别的基础上，逐渐形成了一整套将男性和女性置于其中的性别文化机制，将男人和女人分别纳入按照某种文化规约行事的轨道，进而形成了人类的社会文化性别。自然生理性别一般是不变的，而社会文化性别则处于变化之中。因此说到性别应该明白其间有自然生理和社会文化的不同层面，经常说到的男女平等实质上指的是社会性别平等而不是生理性别平等，是保持差异（自然生理）

[①] 杜鹏程：《保卫延安》，人民文学出版社2005年版，第456页。

的平等（社会文化）。只强调差异，会出现突出女性性征，只把女子当作雌性生物的欲望化对象的弊端。但是如果无视差异，就会出现"铁姑娘"这样对女性的异化伤害现象。应该承认，在某些特殊的场域，差异会起到突出的作用，而战争就是这样的场域之一。由于生理上的不同，女性直接参加战斗的很少，特别是在冷兵器时代，这样的经验世界对女性没有敞开大门。女性主义的先驱伍尔夫就说过："假使托尔斯泰和一位结了婚的太太孤独地住在修道院里和'所谓的世界隔绝'，那么不管是多么好的道德教训，我想他恐怕就不会写出《战争与和平》来了。"[①]经验世界广阔的托尔斯泰尚且如此，那么女作家要像托尔斯泰那样写出《战争与和平》就更是困难，因此，也就不难理解，即使是参加过新四军的茹志鹃，她要像男作家那样写出正面战场的炮火连天和硝烟弥漫，也是很困难的。在当时的情况下，《保卫延安》《红日》和《林海雪原》这种亲历性、再现性突出的文本基本只能出自像杜鹏程、吴强和曲波这样的男作家的笔端。这种由于经验世界不同的性别差异导致的作品不同，在现代文学初期鲁迅的《狂人日记》和女作家陈衡哲的《一日》里也有突出的表现。陈衡哲的《一日》比《狂人日记》早一年发表，但是由于它只像流水账一样记录了美国大学女校学生一天到晚在教室、寝室的学习生活，无法与在内容上反吃人的封建礼教，形式上采用人物心理结构和象征隐喻手法的《狂人日记》相比，而在主流文学史上受到不同的待遇。《狂人日记》成为中国现代文学史中白话小说的第一篇，而发表于海外美国留学生季刊上的《一日》却少有人知。

　　因此，客观地说，与男性作者相比，女性作者的写作是很受限制的，但是女性作者也可以突破限制，另辟蹊径，发挥女性的优势和长处，具体到茹志鹃，恢宏的气势和壮阔的场景不是她的兴趣点，她的心志在于"战争使人不能有长谈的机会，但是战争却能使人深交。有时仅几十分钟，几分钟，甚至只来得及瞥一眼，便一闪而过，然而人与人之间，就在这个一刹那里，便能肝胆相照，生死与共"[②]。因此她把视线

[①] ［英］弗吉尼亚·伍尔夫：《一间自己的屋子》，王还译，生活·读书·新知三联书店1992年版，第87页。

[②] 茹志鹃：《我写〈百合花〉的经过》，《青春》1980年第11期。

投向战争中的一个小小的角隅,这个角隅里发生的一切却映射出人性的光辉,小通讯员可以用自己年轻的生命换取并不认识的担架员们的性命,在残酷的战争大背景下那扑向手榴弹的身影和美丽的百合花意象温暖着一代代读者的心。如果说前三作重在再现和写实,那么《百合花》就是表现和抒情的。

叙事技巧上,《百合花》采用的是第一人称限知叙事,叙述者处于"同故事"+"故事内"[①]的位置,叙述者"我"是故事的讲述者,也是其中的一个重要人物,与小通讯员和新媳妇的一切都紧密相连。第一人称往往给人一种发生的一切都是真的一样的感受,强调故事的真切性。《百合花》的故事是文工团员的"我"亲眼看到的,因为"我"是女性,"我"没有置身前方战场,不知道前方怎样,"我"只讲在包扎所亲眼看到的,没有虚假与杜撰,在真切朴实的故事讲述中,读者不知不觉被感染打动,进入对文学作品接受的一种高峰体验。

可见,虽然女作家写作战争受到限制,但是茹志鹃在有限中创造了奇迹,《百合花》的表现和抒情,叙事方式上的独特,加上精巧的结构,细节的设置,在20世纪50年代普遍存在公式化、概念化倾向的短篇小说界,成为一抹鲜亮的颜色,构成一道靓丽的风景,使其当之无愧地成为当代小说的名篇,其审美价值标志着那个时代文学作品所能达到的高度。

不是说男性作家就不能主观表现和抒情,就不会采用限知视角,女性作家不能客观再现和写实,也不会采用全知视角,这里仅就这四部同样是写解放战争,而且作者写作背景也大致相同的小说而言,确实出现了这样的差异,而这种差异又表现在性别不同的作者笔端。

分析至此,可以看出,解放战争题材小说是具有性别意涵的,战争的主体确实由男人承担,却没有也不可能让女人走开。如果说在男性作家笔下,这种性别意涵主要表现在如何写女性,那么在女作家笔下则主要体现为女性如何写。而"妇女写和写妇女",正是女性主义文论的一种分类原则[②],也是女性主义文学批评的题中应有之意义。即美国女性

[①] 陈顺馨:《中国当代文学的叙事与性别》,北京大学出版社2007年版,第12页。
[②] 参见张岩冰《女权主义文论》,山东教育出版社1998年版,第9—10页。

主义文学批评家伊莱恩·肖瓦尔特区分的两类批评方法，一类是"女权批评"（feminist critique），主要针对男性作家笔下的女性形象塑造。另一类是"女性批评"（La gynocritique），偏重于女作家的创作。

行文至此，似乎已把这四个小说中的性别叙事相同和差异说完，其实不然。再接着开头的话说几句。在女性文学研究界，十七年被认为是一个女性性别意识消泯的时期，不用说男性作家的写作，就是女性作家的写作也完全归入了大一统的主流意识形态的疆域之中，但是通过以上的细读可以看到，哪怕是在表面政治意识形态掌控一切的创作中，不同性别的作家们都会在自己的创作中留下无意识的性别痕迹，既体现在叙事内容上，也体现于叙事方式中。这是无法否认的事实，即使作家们自己没有明确的主观意识。

第二节　爱情题材小说的性别叙事

爱情是社会生活中人类最重要的人生内容，是人类心理心灵和精神感情世界最美丽的花朵。文学艺术作品是客观社会生活的反映和作者主体情感的表现与抒发，自然会写到爱情。爱情具有超时空的魅力，古今中外有无以计数的小说写到爱情，歌咏爱情的美好和宣泄爱情的痛苦的小说俯拾即是。本节则选取我国当代新时期的两个短篇小说——张洁的《爱，是不能忘记的》和张弦《被爱情遗忘的角落》为例，来看一看这两个性别不同的作家是如何对爱情进行叙事的。

张洁《爱，是不能忘记的》和张弦《被爱情遗忘的角落》是我国新时期文学初始的两部短篇小说，两者几乎同时问世。《爱，是不能忘记的》发表于《北京文艺》1979年第11期，《被爱情遗忘的角落》发表于《上海文学》1980年第1期。两者在发表之后都产生了相当的影响，《爱，是不能忘记的》引发了一场关于爱情、婚姻和道德的关系的热烈争论。在对小说总的评价及如何看待这篇小说的格调和倾向性上，形成两种截然不同的意见。一种认为小说的格调不高，另一种则热情肯定了这篇小说的思想倾向和格调。说恩格斯在《家庭、私有制和国家的起源》中的名言："如果说只有以爱情为基础的婚姻才是合乎道德的，那么也只有继续保持爱情的婚姻才合乎道德"① 是因为《爱，是不能忘记的》才让很多人熟知并牢记一点也不为过。《被爱情遗忘的角落》发表后获得1980年全国优秀短篇小说奖。1981年小说由原作者张弦任编剧，改编成电影，由峨眉电影制片厂摄制。影片公映后，好评如潮，1982年获第二届中国电影金鸡奖最佳编剧奖，最佳女配角奖，文化部1981年优秀影片奖。20世纪80年代初文化语境下电影媒介的大众性使这篇小说获得了更广泛的接受面。

从20世纪70年代末80年代初至今，中国当代文学的车轮又驶过了40年，这两篇在当时产生过一定影响的小说，在很多读者的心目中面貌已然模糊，作者之一的张弦已作古了好些年。今天笔者重提这两篇在中国当代文学史中并非举足轻重的作品，只是想以这两篇作品为解读对象，从文本细读的角度出发，考察男女两性作家在文学文本中呈现的性别差异，并探寻这种差异的成因及其中蕴含着的文化意味。

一

我们先来重温两篇小说的故事梗概，看一看在故事层面两个文本体现出来的相同点和不同点。

《爱，是不能忘记的》写女作家钟雨和一个老干部之间刻骨铭心的爱情悲剧。钟雨是一位外表并不漂亮但优雅、淡泊，"光看你的作品，人家就会爱上你的"② 女作家。曾经结过婚又离了婚的钟雨和一个老干部倾心相爱。这个没有姓名的老干部有着出生入死的经历，思维活跃，工作有魄力，具有强大的精神力量，难能可贵的是他还有着较高的文学艺术素养，喜爱19世纪俄国作家契诃夫的作品。老干部在1949年前做地下党工作时，一位老工人为了掩护他而被捕牺牲，撇下了无依无靠的妻子和女儿。他出于道义、责任、阶级情谊和对死者的感念，毫不犹豫娶了那位姑娘。老干部的婚姻生活平静但缺乏爱情，他的爱恋对象是钟

---

① 中共中央马克思恩格斯列宁斯大林著作编译局编译：《马克思恩格斯选集》第四卷，人民出版社1995年版，第81页。
② 谢冕、洪子诚主编：《中国当代文学作品精选（1949—1999）》（增订本），北京大学出版社2002年版，第370页。

雨，曾送一套《契诃夫小说选集》给钟雨，这是他们之间的爱情信物。这两个人爱得很深很苦：虽然相互之间完全占据了对方的感情世界，然而他们之间连手都没有握过一次；一生中唯一有过一次"散步"；把他们这一辈子接触过的时间累积起来计算，也不会超过二十四小时。"为了另一个人的快乐，他们不得不割舍自己的爱情"[①]，只有等待死后到天国相聚。

《被爱情遗忘的角落》讲述的是农村一个荒僻角落里一家两代母女三人的爱情婚姻故事，时间跨度30年，从中华人民共和国成立初期到70年代末。母亲菱花在1949年19岁时勇敢反抗封建包办婚姻，与"把女儿当东西卖"的父母决裂，在土改工作队的支持下，和靠山庄的穷小子沈山旺结了婚。1955年沈山旺当上了"靠山庄合作社"的副社长，几乎在与家里第一次在信用社存上了钱的同时，大女儿出生了，于是把女儿取名为存妮。这时的日子是红红火火的。五年以后，虽然"靠山庄合作社"改名为天堂公社天堂大队九小队，共产主义的冒进风却把农村吹得荒芜、凋敝，二女儿只能是一个羸弱的荒妹。姐姐存妮因为怀胎和哺乳时的营养，活泼泼地长成了一个丰满健壮的大姑娘。1974年，19岁的存妮和同村的男青年小豹子因在一处劳动打闹时，受性本能的驱使发生关系，在随后的一次幽会中被双双捉奸，存妮含羞自杀，小豹子则因"强奸致死人命"被公安局逮捕入狱。姐姐的"丑事"和惨死给荒妹心灵上留下了无法摆脱的耻辱和恐惧，然而青春不可抗拒地来临，性格孤僻的荒妹也变得苗条、美丽。到1979年她19岁时，团支部书记、回乡的复员军人许荣树走进了她的心灵。见过大海，懂得很多的荣树让荒妹钦佩，然而荣树要为小豹子翻案的言论又让荒妹反感。母亲菱花这时忙于张罗荒妹的婚事，准备把她嫁给一个可以给女方家五百元彩礼但荒妹不认识的人。荒妹向母亲愤激地喊出"你把女儿当东西卖！"之后，勇敢地向荣树走去。

显然，这两篇小说有很多相同之处，首先，它们从一个相同的时间点写起——1979年，这可从两篇小说的开头看出：

[①] 谢冕、洪子诚主编：《中国当代文学作品精选（1949—1999）》（增订本），北京大学出版社2002年版，第372页。

> 我和我们这个共和国同年。三十岁,对于一个共和国来说,那是太年轻了。而对一个姑娘来说,却有嫁不出去的危险。(《爱,是不能忘记的》)

> 尽管已经跨入了二十世纪七十年代的最后一年,在天堂公社的青年们心目中,爱情,还是个陌生的、神秘的、羞于出口的字眼。(《被爱情遗忘的角落》)

其次,两篇作品处理的题材是一样的,都是关于爱情的。除上引的开头外,小说的标题也是明证:"爱,是不能忘记的"中的"爱",就是爱情,和"被爱情遗忘的角落"一样,都是指的男女两性之爱。

最后,两篇作品发表的社会文化背景、氛围相同。20世纪70年代末80年代初,正是我国思想解放高涨并走向深入的时期,与此相呼应,文学界的题材禁区被打破,1978年刘心武《爱情的位置》率先呼吁在人的生活中,在文艺作品中应当有"爱情的位置"。一大批爱情伦理小说如开了闸门的洪水,滚滚滔滔。《爱,是不能忘记的》和《被爱情遗忘的角落》就是其中两朵炫目的浪花。

也许正因为有这些相同点,有的教材把两篇小说同置于"爱情伦理题材小说创作"题下来分析。[①]确实,基于上述理由,这样的分析是有道理的,但是仔细解读作品,我们可以看到,在"爱情"外衣包裹下的这两个作品,在很多方面又显出了差异。

在作品要传达的思想意蕴上,即在"写什么"上两者的着眼点并不一致。

《爱,是不能忘记的》通过钟雨和老干部之间"刻骨铭心"却不能相聚、结合的悲剧,探讨爱情、婚姻和道德之间的关系。钟雨和老干部之间没有婚姻但有爱情,老干部和妻子之间有婚姻但没有爱情,这中间形成了错综复杂的解不开的死结。他们曾经相约互相忘记,但是他们不过是在互相欺骗,而把痛苦深深地隐藏着,最终,"爱,是不能忘记的"。小说末尾,作者借钟雨的女儿珊珊,也是小说的叙述人"我"之

[①] 李丛中主编:《新中国文学发展史》,云南教育出版社1993年版。

口大声呼吁:"别管人家的闲事吧,让我们耐心地等待着,等着那呼唤我们的人,即使等不到也不要糊里糊涂地结婚!不要担心这么一来独身生活会成为一种可怕的灾难。要知道,这兴许正是社会生活在文化、教养、趣味……等等方面进化的一种表现!"① 这可以看作作者张洁写作这篇作品想表达的意图:现代社会的人们,应该有爱情才能结婚,不要屈从于其他压力而草率结婚,如果爱情还没有到来,那让我们耐心地等待,等待那个呼唤我们的人。小说的着重点是爱情。

《被爱情遗忘的角落》着重点是什么呢?从前边的故事梗概之中可以看出,小说的确写的是农村的爱情和婚姻,是我国"文化大革命"时期农村普遍存在的买卖婚姻,但作品的着重点不是"爱情"本身,而是"角落"。作品通过一家母女两代3个人的故事,从人物的历史命运反映30年来党的农村政策的得失,特别是十年动乱给农村造成的灾难和倒退。作品是借爱情故事,来揭示深刻的社会矛盾。如果说,这是我们读者从小说中读出的,那么作者的创作动因也可以视为一个有力的佐证。出生于1934年的张弦是我国当代新时期的知名作家,也是编剧,电影《被爱情遗忘的角落》即由他自己担纲编剧改编自己的短篇小说而成。1972年张弦曾下放到安徽农村劳动,对农村底层生活和农民的心理有深入的了解。在发表于1981年的一篇创作谈②中,他结合自己在农村的所见所闻谈到了《被爱情遗忘的角落》的创作,是缘起于在农村时亲眼见过的一个姑娘的经历,她和一个小伙子在仓库干活时闹到了一起,小伙子被判了刑,姑娘倒没寻死,但是面黄肌瘦,郁郁寡欢。张弦通过艺术加工使源于真实生活的见闻升华为艺术虚构的小说,追根溯源悲剧产生的主要原因,在于"文化大革命"期间农村生产落后,农民精神文化凋敝,很多父母把自己的女儿当作婚姻买卖筹码的现实。

从上可见,《爱,是不能忘记的》写的就是爱情本身,目的就是"爱情"。而《被爱情遗忘的角落》中的"爱情"则只是手段,是为其他目的服务的。也就是说,两篇东西表面故事似乎是相似的,实际内核却

---

① 谢冕、洪子诚主编:《中国当代文学作品精选(1949—1999)》(增订本),北京大学出版社2002年版,第377页。

② 张弦:《惨淡经营——谈我的两个短篇的创作》,《上海文学》1981年第1期。收于彭华生、钱光培编《新时期作家谈创作》,人民文学出版社1983年版。

大异其趣。直言之，两个作品题材是相同的，作者想要表达和读者从中读出的主题却并不相同。

二

两篇小说的差异更表现在"怎么写"即叙述话语层面上。细读两个文本，可以发现，两篇作品"写什么"侧重点的不同，其实几乎是由"怎么写"的不同带来的。或者换句话说，两者之间的差异的形成和两个故事如何被讲述出来密切相关，而这又必然关涉对小说样式本性的认识。

小说是叙事的艺术，小说是叙事性文学作品中最具代表性的一种类型，叙事性是小说的本体规定性之一。而围绕叙事性作品，自20世纪60年代以来，在西方形成了富有活力的叙事学（叙述学）理论。叙事理论的基本研究对象是叙事本文，核心问题是叙述者问题，叙述者即叙事本文的讲述者。我国叙述学学者、荷兰阿姆斯特丹大学博士谭君强教授通过对中外叙述学家研究成果的分析，总结概括出三种不同的叙事模式：零聚焦叙事、内聚焦叙事、外聚焦叙事。[①]

古今中外所有的叙事作品，基本不脱离这三种叙事模式。笔者在此也想再次借用谭君强总结的叙事模式理论对两个作品进行分析。

《爱，是不能忘记的》的叙述者是"我"。"我"是一个30岁还没有出嫁的姑娘，"我"已经感到了来自世俗的压力，不是"我"不愿意嫁，也不是缺乏追求者，"我"的身边目前就有一个求婚者——身躯如希腊"掷铁饼者"雕像般健美的乔林，然而乔林思想的单调和性格的沉闷无法满足"我"的心，"我"下不了决心的原因还有"我"会想起已经去世的母亲，于是引出了"我"的母亲——作家钟雨的故事。

显然，小说是以第一人称内聚焦的方式展开叙事的，叙述者"我"同时是故事中的一个人物——钟雨的女儿珊珊，叙述者处于"同故事"+"故事内"[②]的位置。就是说，文本中所讲述的只能是在"我"的视野

[①] 谭君强：《叙述的力量：鲁迅小说叙事研究》，云南大学出版社2000年版，第6—8页。
[②] 陈顺馨：《中国当代文学的叙事与性别》，北京大学出版社2007年版，第12页。

中发生，是"我"看到，"我"想到的，不能逸出"我"的视线。母亲已经死了，"我"如何得知母亲的爱情故事呢？母亲并没有告诉过"我"，生前对"我"的一些追问都在回避。"我"最终知晓母亲的秘密是在读了题着"爱，是不能忘记的"的笔记本上记载的东西之后："它既不像小说，也不像札记；既不像书信，也不像日记。只是当我从头到尾把它们读了一遍的时候，渐渐地，那些只言片语与我那支离破碎的回忆交织成了一个形状模糊的东西。经过久久的思索，我终于明白，我手里捧着的，并不是没有生命、没有血肉的文字，而是一颗灼人的、充满了爱情和痛苦的心，我还看见那颗心怎样在这爱情和痛苦里挣扎、煎熬。"① 这个笔记本母亲临终时要求一起火葬，但"我"把它留了下来。

《被爱情遗忘的角落》则采用的是第三人称零聚焦叙事。第三人称零聚焦是中国古代小说叙事的基本模式②，也是西方传统小说惯用的叙事方式。在这种模式中，叙述者无所不知，无所不晓。叙述者不是故事中的某一个人物，不参与故事，只是故事的局外人，旁观者。在《被爱情遗忘的角落》中，叙述者知道菱花在解放时如何与父母决裂，存妮与荒妹名字的由来，荒妹的心如何从封闭走向萌动。了解中国农村在中华人民共和国成立初期怎样的红火，"大跃进"时候又怎样地凋敝，"文化大革命"时期农村处于怎样一种愚昧无知的蛮荒文化状态，才会上演出像存妮和小豹子这样青年男女之间的性爱悲剧。叙述者像一个悲天悯人的上帝，默默俯瞰着人间发生的一切，并把一切和盘托出给读者。最后一段，叙事者用一个反问句进行叙事干预，来表露一种明确的倾向性和价值判断："三亩塘的水面上，吹来一阵轻柔的暖风。这正是大地回春的第一丝信息吧！它无声地抚慰着塘边的枯草，悄悄地拭干了急急走来的姑娘的泪。它终于真的来了吗，来到这被爱情遗忘的角落？"③ 用一个象征完成了小说题旨的传达。

可见，两个文本采用的叙事模式是不相同的。

分析至此，我们可以对两篇作品做一点小结了：如果说两者在题材

---

① 谢冕、洪子诚主编：《中国当代文学作品精选（1949—1999）》（增订本），北京大学出版社2002年版，第370—371页。

② 石昌渝：《中国小说源流论》，生活·读书·新知三联书店1994年版，第42—52页。

③ 陆广训编：《张弦代表作》，河南人民出版社1994年版，第119页。

的选择上有一定的类同性,处理的同是爱情题材,那么在文本传达的题旨(主题)以及采用的叙事方式上,两者又显出明显的差异。

三

造成这种差异的原因何在?

一个文学作品不是凭空产生的,它的最终形成,和社会生活、阅读接受的读者以及作者都有关系。从前边已经提到的两篇作品发表时的社会文化背景看,可以说它们的发生和接受场(语境)大致是相同的,剩下的便是作者因素。作者因素成为这两个作品不同的关键,而这两个作者恰恰分属于男、女两性不同性别。

男、女两性性别是人类社会既有的两种性别,二者最基本的区别首先是生理上的,此外在人类社会历史发展中,又在生理性别的基础上,形成了一些分属于两性的不同文化心理,比如"男主外,女主内"的社会性别分工,就使广大女性生活的舞台长期局限在家庭范围之内,再经过漫长的历史积淀,形成一种性别集体无意识,男女两性作家创作的差异可以说就是这种无意识的一种反映和投射。

西方女性主义文学批评的先驱,英国女作家伍尔夫在《一间自己的屋子》中,曾分析了英国女性文学的历史。在英国,18世纪以前的妇女根本没有写作的可能,18世纪后期开始,大批中产阶级妇女有了闲暇,又受过一定的教育,开始从事写作,但是她们没有一间自己的屋子。即使拿起笔来,在写作中也存在数不清的困难,例如她们有着受教育和阅历的局限,写不出《战争与和平》这样的作品。以中国情形论,古代的女作家惯常写的是闺怨闲愁,李清照的"生当作人杰,死亦为鬼雄。至今思项羽,不肯过江东"只能算其中的异数,大多数还是"寻寻觅觅,冷冷清清,凄凄惨惨戚戚"一路。现代女作家以群体之势浮出历史地表,然而她们的写作范围也多囿于家庭婚姻。新时期女性文学创作迎来第二次高潮,特别是20世纪90年代以来,出现了"女性主义文学"这种新形态,但是,考察这些女性作家作品,可以发现,爱情、婚姻、家庭依旧是其中的一个重要取材范围。与女性的"主内"相对应,由于男性是"主外"的,在社会生活中扮演中流砥柱的角色,所以男性作家惯于投入一种史诗性的追求，面向广阔的外部世界和社会生活，要写重大的题材、主题，进行宏大叙事，似乎这样才和男性身份相匹配。传统性别文化与社会现实生活造就了"女人的生命是爱情，男人的生命是事业"的定见，因而男作家即使写爱情，也习惯于不仅仅限于爱情本身，而要写出爱情所承载的社会生活内容，这样的主题挖掘才显得深厚。比如，古华的《芙蓉镇》的主人公也是一个女性形象——米豆腐西施胡玉音，中心线索写胡玉音的人生际遇的悲欢离合，但是小说实际只是借胡玉音的命运沉浮来反映中国社会解放后几十年的风云变幻，反思造成社会悲剧的远因近源，即古华自己企望的"寓政治风云于风俗民情图画，借人物命运演乡镇生活变迁"[①]。重点不在人物婚姻、爱情上，甚至不在人物形象塑造上。

　　而在叙事方法上，女性作家也形成了一种惯于用内聚焦和第一人称"我"来构筑全篇的叙事方式（本书第一章第三节已进行较为细致的讨论）。这和女作家作品的另一个特点——自传化色彩较浓相联系。比如十七年革命历史题材小说中，茹志鹃的《百合花》就是以第一人称内视角展开的，小通讯员的纯朴和勇敢，善良的新媳妇从羞涩到大方等，都通过"我"——一个部队女文工团员的眼睛去看（茹志鹃曾当过新四军文工团员），这和同样题材的男性作家的《保卫延安》《红日》《林海雪原》等显出了根本的区别（本章第一节）。杜鹏程、吴强、曲波这样一些男性作家则惯于用第三人称全知叙事展开、构筑全篇，因为全知叙事像上帝一样可以君临一切，统领全局、统御全篇，多么气派，多么的男人气！第一人称内聚焦方式的采用，也是女性作家作品大多具有心理化色彩的原因。

　　因此，是否可以说，《爱，是不能忘记的》和《被爱情遗忘的角落》之间的差异正是这种不同文化心理差异的一种体现。或者，可以反过来说，这两篇作品之间的差异证明了男女两性作家由于历史文化原因形成的不同性别心理的存在。这种差异很大程度上存在于不同性别作家的文学创作中，而在《爱，是不能忘记的》和《被爱情遗忘的角落》两个小说中表现得尤其突出，因为两者是在处理相同题材时显出的差异。

----

　　① 古华：《芙蓉镇·后记》，见《古华获奖小说集》，花城出版社1984年版，第214页。

需要指出的是，文学作品的体裁（样式）、题材、主题、人物、环境、情节、结构、语言、表现技巧等本身是不分性别的，这也是"文学是不分性别的"一派观点的基础，但是它们一经进入不同性别作家的视野，由于我们上述分析的原因，自然而然地会在一定程度上形成某种性别倾向，这也是不容否认的事实。很多女性文学研究者都"从主题、题材、体裁、结构、象征、比喻及叙事角度等方面，探索女性文学的特殊性……"[1]文学是分性别的，女性文学是存在的。

由上述分析可见，男女两性作家在历史文化中形成的不同性别心理，才是造成不同性别的男作家和女作家在选取题材的思维定势、传达作品题旨和采用叙事方式上的差异的深层原因。

如何看待这种差异？

相当长的时间内，我们形成了一种以题材的大小、内外对文学作品进行评判的价值尺度，写外在广阔的社会生活，面向公共空间，进行宏大叙事的作品一般都高于写家庭、婚姻、爱情这些面向私人空间的作品，因为前者是大题材，后者即使不说是小题材，至少算不得大。所以张弦《被爱情遗忘的角落》获了奖，而张洁《爱，是不能忘记的》注定与奖无缘，奖只有落在没有表现较鲜明性别意识的《从森林里来的孩子》（1978）和《沉重的翅膀》（1981）等这些进行了宏大叙事的作品上，前者是伤痕小说，后者属于改革小说阵营，《爱，是不能忘记的》则入不了主流。笔者在这里并不是想否定宏大叙事，崇女抑男，而是想以一种较客观的态度对这种价值尺度提出质疑。正如大千世界原本应该是多姿多彩的，作为精神产品的文学作品也应该是多种多样的。伍尔夫在《一间自己的屋子》中指出，以往的历史都是男性的历史，而它本应给妇女留下一席之地，妇女的作品有自己的传统，这一点应该给我们以启示。值得欣慰的是，我国当前长足发展的女性作家写作正以前所未有之势书写和刷新着文学历史。

---

[1] 林树明：《多维视野中的女性主义文学批评》，中国社会科学出版社2004年版，第361页。

小　结

　　文学究竟分不分性别？是否存在一种女性文学？这是女性文学研究在我国20世纪80年代中后期兴起初期经常受到诘难的问题。我国第一个女性文学研究方向博士生导师、河南大学中文系的刘思谦教授在某些文章和发言中不止一次谈到她在文学研讨会等学术场域遭遇"看不见的歧视"的情形。性情率直的刘老师谈到这一现象时，情不自禁地会表露出一种愤激之情。这是女性学人对自己从事的事业的热爱和执守，也是开拓者刘老师辈必然面临的初始困境。对这一问题最有力量的回应当是从学理性层面来进行，回到文学文本世界，解析文学作品的实际，看看不同性别的作家在处理相同类似的文学题材，同样是用小说来再现生活时，艺术处理是否相同？如果不同，这种差异是如何呈现的？

　　而中国现当代文学史中正好存在着这样的小说文本。十七年文学中的杜鹏程的《保卫延安》、吴强的《红日》、曲波的《林海雪原》和茹志鹃的《百合花》以抗战胜利以后的解放战争为取材对象，歌颂了中国共产党领导的革命斗争历史的功勋。但作为叙事性的小说，在故事和话语层面上，则体现出相类同又有区别的格局。小说的作者们都是当年革命战争的亲历者，提笔时都生活于中华人民共和国成立以后头十年的新社会环境下，受到"时代不同了，男女都一样"的社会性别制度思想观念的熏陶和滋养，因此在作品中体现出了战争与性别的思考，在小说文本中展现了一系列充满主体性的女战士形象的风姿。这是男、女作家都一样的地方。不同主要体现在话语层面，作为其中唯一的女作家，茹志鹃《百合花》的篇幅短小，是唯一的短篇小说，采用的叙事方式也不一样。其他三部长篇小说主体是第三人称零聚焦叙事模式，而《百合花》是第一人称内聚焦叙事。三部长篇小说重在再现，《百合花》则重在表现，富于诗意。性别修辞上，《林海雪原》和《红日》对女性形象都有欲望化色彩的身体渲染，体现了一种古老的性别文化观念对男性作者创作心理的无意识浸染，相较而言，《百合花》则没有这方面的表现。

　　这种现象还可以见于爱情题材小说。张洁《爱，是不能忘记的》和张弦《被爱情遗忘的角落》是新时期初期文学界打破写人性禁区的两个文本。两个文本表面故事相似，都以男女之间的爱情为表现对象，但是《爱，是不能忘记的》就是写爱情，《被爱情遗忘的角落》重点不在爱情，而是重在通过爱情来反思中国农村在1949年之后走过的弯路的社会历史。叙事方式上，《爱，是不能忘记的》是第一人称内聚焦，《被爱情遗忘的角落》采用第三人称零聚焦。

以上例子都说明，文学是分性别的。就像人虽然都是人，但又分为因性而别的男人和女人一样。现代文学时期的作家作品中也存在类似现象，由于诸多原因，笔者在此没有展开，只待来日继续努力。

第五章

云南本土小说的性别叙事

本章将对云南本土小说中的叙事与性别特点进行探讨。这里的"云南本土小说"指的是故事发生在云南的土地上。至于创作者是不是云南人倒无关紧要，作者可能是云南人，也可能是从外省来云南工作的作家，因为写的是云南故事，都可以称为云南作家。在云南这块少数民族众多、处于中心主流之外的边疆之地，作家们的书写会自然而然地带有不同于中心、内地的特点。与前边讨论不一样的是，除了性别的因素外，民族身份认同也是云南作家写作中的一个重要关节点。在云南本土小说中，叙事与性别、民族、代际呈现出一种纠结缠绕的状况，形成了一个丰富复杂的饶有意味的叙事场域。云南作家创作的小说也不少，本章仅以女作家白山、半夏和男作家汤世杰的几个小说文本为对象展开讨论。

第一节　白山：民族战争中的女性命运

长篇小说《冷月》由云南人民出版社出版于2001年10月，作者白山，回族，腾冲人，是地地道道的云南本土女作家。在创作《冷月》之前，白山已于1992年1月发表了长篇报告文学《血线——滇缅公路纪实》，该作以全景式地反映第二次世界大战中"抗战生命线"滇缅公路史实而获第五届全国少数民族文学创作骏马奖。《冷月》的酝酿和构思是在《血线——滇缅公路纪实》完成之后①,可看作《血线——滇缅公路纪实》云南抗战题材的自然延伸。如果说《血线——滇缅公路纪实》偏重于纪实,即历史事实的实录,某种程度上受到了史实的局限和羁绊,那么在虚构性的小说《冷月》中,作者白山则可以获得较大的挥洒自如的想象天空,因为正如白山所言:"小说……是在历史事实上绽放出来的花朵。花朵已不是土壤和藤蔓本身,却是一道比泥土和藤蔓更为明丽的景致。"②《冷月》叙事文本中蕴含着浓郁的性别意味。

一

《冷月》的故事发生在第二次世界大战期间的滇西边地腾冲小城的明氏家族中。小说在开头设置有几百字的"引子",一方面交代故事主人公姓氏的来历,另一方面奠定小说文本的基调。明末清初,一队明朝将士随明朝最后一个皇帝——永历帝朱由榔转战滇西时,留在了高黎贡山,他们中既有汉人,也有回族人。为了表达对国家的忠诚,他们放弃自己的姓氏,都改姓"明",明朝的"明"。高黎贡山的雄壮、瘦马征战中的寒意,大而冷的月亮,奠定了文本叙事的悲壮基调,《冷月》是大气的,它进行的是一种宏大叙事。全书的主体部分是明氏家族的回族人明照东一家几代主仆数十口人在抗日战争中的经历,展示这支有着为国尽忠传统的明姓血脉在国家有难关头如何尽他们匹夫之责的故事场景。作品气势比较恢宏,境界也较阔大,给人一种沉甸甸的感觉。我国当代文学评论家雷达曾说,今天的小说主体部分已经告别了那种惊雷闪电、风口浪尖、荷马史诗式的东西,而《冷月》让我们看到的恰是这种撼人心魄的特质。

战争似乎是属于男人的领地。大盈江边的明家"照"字辈有五个儿子,明照东、明照南、明照北、明照西和明照中。照西早逝,照中在缅北做生意未出场,文本中对这两人基本未着笔墨,基本集中在另外三兄弟东、南、北上。故事发生时的当家人是大哥明照东,明照东的父亲已

---

① 白山:《冷月·后记》,《冷月》,云南人民出版社2001年版,第521页。
② 白山:《冷月·后记》,《冷月》,云南人民出版社2001年版,第523页。

经去世，年近 80 岁的老母亲还健在，他做田主也做玉石生意，带着主仆一大家子几十口人过日子。二弟照南从六岁开始就按当地的传统习俗被送到省城昆明接受教育，一路读到大学，甚至到了东瀛日本留学，修成军事科目回国，成为国民革命军中的一员并官至中将军长。三弟照北本已在腾冲娶妻生女，但受到血液中渴望建功立业、为国尽忠细胞因子的感召，离家到黄埔军校学习后，转战疆场。军中的岁月不仅有生死征战，也有复杂的人事关系。因种种原因被排斥的照南多年后厌倦了军中错综倾轧的人事关系和派系争斗，加之身体出现心脏病症，在抗战爆发前，和弟弟照北取得联系，兄弟俩携妻小回到腾冲老家。不明就里的大哥照东不满两兄弟的归家，尤其是在得知北方的"七七事变"后，大哥痛骂了两个弟弟。明照东是一个脾气暴躁而气质忧郁的老男人，幼年时候在父母怀里躲避清兵追逃的模糊记忆成为永久性的无意识创伤，在其心里留下了永远的惊惧痛点，家中顶梁柱的操劳使其身体过早衰老。但是当日本人进入腾冲，面临民族大义之时，衰弱的明照东爆发出了惊人的勇气和力量，为保护曾留学东瀛而不被日本人利用的二弟和一家子的民族气节，他一把大火点燃花费了十年心血建起的一大家子居住的大房子，真正地为国家大家而焚毁了自己的小家。照南和照北早在抗日县政府组建之时，就参加了抗日县政府的筹建，成为县政府委员。后来又成为远征军收复滇西的行动方案商议的高参。明家的男人们，在民族抗日战争中，又一次轰轰烈烈地参加了战斗，无愧于先祖的血性和气概。

二

除此之外，《冷月》的另一特点更令人瞩目。作为女性作家，《冷月》表露出白山明显的女性视角，那就是作品的关注重心和聚焦对象更偏重于女性。惯于写身边琐事，抒自我一己之情是很多女性作家写作的特点，而在这点上，白山也显示了自己的特立独行。

明家长子明照东有三个太太：老永平、老永昌和老西连。不难想象，这嫁给了同一个男人，又都是大字不识的三个女人在日常生活中会有多少明争暗斗、飞短流长。可是，日本兽兵要来了，她们都是母亲啊，尽管老永平和老永昌未曾生养，她们却把明氏家族的下一代孩子们都当作自己的孩子。在所有的危险到来之前,边地的母亲们总先想到的是把自己到了年龄的女儿嫁出去。于是三个小脚老女人尽弃前嫌,结成了统一战线,齐心协力为嫁女儿而努力。可贵的是,她们不仅有自己的"女人法则"——嫁女儿,还遵循着国家、民族法则,在为女儿寻找夫婿的过程中,她们赶走了对战争表现出淡漠之心的亮闪闪的华侨青年金友鹤——这是在那个非常时期多少人家求之不得的结婚对象。最后,三个已躲入山中的老太太被进山清剿的日本人活埋。

还有三个老太太的小姑子,明家已嫁出去的姑老太,号称"开天辟地大法典"的艾娘,在得知日本人打进中国的消息时,艾娘回娘家大骂两个在"七七事变"之前赶回家乡的哥哥:"日本人在中原地方杀人了!这个家还有个男人么?这个家中没有男人了!"[①] 虽然后来事实证明,这个家的男人也是男人,他们血管里流的毕竟是明姓人的血。但明家的女人真是要把风光占尽。

演绎更精彩故事的还是年青的一代。

"女孩儿是家族的月亮。"[②] 明家有多少如花一样的女孩儿啊:玉景、晴景、昭景、杭景、泉景、秀景、慧景、莲景、丽景,还不包括出嫁了的春景和夏景。她们聚在一起,什么也不说,什么也不动,就构成了一道靓丽的风景,一幅美丽的图画。何况她们要做那么多事,又做了那么多事呢!和母亲辈相比,她们都得到了上学的机会,而且上的是省立男中,她们的努力刻苦加上聪慧的天资,把那些男学友都比下去了。她们最大的特点在于主持公道,在十二三岁时最喜欢玩的游戏是"接七姐姐",把传说中善良、漂亮最后却屈死的七姐姐从茅坑里"拯救"出来;她们帮助一个下人——种菜的鳏夫有根大爹——找到了一个媳妇;在抗日的风吹到腾冲时,她们走上街头,宣传抗战的大道理;她们做得最漂亮的一件事是帮受封建包办婚姻之苦的学友周文兰打赢了离婚官司,在家家忙着把女儿嫁出去的时候……她们仿佛已不是月亮,而变成了太阳。她们的胸膛里跳动的更是一颗爱国之心,最后,当日本人从缅甸侵入滇西时,为让爹爹们安心参加抗日,她们下嫁了赶马人,消失、"湮

[①] 白山:《冷月》,云南人民出版社2001年版,第168页。
[②] 白山:《冷月》,云南人民出版社2001年版,第57页。

灭"在腾北的大山里。

阅读《冷月》，最让人无法释怀的就是这些曾经像太阳一样的女孩儿们的结局。笔者甚至有些在心里悄悄埋怨白山的残忍，作为作者，她为什么不把这些女子的命运安排得好一些，不要那么让人揪心地疼痛。然而，在那个时代，月亮终归是月亮，月亮如何变得成太阳？聪颖、美丽、勇敢的明家大小姐们，除了那个在遭到退婚和求婚时都极有主见，维护自己尊严的玉景自杀外，其余的姐妹的反应作品中都付之阙如，尤其是那个最美丽的，又有过一次自由恋爱经历的莲景，她也就这样嫁了么？但是，但是……白山又能怎样呢？她也只能让"大盈江水静静流"。

如果说《冷月》的宏大叙事表露的是一种显在的为国尽忠主题的话，它还有一层不容忽视的意蕴，即探询女性的命运。小说的这一叙事功能主要是由又一个女性人物白瑞卿履行的。白瑞卿是明照北的发妻，莲景、丽景的母亲。她是腾冲回族女子中最早与男子同校读书的"女学士"，识文断字、知书达理，和三个嫂嫂老永平、老永昌、老西连不一样，她和明照北的婚姻算得上他们那辈人中最美满的。然而，由于关山远隔加上婆母（婆婆）的作怪，离家从戎的明照北又在外娶了妻子，心高气傲的白瑞卿在丈夫携第二房妻小归来后，却没有勇气走出明家的大门，而是自己到厨房做了下人。她是女性命运的最好见证人，所以正是她为女儿丽景抓住了一个机会，嫁到了昆明，使丽景成了明家嫁得最好的女儿。我们可以作个判断，假如没有男性可以一夫多妻的特权，白瑞卿的命运还会这样吗？这个推断似乎是太简单了，但是，真的这么简单么？白瑞卿在作品中着笔不多，尤其是到了作品后半段，然而正是这一形象触及了造成女性不幸命运的性别历史文化原因，为作品增加了又一重分量。

从《冷月》可以看到，女人们除了和男人一样要承受国家、民族的苦难外，还要承受性别的苦难，这种性别苦难不仅落在太太、小姐们头上，也落在那些作为下人的丫头们（如来喜）的身上。所以白山在《冷月·后记》中说："在这个世界上，尤其是在滇西这样一个远离世界的山地、边地，女性是一切冲动和苦难的最后承受者。"[1] 在"婚姻是女

---

[1] 白山：《冷月》，云南人民出版社2001年版，第522页。

孩儿第二次托生"[①]的时代，女性的命运会怎样地惨烈而悲壮，《冷月》已经给我们展示了。

三

《冷月》充满性别意味的抗战故事如何讲述出来？文本除开头的"引子"之外，共21章（"章"是笔者加的，《冷月》每章除小标题外无序号，乍一看会以为是一部短篇小说集），每章都有一个能概括本章主要内容的小标题，比如第一章"明照东的大房子"讲的就是明家大哥照东盖房子的过程和心理。第十一章"小姐们忙着帮学友打离婚"写的是明家读书的姑娘们在知道同学周文兰因是童养媳，退学嫁给大烟馆家的白痴儿子，身心遭受创伤，帮周文兰出谋划策状告到法院，离婚成功的故事。从第一章到第二十章，文本都基本是以第三人称零聚焦的方式来讲述故事，从1937年"七七事变"爆发前明家两兄弟归家到1942年5月日本侵略者进入腾冲，明照东一把火烧掉大宅。第二十一章时间一下子跳到1995年，出现了女作家明朗，明朗是明照北的外孙女儿，丽景的女儿。明朗回望自己家族的历史，叙事时间在这一章出现了巨大的跳跃，从1995年回望至1944年，讲述了1944年躲进深山的姨妈们为了让参加滇西反攻的父亲、叔叔照南和照北放心，下嫁马帮赶马人的事。又跳到1985年春天，腾北大山里晚景凄凉的农妇明杭景盖房子，几个老姐妹来相助的故事。1990年春天，美籍华人金友鹤归国回乡寻访当年心仪的玉景，才知玉景已在几十年前自杀的故事。1994年早春，明家在抗战"拉郎配"潮流中唯一嫁成功的丫鬟梅香的下落。最后是2000年，明家出了个在云南大学读了硕士又准备到美国加州大学读博士的孙女的喜讯。全章采用一种概述方式，故事时间跨度很长，话语时间则压缩在一章之内。这是小说一个比较明显的叙事策略。这样的叙事估计是作家的有意为之，使这部现实主义小说显示出了叙事的节奏变化，这是一方面。另一方面，这一章的叙事节奏似乎过于急促，尤其是下嫁马帮的一节，叙事显得过于精简、陡峭，人物性格命运与前二十章

[①] 白山：《冷月》，云南人民出版社2001年版，第62页。

相比衔接似显得不很流畅，呈现出一种断裂之感。

　　细读起来，《冷月》也可以称为一部女性家族小说。但与有些女性家族小说不同的是，《冷月》并没有特意贬低和矮化文本中的男性人物，而是在如实写出男人不足和缺憾的同时，更赋予了男性人物伟岸和坚强的品质。比如明照东，明照东在文本中呈现的是一种古怪的脾性，在娶过两个女人都没有子嗣之后，把自己关进了黑屋子，不与人交流。对两个在中原军队为官的弟弟的返家表现出冷淡甚至反感。器宇轩昂的明照南是明家的寄托和希望，母亲将其戎装照放在自己的房间。明照南官至中将军长，但迫于军队中复杂的派系斗争而回乡，在"七七事变"后沉湎于麻将和阿芙蓉（大烟）。明照北在不明恩爱妻子白瑞卿处境的情况下，在外又娶妻生子，回乡使原配妻子和女儿陷入尴尬的境地。但是这些有缺陷的男人的血管里流的毕竟是先人明朝将士的血，明照东点燃的大火和明照南、明照北参加抗日县政府和收复滇西的战争便是他们的民族国家大义的热血证明。明照南的心腹马参谋对杭景心仪，不情愿的杭景扮丑怪吓跑了他，外在其貌不扬的马参谋最后带领护路营在与进犯腾冲的日本鬼子的激战中壮烈牺牲。

　　与其他女性家族小说相同的是，小说把笔墨更多地灌注给了女性人物形象系列。明家的老太太，明氏兄弟的母亲，在日本人进犯腾冲时坚持固守自己的家园，镇静地坚持做礼拜，气定神闲地为孙女儿们将来的孩子做抱被和小衣裳，每一样都绣上美丽的金丝海棠。母亲辈以明照东的三个妻子为代表，尽管这三个女人都不识文断字，也想着要尽快嫁女儿，但是在选择女婿上，她们又在有意无意中坚持了人的尊严和法则，并不强行拉郎配。而第三代的小姐们，如前所述，似乎都是没有缺陷的，个个都是一道美丽的风景，有意无意之中，作家已经给她们命名为"景"。

　　《冷月》扉页上的题词为：谨以此书——献给我敬爱的母亲，献给高黎贡山的父老乡亲们。作者白山曾明确说："明朗就是我。"最叫白山"感到震撼的，还是我那么多姨妈不得不在滇西沦陷期间下嫁的事。姨妈们所承受着的一切，也许是我写这本书的最原始动力"[①]。立足于自

[①] 白山：《冷月·后记》，《冷月》，云南人民出版社2001年版，第522页。

身的家族史实，白山在历史的藤蔓上饰以虚构和想象的艺术花朵，叙写了一曲女性为主的发生于云南本土的既悲凄又壮丽的抗战长歌，这长歌将悠扬回荡于历史与现实的天空中，予我们后来者无尽的感动和启迪。

第二节　半夏：消费文化语境下的女性主体书写

在中国当代文学、文化的版图中，由20世纪50年代初西南边疆年青军旅诗人的诗歌、电影《山间铃响马帮来》（1954）、《芦笙恋歌》（1957）、《五朵金花》（1959）、《阿诗玛》（1964）等为云南贴上了神奇的自然景观和少数民族风情的文化标签，21世纪杨丽萍的《云南映象》（2003）更加夯实、加深了这种固有印象。这种"奇观"特色自然是云南自然和社会生活的反映和概括。然而在当今几乎每条重要信息都传播到中国大地每个角落的时代，云南也处于飞速发展的现代化的进程中，围绕人们生活的环境，人们面临的问题和相应的社会心理很多还是相似、类同的，因此除了自然神奇和民族风情的特色外，云南的一些作家的写作与内地中心、主流作家们的写作并无根本的差异，而且他们的写作也具有相当的文学、文化价值和意义，女作家半夏及其创作就是其中较突出的代表。

半夏原名杨鸿雁，1966年8月出生于云南会泽，1988年毕业于云南大学生物系，20世纪90年代开始业余时间从事写作，是地地道道的云南本土作家。半夏创作样式主要涉及小说和散文，散文曾获"首届老舍散文大赛优秀作品奖"（2002），但其更多的心力是倾注在小说创作上。小说处女作为《生意人三叔》，发表于《边疆文学》1995年第3期。90年代后期开始，小说的聚焦对象基本集中在都市女性人物的心理情感世界上，主要计有短篇小说《戴起墨镜来》（1999）、《情感纤维》（1999）、《心茧》（2000）、《清楚的容色》（2001）、《偷看美人刘惠兰》（2002）等，中篇小说《自由落体》（2006）、《螺旋结构》（2007）等。这些小说大多署本名"杨鸿雁"。自2004年起不断有长篇小说问世，2004年3月和5月，花城出版社相继出版了《心上虫草》和《活色余欢》，自此的小说均以"半夏"署名。2009年5月，《铅灰暗红》发表于《芳草》2009 年长篇小说专号。2010 年第 4 期《小说月报》原创版发表《潦草的痛》，2013 年大型文学期刊《十月》长篇小说第 5 期发表《忘川之花》。半夏近几年的创作发生了一种变化，转向纪实性的自然（博物）文学，2017 年发表《看花是种世界观》[①]，2019 年发表《与虫在野》[②]，后者在全国范围内取得较大的反响，同年获第二届"中国自然好书奖"，入选年度十大自然好书优秀作品之列。

半夏的小说创作已取得了一定的实绩，但是目前评论界对半夏的研究还很少，除少量的零星评论外，对半夏创作进行比较系统全面论析的文章还未出现。本节拟从性别视角出发，对半夏的长篇小说展开讨论，探寻其文本的性别叙事特征及意味，并进而加深对我国 20 世纪 90 年代以来女性文学某种发展态势的认识。

一

先看五个文本的故事梗概。

《心上虫草》讲述的是都市女性的婚外情故事。已有婚姻的职业女性何薇因为感情甚笃的妹妹何若在去与身为有妇之夫的恋人韩树林赴约的途中遭遇车祸死亡，何薇为妹妹深感不值，欲为妹妹的生命价值寻找证明而与韩树林有了交往，不想却陷入了与韩树林的情渊之中。两个当事人各自的家庭都不可避免地面临了一次劫难，最终何薇与医生丈夫陈彬的家庭重回正常轨道。这样的故事乍一看就像是现实生活中发生的一样，类同的故事在报刊等通俗读物上可以屡屡见到。但是半夏并不仅限于讲述一个个艳俗的婚外情故事，而是通过对女主人公何薇的心理情感世界的展示来探究当代职业女性的精神追求："女性尤其渴望一种表面不动声色内里热烈持久的爱情，这种爱不喧哗不热闹不张扬。"[③] 半夏认为"一个时代的内在精神线索可以从爱情的细节上发现，一个关注当下生活的人要能倾听来自生活内部来自爱情深处的疼痛和叹息"[④]。而由于传统历史

[①] 半夏:《看花是种世界观》，中国科学技术出版社 2017 年版。
[②] 半夏:《与虫在野》，广西师范大学出版社 2019 年版。
[③] 半夏:《心上虫草·自序》，花城出版社 2004 年版，第 2 页。
[④] 半夏:《心上虫草·自序》，花城出版社 2004 年版，第 4 页。

"男主外女主内"的性别文化的深层原因,这种疼痛和叹息的感受者更多的是女性,哪怕她们是生活于城市中的有职业的现代女性。

小说聚焦的主要是女性何薇的内心情感世界,何薇的恋人韩树林、丈夫陈彬以及另一个男性人物王政的形象比较平面单薄,尤其是在男性心理的揭示上文本显出了一定程度的盲视。好在这种盲区在《活色余欢》里得到了弥补。《活色余欢》是一幅中国当代社会的浮世绘:"冯世光是个有着极强权欲和情欲的中年男人,在他事业蒸蒸日上的时候,他的情人舒娜、王云莉却离他远去了。舒娜背着冯世光与另一个情人携巨款潜逃到丽江过世外桃源的生活被警方追捕;王云莉厌倦了冯世光只把她当应召女郎的态度,和一个小她八岁的男人迅速结婚了。而冯世光熟视无睹的老婆夏梅却越来越价值凸显——仿佛希拉里于克林顿的政治生命社会生活之不可或缺,她回到他的心中。而另一个从事绘画艺术的中年男人白强,在金钱欲望满足的时候,他突然变得清心寡欲了,即使在面对他那让很多人艳羡的美丽贤惠的老婆时也自岿然不动,生理机能的萎缩让他忽然地追求精神世界的挺拔和高度,他出家了。"[①] 这份《活色余欢》的"内容提要"说明作者的某种改变:从《心上虫草》的女性人物性格心理展示转向男性人物性格心理分析的一种努力。副厅级干部冯世光表面仪表堂堂,实则是道貌岸然、一肚子男盗女娼的伪君子,在家里他有老婆的照顾,在外有一近(本地)一远(外地)两个情人,同时还觊觎画家白强年轻貌美的妻子。白强则是弘一法师的崇拜者,他从弘一法师关于欲望的理论中悟到:"世界上芸芸众生都被盲目的、压倒一切的欲望所支配,人是欲望的奴隶,被欲望驱使,心生无尽的烦恼,这样必然是要走向深渊的。也就是说,要超越生命之不幸,关键在于对欲望的超越或升华。人只有走出被欲望支配的困境,生命的质量才会得到升华。"[②] 冯世光和白强的行为是有其心理基础的。相比《心上虫草》,《活色余欢》的面向似乎开阔了许多,不仅限于女性也展示了男性的心理世界。

与《心上虫草》《活色余欢》一脉相承的是《潦草的痛》。小说基本

[①] 半夏:《活色余欢》,花城出版社2004年版,封二文字。

[②] 半夏:《活色余欢》,花城出版社2004年版,第207页。

以第三人称外聚焦的方式展开，但是其中又贯穿着视点人物周舒的眼光。全文讲述的是周舒的表姐玫、姐姐周弥和周舒自己三个城市女人的婚恋故事。玫表姐是一个回归家庭的女人，她的全部生活内容与重心就是儿子和老公，长期专心待在家里相夫教子，不与外界联系。儿子到了国外留学，丈夫又长期出差国外，玫表姐的生活一潭死水。一次电脑视频中玫表姐好像看到了远在国外的丈夫有了女人，打电话给儿子又得不到理解，玫表姐服药自杀。中学教师周弥与丈夫离婚后独自带着儿子生活，单亲家庭中成长的儿子却需要来自父亲的关爱而与父亲单独联系，遭到母亲的阻挠，儿子离家出走了。表面活得风生水起的周舒既救下了自杀的玫表姐，又经常关心着姐姐，但是她自身的家庭也面临困境，婚姻的平淡生活冲淡了恋爱时曾有的激情，周舒没能忍住单位上司短信言语中的甜蜜诱惑而出轨，老公报复离家去寻找大学时的旧爱，原本幸福和睦的家庭面临解体。聪明女人周舒迷途知返，深受单亲家庭之苦的周弥力助妹妹保全家庭，走出怨妇心态的玫表姐帮周弥找到了儿子。小说似是一个大团圆结局，但是在一片充满喧嚣之气的滚滚红尘中，人们来不及感受一切，爱和疼痛均是浮皮潦草的，尤其是女人们的心，每个女人的心都长了老茧。"心茧"是一个贯穿《心上虫草》、《活色余欢》和《潦草的痛》的重要意象。

　　如果说以上三部小说以都市女性情感世界为描摹对象，人物处于城市空间，文本充溢着浓郁的社会现实生活的气息的话，那么《铅灰暗红》则打开了另一个向度的表现空间。半夏曾说："云南的山川风物人情是我血液中的浓缩物，倘若抽一管血，用坩埚在火上炼一下，一定是有几粒针状的结晶体叫'云南'。缩小点说，滇东北乌蒙群山褶皱中的一小块地方以及昆明城是供养我生命及我作品的沃土。"[①] 那小块地方是云南会泽铅锌矿，前边的三部作品都以昆明城为原型，会泽铅锌矿则在作家笔下化为了老咀山矿，《铅灰暗红》就是作者对自己童年时代生活成长之地的人与事的眷顾与回望。作者的童年时代正是"文化大革命"期间，"文化大革命"对于中华民族是一场劫难，老咀山矿的生活

[①] 朱彩梅、安阿凤：《云南60后作家访谈之十二　半夏：让文字飘出生活的烟火味》，《边疆文学·文艺评论》2010年第12期。

画卷底色也是沉重的铅灰色，但是在孩子的眼中也不乏阳光灿烂的日子。在女孩红英的回忆中，老咀山矿有惨烈的残酷画面（《美人纪》《涩人生》），更有人性的温暖场景（《爱情篇》《苦乐曲》）。可以说《铅灰暗红》承续了新时期"伤痕文学"的流脉，但它又不是"伤痕文学"的简单延续。《铅灰暗红》由多个小故事组成，结构方式犹如彩线穿珍珠，线就是老咀山矿，进入作者笔下的人和事则是一枚枚珠子。

很显然《铅灰暗红》在现实题材重在横向的铺排之外，加入了历史的维度，到最近的《忘川之花》，这种纵深感更加深入了。《铅灰暗红》是"文化大革命"回忆，《忘川之花》则深入20世纪上半叶，而且从民国初年一直延续到当下，在深度广度上都有了较大的拓展。

小说共分三部，第一、二部讲述的是"我爷爷""我奶奶"的故事。故事发生于滇西名城腾冲，贵为大户人家的千金"我奶奶"冯玉兰嫁给了门当户对的许家少爷——"我爷爷"许德昌，但在缅甸受了现代教育的许德昌是被父亲骗回家乡成亲的，他在缅甸已有了心心相印的恋人曼丽。在玉兰怀孕时许德昌回了缅甸，一去十年不回。十年后的抗战期间，"我爷爷"带着缅奶曼丽突然归来，家里形成了一妻一妾的格局，但是德昌从不进大太太的房间。为留住丈夫，玉兰谎称烧了两人的护照，受战事阻隔的曼丽想念留在缅甸的女儿，一天出门寄信染上了烈性霍乱暴死。她没能回到故乡。曼丽死后玉兰依然独守空房，一直到1949年以后，"我爷爷"和"我奶奶"都是表面上的夫妻，一直到爷爷去世。

第三部讲述的是"我"许鸿仪的故事。"我"在父亲的委托、授意下筹办奶奶冯玉兰的百岁纪念活动，也就是在筹办的过程中，"我"从奶奶和爸爸的口中听到了奶奶的故事，"我"自己的婚姻情感正遇到问题，奶奶的故事恰是一个参照，奶奶最终不进许家祖坟，让子孙单独为自己买一个墓穴的决定让"我"明白了一个女人应该怎样"活着"才算正途的道理。在"我"看来，百岁的奶奶不仅像一棵大树，而且成了一个真正的老神仙。

《忘川之花》是一部女性家族小说，文本以女性个体的命运故事为核心散射开去，将历史与现实相交织，历经民国初期、抗日战争、"文化大革命"到改革开放，一直延续到21世纪的当下，把国家民族的宏大叙事与个体命运悲欢离合的微小叙事相结合，践行了作者半夏"在更高的高度上与读者相逢"①的理念，体现出半夏写作中不懈的追求、努力及其进步和成绩。

二

从以上对半夏长篇小说的大致梳理中可以看出，半夏的小说具有较强的可读性，这主要来源于其写作对象，其文本惯于讲述女性的情感故事，这是从杨鸿雁时期到半夏时期一以贯之的特点。女作家惯于讲述女性故事已经是中外文学史上一个不争的事实，只是每个作家讲述的具体故事各有不同。半夏小说的女性故事特点何在？细读半夏小说，可以发现一些经常出现的符码，有的反复出现，有的贯穿始终。

都市。"都市"是半夏小说反复出现的故事发生场景。有生物学背景的半夏自称"我的故事是一个'情感生态系统'，内含不同的'爱情种群'，每个'爱情种群'平衡了，大的'情感生态系统'才平衡"②。半夏的小说便是对人类情感生态世界的书写。而在这些故事中最突出的主人公首先是一些都市白领丽人：何薇、何若、王云莉、周舒、周弥、许鸿仪等。这些女性人物都生活在城市之中，都是些职业女性。何薇是电视台的编辑，担任台里一个收视率较高的节目"生活圆桌"的制片人；何若生前是一所大学的外事秘书（《心上虫草》）。王云莉大学毕业先被分到省经贸厅下属的茶叶进出口公司，最后则成为私营企业达成鞋业公司的经理，在20世纪90年代市场经济初始阶段出手就可以送恋人一辆大众宝来车（《活色余欢》）。周舒是一家旅行社的办公室主任兼秘书，冲闯干练，周弥是一个中学语文教师，连后来活成怨妇的玫表姐在退回家庭专心相夫教子之前也是一家土产进出口公司的业务员（《潦草的痛》）。许鸿仪起初是中学生物教师，后到外贸公司任报关员，最后是一家文化用品公司的经理（《忘川之花》）。不同于旧时代只限于家庭小天地的女子，也不同于当代受到的更多传统隐性规约的乡村女子，她们

---

① 半夏：《在更高的高度上与读者相逢》，《生活新报》2014年7月2日。
② 半夏：《心上虫草·自序》，花城出版社2004年版，第2页。

都是些有职业的生活于大都市的现代女性,她们身上充溢着独立自主的朝气与活力,虽然由于种种人生的磨难际遇,这些女人的心上长了老茧,但是在半夏小说中她们依然是光鲜亮丽的一个群体,而只有在都市的背景中,她们的身上才可能发出熠熠的光芒。

时尚。"时尚"文化有很多具体表征,服饰只是其中之一,人物着装的时尚是半夏小说最突出的特点,文本中的女性主人公都可谓时尚的先锋,这种倾向在较早的短篇小说中就已经比较明显。发表于2001年《女友》杂志的短篇小说《清楚的容色》可谓代表,白领丽人叶青与网友"木头"在昆明城的地标点翠湖上演了一场"网恋见光死"的戏剧场景片段。小说非常短,但充满时尚的气息,比如叶青的打扮:

> 叶青今天的穿着打扮还是花了一点心思,定位于体面高贵:一款灰蓝调的长及脚踝的呢大衣,内着一条"例外"的紧身短连衣裙,脚上是一双皮质很软的平跟黑色半长筒靴,大衣外面斜斜地披着一块带流苏的羊毛披肩。披肩是明黄色的,怀旧的灰蓝调很配那鲜亮的夺目的黄。那鞋可真是一双好鞋,它花去了叶青一个月全部收入的五分之四,她发现那个矮个小姐方才偷偷的瞄她的鞋,羡慕的样子。[①]

叶青后来的不想再见"木头"也是看到对方的土气:说的云南地州方言,穿的百货大楼的大路货夹克。在半夏的长篇小说中,生活于城市中的女主人公们差不多都是和叶青一样的充满时尚感的女子。半夏总是在有意无意之间渲染这种对时尚的偏爱:青瓜味的KENZO"水之恋"香水,丝麻质地的爱马仕方巾,纯羊毛的苏格兰格子大披肩,范思哲的太阳镜,蒂芙尼的全套纯银手链和项坠、戒指,古驰拎包等。

这种时尚感也延伸到对男性人物形象的描摹中:

> 周舒青春大梦里的木老师,他由里及表的那股子艺术家的味道,连男生们都为之倾倒了一大片。当年木老师的穿着就是全体男

[①] 杨鸿雁:《清楚的容色》,见《新女性小说》,百花文艺出版社2002年版,第62页。

同学的模子——上身他爱穿一件灯芯绒的便西服，下身一律牛仔裤，脚上永远穿咖啡色牛筋底系带的翻毛麂皮鞋，春秋一概如此；夏天，不过是把灯芯绒便西服换成棉布格子衬衫或者一件本白色水洗麻的套头三粒扣短袖衫；冬天，就更帅了，着一件草绿黄的军用小棉袄，颈间围一条羊毛格子围巾，下着粗灯芯绒裤，或者格子衬衫外套粗棒针衫。①

在"历史题材"的《铅灰暗红》和《忘川之花》中，也可以看到这种时尚的深深印痕，《铅灰暗红》开头《美人纪·二篇》中的柳惠兰就是老咀山矿"文化大革命"时期的时尚先锋，她因为漂亮和打扮入时而与环境格格不入，稍显风骚就受到周围人的侧目、批判。"文化大革命"结束后她在省城当了一家美容院的老板。这种设置可见作者对女性与时尚之间似乎有一种天然联系的观念的流露。《忘川之花》中的时尚则主要是通过缅奶曼丽和爷爷许德昌体现的，他们生活于缅甸南部，接受了现代教育，缅甸南部海滩上的阳伞、面包、咖啡则是彼时彼地的时尚标签。

科技的进步与物质的丰富带来了现代人生活方式、思维方式的改变，特别是生活于广大城市中的女人们。在充满时尚感的生活方式中，现代女性找到了自己。

物恋。对某种物品的迷恋也是半夏小说的一个突出表征。半夏曾直言不讳地宣称自己是个恋物狂："我确实是个恋物狂，遇到我恋的东东特别爱发岔，比如玉，比如银饰，比如茶及喝茶的用具，环境的布置等。"② 排名第一的"玉"就屡屡出现在其文本中。《潦草的痛》全篇就是以一只玉镯开始的：

  玫表姐发现她左腕上那只属于罕见玻璃地夹着丝丝豆瓣绿的玉镯，在腕动脉"突突"的异动中发出清脆的一声响。再一看，那只

---

① 半夏：《潦草的痛》，见《小说月报》原创版2010年第4期。
② 朱彩梅、安阿凤：《云南60后作家访谈之十二 半夏：让文字飘出生活的烟火味》，《边疆文学·文艺评论》2010年第12期。

玉镯不再水透清亮了，完全就是普通的一只稀饭玉，夹棉夹絮混沌沌的，而原来那些许正宗的翠绿现在看来就像那水沟里的老青苔，分明只是死浓死浓的绿，黯然失色。[①]

"玉镯"成为女性人物心理和命运变化的一种象征和隐喻。

《忘川之花》故事的发生地是腾冲，写腾冲似乎不可能不写到玉。女主人公的名字就叫玉兰，玉兰嫁到的许家是富庶之家，许家的富庶除了文本中说到的开着马帮客栈之外，一个重要的情节是许家的梅花枝头上都挂着好几只玉镯子。因为许家的老梅有点枯干的迹象，许家老太太认为玉能养人，肯定也能养花养树，于是把家里的好玉镯拿了几只出来。小说中还具体出现了三只玉镯，一只是奶奶玉兰送给缅奶曼丽的"寸把长的阳绿外接着一节指甲盖大的翡红，余处是一节绵白"[②]的三彩玉镯，曼丽是戴着这只玉镯死去的。一只是玉兰戴着的豆青糯底玉镯，抗战期间被德昌拿去当了作为从事地下秘密抗战文化工作的资金。第三只是许家养子麻三爷的后人为赔罪送给奶奶的秧苗绿的玉镯。三只玉镯在文中都起到了联系、推进故事情节的作用。

与女人对"玉"的情有独钟相对，半夏小说中也写到了男人的钟爱物——"轿车"，这"轿车"的变化是"与时俱进"的：在《心上虫草》中是三厢夏利，在《活色余欢》中是大众宝来，而到了《潦草的痛》中则为宝马5系了。

三

半夏的小说中还有明显的生物学背景、云南方言的运用等特色，但是我们的专注点是"都市"、"时尚"、"物恋"三者，这种概括当然有失于简单之嫌，这是批评比之于创作的固有缺憾，然而这种归纳又建立在文本细读的基础上，并非空穴来风。

为什么半夏的写作会呈现出这样的特点？

[①] 半夏：《潦草的痛》，《小说月报》原创版2010年第4期。
[②] 半夏：《忘川之花》，《十月》长篇小说2013年第5期。

这与来自作家心理结构的创作动因密切相关。在以单行本出版的《心上虫草》《活色余欢》和《潦草的痛》中，都有半夏的"自序"或是"后记"。她希望自己的写作具有穿透性："我追求作品的字里行间默默地有一种潜流淌过，它打动人们的心，有穿透力，穿透人生繁琐的表层穿透人脸的表情，触摸到灵魂。"① 她叹息"疼痛永远是不潦草的。只有潦草的爱，只有爱会变得潦草。于是，疼痛只好跟着潦草起来，能隐忍的都隐忍了。我们不得不咽泪装欢"②。半夏是一个热爱俗世生活的作家，正如她自己所说，她的文字飘荡着生活的烟火味。这种"烟火味"在她的博客中体现得更为明显。半夏的博客与小说文本可以为我们提供一种互文性阅读，是进入半夏小说解读的另一条途径。除了文字性的东西，她经常在博客上晒自己钟爱的首饰、家居、茶具等，很多时候直接就是自己的相片，照片上高大洋气的半夏打扮时尚，自信美丽。在某种意义上，与其说半夏是在写小说，不如说她是在写自己。

除了与作家自身的主观因素相关外，半夏的写作特点更来自作家身处的时代环境。对女性情感心理世界的关注是半夏的写作重点，这是女性作家似乎与生俱来的一个共同特点，而半夏小说"都市"、"时尚"和"物恋"又明显带有20世纪90年代以来女性写作的新特征，这种特征是当今商业消费文化日益高涨的氛围下的产物。

20世纪90年代，随着改革开放的进一步深入，我国从计划经济历经有计划的商品经济过渡阶段，进入市场经济时期。社会的转型带来了艺术的新变，中国文化形成了主流文化、知识分子文化和大众文化三者共同构成当代文化地图的格局。③ 大众文化在文化市场上的地位日益突出。随着科技的进步和社会的发展，我国现代化尤其是城市化进程的展开，到21世纪，消费文化的力量日益突出，尽管存在一些不平衡的差异现象，但是在大城市基本形成了一种现代消费社会的文化语境。在消费行为中，女性无疑是一个更重要的消费主体。尤其是在服装、首饰、化妆品、医疗美容等方面，女性消费者人数，女性消费品的数量更多更

---

① 半夏：《欲望深处的叹息》，《活色余欢》，花城出版社2004年版，第254页。
② 半夏：《潦草的痛·自序》，《潦草的痛》，百花文艺出版社2011年版。
③ 孟繁华：《众神狂欢：当代中国文化冲突问题》，今日中国出版社1997年版，第21页。

广，成为拉动经济发展和社会前进的重要力量。在广大的女性消费群体中，城市女性无疑扮演着更重要的角色，因为城市为女性提供了一个"海阔凭鱼跃，天高任鸟飞"的更为广阔的自由空间。很多女作家的写作形成了一股潮流："突出城市文化与城市生活方式的主题是文化转型过程中女作家写作旨趣发生转换的一个方面。"[①] 半夏小说的主人公大多就是这种拥有独立自主性的城市女性。

在以往的性别文化视域中，女人是作为一种被看的客观对象物来对待的，"自伯之东，首如飞蓬。岂无膏沐，谁适为容？"（《诗经·卫风·伯兮》）女人们似乎也在为心仪自己的男人而修饰装扮。但是发展到当代消费社会，女人们很多时候是在为自己装扮，装扮美丽的女人自己就能感受到一种自信的快乐，并不一定需要男人的肯定。半夏小说中的现代都市白领丽人便是现实生活中这样一群具有明确自我主体意识的女人，她们活得风生水起、怡然自得，充溢着现代女性的活力。正如董丽敏在谈到女性与时尚的关系时精辟指出的"'女性是时尚的生物'这样的断语不再是一个负面的判断，不再是男权文化对于女性的一种轻蔑指认，也不再内化为女性对于自己的一种具有罪感的自我判断，而更多呈现为女性一种可以释放自己、解脱自己的依傍资源，成为女性可以借用来言说自身主体性的一种方式"[②]。这也再一次印证了法国后现代主义思想家福柯的一句名言：重要的不是故事讲述的年代，而是讲述故事的年代。惟其如此，我们才在《铅灰暗红》《忘川之花》的历史场景中读到的依然是以日常生活为主导的女性情感故事。

在中国现当代文学的发展中，与古老中国的现代化进程的徐徐展开相应和，一直涌动着一股与消费文化相联系的潮流，在从20世纪40年代的张爱玲、苏青的海派写作，到当代新时期以来王安忆、张欣、张梅、池莉、安妮宝贝、陈染、林白、卫慧、棉棉等的创作中都有所体现。20世纪90年代开始写作，新世纪新作不断问世的云南本土作家半夏的写作忠实于社会生活，没有（当然也无法）脱离消费社会的文化语

[①] 乔以钢：《中国当代女性文学的文化探析》，北京大学出版社2006年版，第84页。
[②] 董丽敏：《文化视野中的性别研究》，乔以钢、林丹娅主编《女性文学教程》，河北教育出版社2007年版，第341页。

境，加入了当代女性写作的大潮，尽了自己的一己之力。

　　从更高的标准看，半夏小说也存在一些不足之处，都市现实题材的几个作品有模式化、雷同化的倾向。人物性格不够鲜明、突出，感觉是事件在带动着人物活动。小说没有呈现出某种高远的"意"，有时价值观有些模糊，人物的漂浮感应该由此而来。文本有些像城市物语，或城市浮世绘，作品重在客观呈现都市生活场景。这应该也是一种写法，但是"意"还是应该从场面、情节中自然而然地渗透出来。是否现代都市生活中的人已找不到某种支撑自己精神（心灵、灵魂）的东西，只是匆匆忙忙应付着生活？小说有一种如生活本身的灰暗色调，是否可以再温暖、明亮一些？就女性写作的特点看，文本中对消费文化有时会产生异化、阉割女性主体性，女性时常会沦为消费客体的危险也似乎警惕不够。这只是笔者的一孔之见，好在这种不足在《铅灰暗红》《忘川之花》中已得到很大改善，而且半夏的创作依然还在高峰期，我们期待半夏会有更好的新作问世。

第三节　汤世杰：纳西人情感世界的摹写与想象

　　前边讨论的白山和半夏都是土生土长的云南本土女作家，和两位不一样的是，本节将要分析的《情死》的作者汤世杰除性别的不同外，还是非云南本土的外省人。汤世杰，1943年出生于湖北宜昌。1967年毕业于长沙铁道学院（今中南大学）铁道工程系，后到云南省昆明铁路局工作多年。业余爱好写作，最早创作发表的是诗歌，1981年云南人民出版社出版诗集《第一盏绿灯》，其从诗歌写作起步的文学创作经历与路遥有些类似。1985年汤世杰到云南省作协工作。作为一个来自内地的外省人，历经数十年云南边地的生活濡染，汤世杰已深深爱上了这片土地。他的创作涉及诗歌、小说、散文、报告文学、影视文学剧本等多种体裁，尤其以长卷散文闻名于文坛，如《殉情之都——见闻、札记和随想》（1996）、《灵息吹拂——香格里拉从虚拟到现实》（1999）、《在高黎贡在》（2007）等。在各文学样式中，相较于叙事性的小说，诗歌和散文的情感性更为突出。从诗歌创作起步尤其散文写得好就可以大致判断汤世杰是一个重视人的心灵情感世界的作家，这种创作倾向特征在原本应该是叙事性突出的长篇小说《情死》中也得到了充分的体现。

1995年由作家出版社初版的长篇小说《情死》是汤世杰为纳西族写的第一本书，2016年收入《汤世杰文集》由云南人民出版社重版，全书46万字，与陈忠实的《白鹿原》篇幅相当。小说结构整饬，共十二章，分为上、中、下三卷，每卷四章。1998年笔者第一次读小说，就从性别视角写过一篇小文谈过自己当年的阅读感受。在年纪渐长、阅历增加之后的今天，笔者重读这个文本，便在从前已有感受的基础上，多了一些以前的未见和理解。

一

所谓"情死"，就是"为爱情而自杀。为爱情而死亡"[1]。就一般的意义上说，世界上不同时代、地域、民族、国家中都有情死行为的发生。但是在20世纪上半叶之前的云南纳西族聚居的地区，则形成了世界上独一无二的"情死"文化现象。在现实生活中相爱却不能相聚的纳西恋人，为了他们美丽神圣的爱情，会相约到美丽的玉龙雪山下，双双结束自己年轻的生命，然后一起进入传说中的"舞鲁游翠阁"（玉龙第三国）。[2]那是一个没有苍蝇、没有蚊子，没有凛寒酷暑，四季如春，鲜花遍地，赤虎当坐骑，雄鹿当耕牛的好地方。在那里相爱的人永远长相厮守，永远年轻。

小说《情死》讲述的就是20世纪上半叶大丽地区纳西人的生命情感故事，故事场景中扮演着重要角色是女人，这是多年以前初读《情死》的感受，这次重读笔者的这一感受依然没有改变。文本中出现了一系列各有特点的女性人物，在开头第一章叙事者就在男性主人公木稼书临死前的心理活动中交代了她们："稼书想到，从阿妈开始，他从小到大认识的那些女人，好像都跟一种颜色联系着：阿妈喜欢艳红，莞棠酷爱牙白；小疤妹虽说原本是一团红月光，钟情的却是靛蓝和青莲，那是

---

[1] 汤世杰：《殉情之都》，百花洲文艺出版社1996年版，第18页。
[2] 汤世杰：《殉情之都》，百花洲文艺出版社1996年版，第4页。

仙界的颜色；雅钰呢？她是随时改变的、杂乱的，说不清她到底喜欢哪种颜色。在所有这些人中，唯有淑云从不用哪种颜色装扮自己，她就是她自己。但是就连她，也是喜欢一种颜色的，那就是狗尾巴草的颜色、麦穗子的颜色，也就是她此刻通身流溢着的，属于她生命的颜色。"①这几个女人除了木稼书（和岩）的阿妈和丽英，其他人的结局都是死亡，而且死在正当她们生命最好年华的时候。

  模样生得姣好的小疤妹和月是雪沙村东巴和才祥的女儿，她恋上了邻居、干姐姐和丽英的丈夫木肇铭，在父母欲将她嫁给一个不认识也不喜欢的独眼龙时，勇敢主动出击，跟踪打柴的木肇铭到林子里，木肇铭被其真情感动，两人陷入爱河。之后小疤妹未婚先孕，小疤妹约木肇铭去游巫（情死）。赴约途中木肇铭阴差阳错地被游行的乡民裹挟进城里，小疤妹独自一人在一片美丽的草甸殉情而死。莞棠是四方街隆兴祥商行老板木端佑家的二儿媳，是大丽地区那时不多见的识文断字的女子，自小与隆兴祥商行家的两个儿子木肇玺和木肇弘一起长大，家长为莞棠和肇玺定了娃娃亲，不想肇玺离家去省城读大学进而出国留学之后要退婚，历经波折，莞棠最后嫁了自己内心更中意的肇弘。结婚三天后肇弘离家到北方参军抗战，莞棠在木家大院独守空房等待丈夫归来，不想等来的是肇弘阵亡于台儿庄战役的通知。恰在此时，悲痛欲绝的莞棠遭遇畜生公公的轻薄，莞棠心有说出实情玷污丈夫英名之虞，于是独自一人吊死在与肇弘同游过的黑龙潭玉泉公园的后山上。莞棠相信会与肇弘在玉龙第三国相会。丁淑云是和岩在雪沙村时的玩伴，在解放前后从一个大字不识的纳西乡下姑娘，通过参加识字班、抗婚成功、排演革命小戏等工作，成长为了大丽县的一个女干部。在共同的革命工作中，她与县长木稼书之间产生了感情，面临工作和情感的困境中的两个纳西人，最后相约走向了"舞鲁游翠阁"。杨雅钰是木稼书的妻子，在嫁给木稼书之前受到自己母亲如何当一个好妻子的私下调教，婚姻生活中不自然的扭捏造作做派引起了崇尚自然的木稼书的反感，二人虽已有几个娃娃，但终归琴瑟不和。雅钰后来受到丈夫大爷的勾引而与丈夫彻底闹翻，在得知丈夫与人情死后撇下几个娃娃自杀身亡。

---

  ① 汤世杰：《情死》，《汤世杰文集》，云南人民出版社2016年版，第7页。

第五章　云南本土小说的性别叙事　175

　　四个纳西女人都是或直接（小疤妹、丁淑云）或间接（薛莞棠、杨雅钰）为情而死的。阅读《情死》，最使人难忘的就是这一个个流光溢彩的纳西女人，正是有了她们的存在，才使纳西人的情死显得既如此温馨浪漫，又如此惨烈悲壮，并最终达到一种灿烂辉煌的境界。是她们，支撑、承载了纳西人为追求自由爱情而不惜以青春和生命为代价的民族精神之魂。小疤妹是《情死》中最令人心痛、忧伤的一个角色，作品叙述了小疤妹和木肇铭面对爱情和死亡时的差异。小疤妹第一次在林子里对木肇铭发起进攻之前，是经过长时期激烈的内心矛盾和斗争的，她想到一个女儿家的自尊，想到对和丽英的内疚。但是爱情压倒了一切，"我不喜欢的人，我死也不会嫁！""我偏要跟我喜欢的那个人在一起。"① 而木肇铭那时除了听说小疤妹要出嫁之外对小疤妹的心思一无所知，所以第一次林中相会即发生性爱行为在小疤妹是一种情理中的必然，而木肇铭在很大程度上则是一种出于本能的茫然举动，虽然这种举动可以从他对妻子和丽英的不满中找到根据。二人见面时，小疤妹的凄楚无助显然激起了木肇铭的怜惜之心，接着小疤妹又以柔弱温顺打动了木肇铭，单独面对一个对自己倾心而自己也不反感的女人，很少有男人不动心的，何况小疤妹又是那样一个漂亮姑娘。所以说木肇铭的行为也是可以理解的。让人不能原谅的是后来，小疤妹怀了孕，在那个时代，一个没有出嫁的纳西女人有了娃娃，只有死路一条。木肇铭此时明显暴露了他的胆怯和懦弱。当听到小疤妹忘情地讲着"舞鲁游翠阁"时，"木肇铭的脸变得苍白"。他"惊恐地看着他的小疤妹，没想到她竟晓得那么多情死的法子，说起来又那么坦然"。"小疤妹的镇定让木肇铭更害怕了，他简直没法相信，他那么喜欢的那个姑娘，竟会不当一回事地跟他谈论起去死。"小疤妹又是怎样的呢："肇铭哥，活着时我们不能做夫妻，那就去情死，死了，我们就能像朱古羽勒盘和开美久命金②一样，永远在一起。""只要你喜欢我、记着我，我就是死了，也值得。"③ 最后，小疤妹履行了自己的诺言。善良的小疤妹在死后借古木显灵时，还

---

① 汤世杰：《情死》，《汤世杰文集》，云南人民出版社 2016 年版，第 72、74 页。
② 纳西东巴经里所载殉情悲剧长诗《鲁般鲁饶》中的第一对情死者。
③ 汤世杰：《情死》，《汤世杰文集》，云南人民出版社 2016 年版，第 98、97 页。

把木肇铭踢回了生的世界。木肇铭是在去和小疤妹相约情死的路上被裹入了进城请愿的队伍。表面上看，木肇铭爽约是迫不得已，却暗合了他心里的真正愿望，否则就很难解释他一直到近三十年后才敢站出来向小疤妹的父母承认自己罪过的举动。

可见，和男人木肇铭相比，女人小疤妹更勇敢。小疤妹独自一人尚且如此，何况莞棠和淑云呢？肇弘已经为国捐躯了，我莞棠活在世上又有多少意义？"只要跟你在一起，做哪样我都愿意"①，淑云这样回答木稼书。是的，和自己心爱的人在一起，死了也是幸福的。这，就是纳西女人的人生信念，她们用自己如云霞般灿烂、如鲜花般妩媚的青春和生命践行了这一信念。

二

在《情死》小说文本中，"情死"事件都发生于异性恋的男女之间，这意味着情死的主体行动者必有一个男人和一个女人。前边分析的是《情死》中的女性人物形象，那么男性怎样呢？其实在解析小疤妹这一形象时，已经对与之相关的男人木肇铭作了对比。与小疤妹相比，木肇铭显得有些胆怯和懦弱，甚至有些漫不经心。在与小疤妹的关系中，他是被动的，是小疤妹在心里悄悄爱上他，又勇敢追求他的。他对小疤妹的动情则是一步步加深而又有原因的。当小疤妹在树林里向他哭诉自己的不幸时，开始是一个男人对女人的同情，继而也跟着流泪是他与小疤妹的弱者地位的"感同身受"，虽然他是一个男人，但是他从繁华的县城到又苦又穷的偏僻的雪沙村来，只是来当马锅头、藏客和明老倌家的上门女婿，生下的娃娃是姓和而不是姓木。和明老倌看重他，只是希望他能为和家多多生儿育女，传宗接代，改换门庭。因此木肇铭在和家处于一种弱者地位，与女子小疤妹的身份地位深层具有同构之处。最后与小疤妹沉入肉体的欢愉则是因为小疤妹给他提供了一种不同于妻子的身心体验。和明老倌的女儿和丽英像母马一样壮实的身体让他从初始时的迷恋到后来的吃不消甚而产生厌倦之感，柔弱文静的小疤妹与和丽英形

---

① 汤世杰：《情死》，《汤世杰文集》，云南人民出版社2016年版，第522页。

成了一种对比。对小疤妹的爱恋使木肇铭的身体踏上了准备游巫之路，但是他的心灵并没有完全准备好，因为他还是想到了自己的几个娃娃。可以说，木肇铭是一个软弱、善良的男人。叙述者在展示木肇铭的心理时，似乎给予了他很大的同情，没有对他的违约和隐瞒行为进行强烈的谴责和批判。

木肇铭之子和岩（从事地下工作时改名为木稼书）是整部小说的男主人公。木肇铭在被客观条件打乱了与小疤妹的游巫计划，没有情死之后，和家仿佛中了一个魔咒，木肇铭的大儿子、二儿子和山与和谷先后与人游巫死了，只剩下女儿和雪和小儿子和岩。和雪后来瞒着父母跑婚去了拉市海。为保住和家最后一根（男性）独苗，木肇铭把和岩送到了县城四方街的大伯木端佑家，让和岩得以生活在一个更好的环境，接受了更好的教育。和岩在县城完成了中学学业之后还到西南联大师范学院学了两年体育，在大学里秘密加入了共产党，回到县城中学当体育教员期间成为大丽地区解放前后的负责人之一，并担任了大丽解放后的第一任县长。小说的下卷主要着墨的就是木稼书的心理生命历程。

如果说小时候在雪沙村的和岩身上还带有很多神秘的神灵之气，比如他知道小疤妹与父亲的私情以及小疤妹为何而死，知道邻居和才祥东巴研究的那一幅长卷图画的名字叫《神路图》，那么随着和岩到了县城，尤其是成为木稼书以后，他日渐成长为一名领导干部。在大丽即将解放时的清匪反霸的斗争中，充分显示出木稼书的英勇善战和机智应变的多种能力。木稼书在大丽县创办农村识字班、农民兄弟会，为动员群众进行武装斗争开展声势浩大的宣传活动，组织小剧团排演话剧《王贵与李香香》和秧歌剧《兄妹开荒》等。大丽和平解放后，木稼书作为第一任县长，还深入匪穴，进行剿匪斗争。在叙写木稼书的外部公共空间的工作时，文本也在木稼书的情感心理世界中倾注了不少笔墨，比如小时候初到木家大院时，知书达礼的莞棠婶婶给他树立了一个理想女人的范本。对妻子杨雅钰，木稼书采取的是感性和理性兼顾的策略，他并没有对雅钰的矫揉造作一味嫌恶，而是尽到一个丈夫的责任和义务。他和丁淑云之间的感情是在工作中自然而然、情不自禁产生的，而且主要是丁淑云首先表白的。住在深宅大院的妻子杨雅钰受到深谙房中之术的大爷木端佑的挑拨和勾引，陷入了不伦关系，木稼书了解这一切后，在工作中又受到同事也是小疤妹的弟弟和石的算计和干扰，被停职检查。他看清了家族罪恶的渊薮在自己的大爷木端佑，进入木家大院的一个个年轻女子成为木端佑觊觎的目标，从自己的弟媳到下人丽春丫头，自己的儿媳薛莞棠，侄孙媳杨雅钰。而副县长和石对木稼书工作的设障和刁难则又有公报私仇的嫌疑。木稼书内忧外困，忧心如焚，纳西人固有的民族文化心理，尤其是美好的舞鲁游翠阁的魅力渐渐占了上风，于是与情投意合的丁淑云一起来到苍皑雪山下的杉树坪，在充分享受生命的欢乐之后，义无反顾地走向了玉龙第三国。木家大院终归没有摆脱情死的魔咒。多年以后的木肇铭终于尝到了孤独终老的滋味，在小儿子和岩死后，他终于向小疤妹的父母承认并忏悔了自己当年的罪过。

三

《情死》叙写了纳西族木家三代人的情死故事，男人、女人们在其中扮演的角色，这是小说的主线。而在主线下还有一条副线，集中展示纳西族的民族文化历史，这种纳西文化在第一章雪沙村旧历正月的"祭天"仪式中就通过详细的场景加以了展示。同时履行全书这一主要叙事功能的是又一个男性人物，大丽县教育局局长和松鹤。文本中和松鹤出场时，是由木肇铭的大伯木端佑想将杂货铺改为商行请人写字而带出的。四方街字写得最好的是大研中学的历史教员和松鹤。早年曾到北平读书的和松鹤，几年前不知何故又独自一人返回乡梓，算是大研镇的一个饱学之士，他平时深居简出，为人谦恭有礼，在大研镇极有声望。这些是限知叙事。后来的全知叙事又告诉读者，和松鹤早年在北平读书时以无党派人士的身份参加过"五四"运动和北伐，受过革命思想影响。后来目睹了革命失败的惨景，弟弟松樵在马日事变中失踪，恰在此时深爱的女友夏昀因对时局的歧见和父母的干预与其分道扬镳。身心受创的和松鹤返回故里，终身未婚，潜心教书育人，同时搜集整理撰写纳西文化书稿。因教育学生成绩突出，和松鹤推却未果被任命为大丽县教育局局长兼大研中学的校长。在正直开明公平的老县长退休后，和松鹤与不学无术又骄横跋扈的新县长起了冲突，并最终酿成了一场波及全县乡民罢免腐败县长的斗争。和松鹤后来辞了教职，攻读史籍，潜心著述，写成了关于古纳西王国的文化史著作《纳西史稿》。可以说，和松鹤是《情死》文本中最能表现和传达隐含作者观念的人物形象，是承载隐含作者进而是作者崇尚的理想人格的一个人物。

《情死》的作者汤世杰在长卷散文《殉情之都》开头的扉页上有这样一个题记："谨以此书，献给伟大的纳西民族和所有在生与死之间寻找平衡的人们。"①《殉情之都》副标题是"见闻、札记与随想"，晚于《情死》一年出版。这部作品可以说是小说《情死》的互文本。全书通过"峡谷"、"雪山"、"草甸"、"坝子"和"古城"五大部分组成的长卷的铺展，对纳西族的历史文化进行了溯源和描摹，小说《情死》可以说就是诞生在《殉情之都》土壤上的花朵。但是小说毕竟是虚构而不是纪实，因此作者在《情死》中想象虚构了履行纳西族文化意蕴的和松鹤这一人物形象来溯源纳西文化的历史源流。和松鹤早年去过北方读大学的经历使其具有了审视自己民族历史的视界和眼光。同时小说中还根据史实设置了几个外国人物形象，英国的传教士查理牧师，美国人迪克和俄国人彼得罗。查理牧师传播基督教义，彼得罗是大丽中国"工合"办事处处长，已在大丽开办了三十多家工业合作社，涉及毛纺、皮革、瓷器、铜铁器，等等。迪克则得到一个基金会支持，原本来大丽一带做生态考察，搜集动植物标本，到达目的地后却被纳西地方民情风俗所迷醉，醉心于纳西文化特别是东巴经典的研究中。这是一些深具外来者眼光的旁观者，他们对纳西文化的迷恋也在证明着纳西民族人民的伟大和纳西文化历史的荣光。

这些人物的故事并不包含多少性别意味，似乎溢出了性别视角的眼光。但是正如本节在开头和行文中已经表明的，"情死"现象根植于纳西文化的历史土壤中，对纳西文化的叙述依然是为男女间的"情死"服务的。在真实的历史上，自古生活于玉龙雪山脚下的纳西族，养成了热情奔放，崇尚自由的民风，恋爱中的青年男女，只要双方你情我愿都可以成婚。自1723年清廷在丽江实行"改土归流"以来，实行了一系列变革，包括婚嫁习俗、父系继嗣等观念进入纳西人的世界，体现了汉族

---

① 汤世杰：《殉情之都》，百花洲文艺出版社1996年版，扉页。

奉行的习俗。① 父母之命，媒妁之言的汉族的婚恋观与本土纳西人的传统婚恋习俗产生了激烈的文化冲突，而在东巴经《鲁般鲁饶》《游悲》中恰好展示了美好的玉龙第三国的欢乐情景，反抗包办婚姻的年轻人向往可以永远在一起的世界，于是相约游巫情死。在虚构想象的小说《情死》中，隐含作者（叙事者）借和松鹤之口也表达了这一看法："历史……极少关注人的情感世界。……纳西族从来就在情感的世界里浮浮沉沉，多少人为爱而生，又为爱而死，其间的故事，悲欢离合，九曲回肠，实乃任何一个民族都难以比拟。"② 小说文本中男男女女人物的心理世界正是在这样广阔幽深的历史文化和现实生活场景中得以揭示和铺展的。

《情死》主要正是通过纳西人木肇铭、木稼书父子两代和与之相关的纳西女子们的情死故事的讲述，体现出纳西人心灵情感世界的丰富，对美好爱情的向往和追求，小说如实展示了很多纳西女人比男人勇敢的抗争精神。作家立足于纳西民族的文化实际，在广阔的视界中通过虚构的故事再现了纳西族在20世纪上半叶的历史。仔细读来，《情死》中的性别叙事依然有着男性作家惯有的性别心理的无意识印痕，比如对小疤妹与和丽英这两个人物的叙述，某种程度上就陷入一种天使/魔鬼对立的性别叙事模式中，小疤妹是让人怜惜的天使，和丽英则像令人厌恶的"魔鬼"，她在木肇铭眼里如母马般的强壮身体让他初始迷恋继而厌烦。文本还突出渲染了女人对男人的温柔、顺从的传统美德。这是古老的性别文化观念在男性作家笔下的不自觉的自然流露。这一点作家可以无意识，但是当代的读者是应该看到的。

小　结

专门辟出一章来探究云南作家小说的性别叙事问题，自然与笔者是云南人又在云南高校里工作密切相关。笔者出生在一个偏僻的林区，所

---

① 参见白庚胜、杨福泉编译《国际东巴文化研究集萃》，云南人民出版社1993年版。
② 汤世杰：《情死》，《汤世杰文集》，云南人民出版社2016年版，第514页。

幸高考后是在外省当年的全国重点大学而今在全国大学依然排位靠前的双一流高校四川大学接受教育，所以虽是云南人，但对云南的文化不算熟悉。而且在高校中文系讲授中国现当代文学的教师，开设课程当中的讲授内容、采用的教材自然是要面向全国的。但是身在云南几十年，自然而然地会对云南作家的创作存有一种有意无意、或多或少的关注。在完成以上三节的细读解析之后，对这几位云南作家及其小说还可以多说几句。

从性别看，女作家白山、半夏和男作家汤世杰都书写了女性故事，塑造了女性人物形象，但是内中有所不同。白山和半夏笔下的女性人物都有较强的女性自我意识。男性作家汤世杰也对女性（小疤妹）比男性（木肇铭）勇敢的特点作了渲染，表露了先进的社会性别意识。但是对小疤妹与和丽英的外貌性格特征的书写，对女性人物群像的叙事又不自觉地带有无意识的男性对女性的审美想象与期待心理。

从代际看，作为同一性别的白山和半夏又显示出代际的差异，白山出生于20世纪50年代，属于"四五"一代[①]。"四五"一代生长于40—50年代末，70—80年代进入社会文化角色。这一代人经历了"文化大革命"，基本是知青，返城后部分幸运儿考上大学，其中少数成为作家。白山就是这少数的幸运儿中的一员。因为是中国社会变革的亲历者，这一代人有较强烈的社会介入意识。因此在白山的写作中，宏大叙事是其关注的重点，长篇报告文学《血线——滇缅公路纪实》便是明证。而在长篇小说《冷月》中，虽然全文摹写的主要笔力在女性人物形象上，但是故事发生的背景是中华全民族的抗日战争，显示出阔达的胸襟和气度。出生于60年代的半夏的女性人物故事，则更多地发生在当代社会现实生活的城市环境中，其语境具有了消费文化的特点。

从民族身份看，最年轻的汉族女作家半夏在小说中除了通过其中的人物间接表露对云南舞蹈家、孔雀公主杨丽萍民族衣饰风格的赞美外，基本未曾涉及多少民族因素，倒是白山和汤世杰的小说中都有浓郁的民

[①] 刘小枫：《关于"四五"一代的社会学思考札记》，《读书》1989年第5期。参见马春花《叙事中国——文化研究视野中的王安忆小说》，中国海洋大学出版社2007年版，第7—21页。

族色彩。比较有意味的是男性作家汤世杰,几十年被周围环境熏陶和浸染,云南少数民族文化自然会投射到小说创作中。作为一个来自内地的汉族作家,《情死》就是对纳西民族精神的一种致礼,小说尤其歌吟了为爱而生、为情而死的纳西女人。白山是回族作家,其《冷月》的写作对象滇西明氏大家族就是色目人的后代。白山为自己的民族在抗日战争中的表现留下了一曲壮怀激烈的悲歌,尤其是这悲歌的唱诵者是一群美丽的回族人家族中的年轻姑娘们。

  性别、代际、民族在三个作家的文本中呈现出相互缠绕的格局。同时三位作家都身居云南,深受云南地域文化的濡染和浸润,因此她(他)的小说又同时构成了与内地主流不一样的边疆边地所独有的自然、人文色彩,增加了中国当代文学地形图中色块的丰富性。

第六章

小说叙事异同的性别理论基础

前面五章分别以一些现当代文学史中不同性别作家创作的小说文本为例,对其叙事话语下蕴含的性别意味进行了解读和分析,并且对题材对象相同但创作者性别不同的小说的叙事修辞技巧及其性别意蕴也进行了探讨。造成这种相似性和差异性的原因何在?一个很明显的因素是创作者的性别不同。那么何谓性别?人类社会中的人是因性而别的,那为什么又有"男女平等"的提法?"男女平等"还是我国的一项基本国策,男女平等的内涵是什么?文学界为什么有人提出"超性别意识"?"超性别意识"的内涵又是什么?再有,20世纪80年代中后期我国兴起了女性文学研究热潮,何谓"女性文学"?与"女性文学"相关的概念还有"妇女文学"、"女性主义文学"、"女性写作"、"女性意识",等等,这些概念与"女性文学"之间的关系是什么?文学领域中的性别研究探讨的既然是文学与性别的关系,为什么不能有"性别文学"的提法呢?这也是理解前五章男女作家小说叙事异同的有关性别理论的一些基本问题。

第一节 性别与男女平等

"性别"和"男女平等"已经是当今大家耳熟能详的两个概念和口号,我们现在来谈论它似乎显得有些多余。但是在大家觉得是老生常谈、习以为常的一些概念、口号下往往掩藏着一些习焉不察的东西。"性别"和"男女平等"就是如此。

一

何谓"性别"？大家同学考取大学，入校了，男女同学要分在不同的宿舍，分开住宿。女同学一般要留长发，穿花衣服、裙子，男同学留短发，不穿裙子（当然我们说的是一般情况，因为现在也有一些男生留长发、穿花衣，女生剪"儿子头"）。就我们日常接触来看，大家都填过表格，在填表格的过程中，其中重要的一项是"性别"，英文用"sex"表示，填的应该是"男性"（male）或"女性"（female）。男性和女性的不同是非常显见的，所谓男女有别。既然男女有别，那为什么有人又提出了"男女平等"这样一个口号（毛主席还说过"时代不同了，男女都一样"），这个口号是谁提出的？合不合理？我们又该怎样理解"男女平等"呢？

男女平等是西方女权主义（Feminism）的基本纲领。女权主义是一种社会思潮和社会运动，始于18世纪法国资产阶级大革命中。女权主义迄今掀起过三次高潮，18—19世纪是第一波，19世纪末—20世纪中期是第二波，如今处在第三波中，称为后现代女权主义。女权主义运动贯穿一条重要主题，即争取妇女的权利，主张妇女解放和男女平等。

为什么女权主义者提出了男女平等？那是因为男女不平等。考察人类社会历史，可以看到，古今中外，女性长期处于从属地位。当然在远古的母系氏族社会，女人有过短暂的扬眉吐气的日子，那时女人被视为整理天地、扭转乾坤的英雄，被奉为人类之祖、创人之母，备受尊崇。然而到了阶级社会以后，女人沦落为第二性，成为男人的附属物。恩格斯在《家庭、私有制和国家的起源》中曾评价说："母权制的被推翻，乃是女性的具有世界历史意义的失败。"[①]

从英语词的构成看，男人就是占主宰地位的，女人总是派生的，世界是以男性为中心结构的。Man（不加定冠词，大写）就可以代表人类，the man/the woman；male/female；女性总是在男性前加词缀构成。历史history则由his story合成，为什么不是her story呢？法国女性主

[①] 《马克思恩格斯选集》第四卷，人民出版社1995年第2版，第54页。

义理论家露西·伊利格瑞指出:"至少在法国,'人类'这个词是阳性的,而不是一个中性词。"①

《圣经》上记载:上帝在创世的第六天,按自己的形象用土造了个男人,并对这个人吹了口气,他就成了有灵气的活人。上帝给他取名字叫亚当。接着上帝又为亚当造了个伊甸园,园中有树木、飞禽、走兽,但没有人帮亚当管理园子。上帝想,让那人独居不好,我要给他造个配偶陪伴他,于是上帝让亚当沉睡,亚当就昏昏沉沉地睡着了。上帝就从亚当身上取下一根肋骨,造了个女人。亚当看到女人很高兴,说:这是我的骨中骨,肉中肉,可以称她为女人。女人夏娃意志薄弱,经受不住蛇的诱惑,偷吃了伊甸园中的智慧之果——禁果,亚当、夏娃原本一派天真,吃了禁果之后有了羞耻之心,上帝认为他们犯了原罪,其中夏娃责任更大,所以惩罚女人在生产过程中要忍受分娩的痛苦。从《圣经》讲女人产生的故事看,女人是从男人身上取下来的,一出生就是男人的附属。从西方文化的源头之一《圣经》开始,女人地位就比男人低下、卑微。②

在古代中国,妇女的地位更为低下。中国漫长的封建社会,占统治地位的是儒家思想。儒家思想的创立者和奠基人孔子有言:"唯女子与小人为难养也,近之则不孙,远之则怨。"(《论语·阳货》)中国古代第一部诗歌总集《诗经·小雅·斯干》篇中记载:"乃生男子,载寝之床,载衣之裳,载弄之璋。……乃生女子,载寝之地,载衣之裼,载弄之瓦。""璋"是一种玉器,璋圭是古代上朝时所用的玉制物。"瓦"则是古代纺线用的纺锤。从诗句中可见中国古代对男女两性的不同价值期望和由此派生的不同待遇。"弄璋弄瓦"之说由此而来。

先秦时代男子可以任意出妻。西汉开始有"七出"之条。"七出"又称"七去","出"、"去"即被丈夫撵出家门,亦即休妻。《大戴礼记·本命》载"七去"为:不顺父母;无子;淫;妒;有恶疾;多言;窃盗。③"七出"之条即丈夫处分妻子的七条法规,做妻子的触及其中

---

① [法]露西·伊利格瑞:《性别差异》,张京媛主编《当代女性主义文学批评》,北京大学出版社1992年版,第373页。
② 参见啜大鹏主编《女性学》,中国文联出版社2001年版,第31页。
③ 转引自郑慧生《论"七出"之条》,李小江主编《华夏女性之谜》,生活·读书·新知三联书店1990年版,第79页。

的任何一条，都可以被丈夫合法地抛弃。妻子有七条被去之法，却没有一条自去之理。由此可见，在那一时代，父权统治着一切。

到东汉，班昭写了《女诫》。班昭作为女子，不是站在女人的立场为女性说话，而是呼吁女子肯定自己是男子的奴隶地位："夫者，天也。天固不可逃，夫固不可离"，"男以强为贵，女以弱为美"。

唐代应该是我国比较开明的时代，然而也现了宋若莘姐妹的《女论语》。《女论语·立身篇》云："凡为女子，先学立身，立身之法，惟务清贞，清则身洁，贞则身荣。行莫回头，语莫掀唇，坐莫动膝，立莫摇裙，喜莫大笑，怒莫高声。内外各处，男女异群；莫窥外壁，莫出外庭，出必掩面，窥必藏形。男非眷属，莫与通名；女非善淑，莫与相亲。立身端正，方可为人。"①

宋明时期，"存天理，灭人欲"的理学兴起，对妇女的压迫更为深重。未婚女子要严守贞操，守身如玉。一旦失贞，身价顿减，最好去死。已婚女子丈夫死后绝不改嫁，"饿死事小，失节事大"。《女训》《列女传》《女儿经》《女四书》等把妇女纳入"从一而终"、"三从四德"（在家从父、既嫁从夫、夫死从子；妇德、妇容、妇言、妇功）的封建伦理道德规范之下。纳妾、缠足等更是把妇女推向一种非人的境地。整个漫长的封建社会奉行的是男尊女卑的传统。

历史发展到今天，中华人民共和国成立后，在毛泽东主席的"时代不同了，男女都一样"、"妇女能顶半边天"的精神指导下，妇女的地位大大提高，男女实现了同工同酬。但在意识深处，对妇女的歧视依旧存在。男强女弱、男主外女主内的观念依旧主宰着很多人的思想意识。在当今，又出现了一些新的女性问题，如女职工下岗的多，再就业难；女大学生分配难，"宁要武大郎，不要穆桂英"；女性在消费文化中被商品化，贬损了人的尊严和独立人格；卖淫嫖娼死灰复燃；拐卖妇女儿童的案例增多；对妇女的施暴现象严重，家庭暴力的受害者往往多是女性，等等。②

---

① （唐）宋若莘、宋若昭：《女论语》，郭淑新编著《女四书读本》，中国人民大学出版社2016年版，第37页。

② 参见啜大鹏主编《女性学》，中国文联出版社2001年版，第15—17页。

从上述分析看，妇女是受压迫的，男女确实存在不平等。

二

有压迫就有反抗，所以女性起来反抗，男女平等的口号自然应运而生。反抗的呼声最早来自西方妇女。

在西方，欧洲的启蒙运动促使了人的觉醒，也促使了妇女的觉醒。广大妇女不满于自己受压迫的从属地位，纷纷起来呼吁，为自己的命运鸣不平。18世纪英国的玛丽·沃斯通克拉夫特的《女权辩护》①（1792）是女权主义运动第一次浪潮的经典。20世纪法国西蒙娜·德·波伏娃的《第二性》②（1949）和美国贝蒂·弗里丹的《女性的奥秘》（1963）则成为西方当代妇女理论的经典。

玛丽·沃斯通克拉夫特是西方女权运动的先驱，她所生活的时代正是英国产业革命时期。这一时期，莫说广大无产阶级妇女深受压迫和剥削，处于社会的最底层，就是其他阶级的妇女，处境也很困难。她们在经济上不能独立，政治上没有丝毫的权利，处处受到男人的虐待。玛丽·沃斯通克拉夫特从实际生活出发，以她自己的切身感受，愤愤不平地谴责了束缚妇女、造成男女不平等的各种陈规陋习。主张给予妇女同男人平等的受教育权利和其他社会权利，培养她们的理性，使她们能够真正履行贤妻良母的职责。

《第二性》从存在主义哲学的基本立场出发，探讨了妇女的社会地位和女性生活的整个发展过程。波伏娃认为，从古到今，妇女身份低于男子，是"人"的附属物，是非主体（the subject）的"他者"（the other）——第二性，这种低劣的地位并不是由先天的女性特质所决定，而是长期以来以男子为中心的社会力量和传统势力造成的。她的这一思想可以用一句话概括："女人不是天生的，而是造成的。"《第二性》在西方被奉为妇女解放的圣经。

《女性的奥秘》影响了美国整整一代人，《简明不列颠百科全书》认

---

① ［英］玛丽·沃斯通克拉夫特：《女权辩护》，王蓁译，商务印书馆1995年版。
② ［法］西蒙娜·德·波伏娃：《第二性》，陶铁柱译，中国书籍出版社1998年版。

为它是继波伏娃的《第二性》之后的又一块丰碑。

第二次世界大战以后，美国妇女解放事业出现了一种倒退。1848年在纽约州塞尼卡福尔斯村就召开了美国第一届女权大会，争取妇女的权利，领导人为斯坦顿夫人。第二次世界大战期间，美国妇女积极投入社会工作，工作上有出色表现和成就是一种光荣，小伙子们也爱这一类姑娘。第二次世界大战以后，美国社会上形成了一种思潮，认为女人的职业就是家庭主妇，女人就该做贤妻良母，"返回家庭"是当时一个颇为响亮时髦的口号。很多女性纷纷中断自己的学业，年纪很轻就结婚，生儿育女，不出去工作。即使少数有工作的，也缺乏一种进取心。合格的家庭主妇是一种幸福。弗里丹在《女性的奥秘》中对这种情形描绘道："千千万万个女人生活在由美国郊区主妇的美丽图画塑造的这种形象之中：'在落地窗前吻别丈夫，在学校门口让孩子们下车，微笑着看孩子们在清洁光亮的厨房地板上拖动新买的电动打蜡机。'"①

弗里丹本人就是一个家庭主妇。她通过对著名女校毕业生的跟踪调查，发现受过最好教育的美国妇女的人生目标也只是找一个好丈夫，当贤妻良母。某届毕业生返校日夸示于人的口号竟然是"我们嫁了一整打哈佛"。第二次世界大战以后美国"把女人送回家中"的特定社会势能塑造出它所需要的奥秘：女人爱撒娇，女人离不开家，女人对外面的事物不关心，女人最需要一个能原谅她缺点、体贴她的丈夫。但是家庭真是妇女的伊甸园吗？回答是否定的。在成为家庭主妇之后，她会陷入无穷无尽的家务之中，看不到前途，生活没有意义，失去自我，感到极度的空虚和苦闷。当贤妻良母并没有错，但仅仅是当贤妻良母就有问题。仔细考量分析，"妻"和"母"都是为他人的，"妻子"对丈夫而言，"母亲"对子女而言。那女人本身是什么呢？她什么也不是，没有自我，只是一个空洞的能指。这种没有自我的生活，时间长了就会扼杀人的创造力。

弗里丹通过跟踪调查分析，指出所谓女性奥秘乃是男性中心社会精心策划的阴谋，目的是将女人锁在家中。她鼓励女性从社会给她派定的

---

① ［美］贝蒂·弗里丹：《女性的奥秘》，程锡麟等译，北方文艺出版社1999年版，第4页。

传统角色（母亲、妻子）中挣脱出来，除了履行女性自身的生理功能外，还应该投身于适合于自己的社会工作，在创造中实现自身的价值。

弗里丹所批判的女性奥秘盛行的年代与我国当今的社会文化氛围有一定的相似性。从我国当今的传媒女性形象中可以看到，大众媒体塑造的女性形象主流（不是全部）也是突出其自然性别特征的。化妆品广告、医药广告，铺天盖地地向女人们扑来，遍地鲜花盛开，四处美女如云，巧笑倩兮，美目盼兮，女人们唯恐自己不是美女，纷纷想尽各种办法向美女看齐。而那美丽外表下的心灵呢？躯壳里的精神呢？不错，爱美是人的天性，追求美是每个人的权利，但是怎样才算是美，对于女性来说仅仅是生物性的外表吗？

这里回到了我们开头讲的何谓"性别"，即对性别一词的理解问题上。

一般地，人们认为的性别只是男女生理性别。实际上，"性别"一词包含了两层含义，一是自然生理性别（sex），二是社会文化性别（gender）。顾名思义，自然生理性别是自然的、生理的，从生下来时父母就给定的，即男女两性的生物性，如女性有不同于男性的独特的性腺生理单位，有专门孕育生命的器官——卵巢和子宫。社会文化性别则是从社会文化中形成的男女不同特点，"我们对'社会性别'的定义是：一个社会把人们组织到男性和女性范畴里去的方式，以及围绕这些范畴产生出意义的方式"[①]。比如认为男刚强女柔弱就是一种社会性别观念，而事实上男的不一定刚强，女的不一定柔弱。

一般来说，人的自然生理性别是无法改变的，硬性的改变会导致生命的早逝，如泰国的人妖，40来岁就死亡。社会性别却是在发展变化之中，是可以改变的。男强女弱观念就是一种不正确的社会性别意识观念，是历史文化的积淀。自小我们就会受到这样的教育，男孩子哭是软弱，所以不许男孩子哭。女孩子野是粗鲁，所以女孩子不许野。对于性别，我们形成了某种刻板印象，以这种刻板印象去要求、规范两性，然后男女两性按这种规范去做了之后，又得出一个结论，认为男女两性天

---

① 王政、杜芳琴主编：《社会性别研究选译》，生活·读书·新知三联书店1998年版，第249页。

生如此。这种社会性别意识力量是非常强大的，尤其体现在父母和中小学教师身上。

有一篇题为《教师性别偏见影响学生判断》[1]的文章记载了两个饶有意味的事件。一件是某幼儿园老师带领孩子们做游戏，老师认为扮演妈妈角色不应该开着车乱跑，把家里弄得乱七八糟，而是在家里做饭、洗衣、扫地、收拾屋子，或者给孩子讲故事。于是孩子们以为做妈妈的应当就是这样，相反如果有谁的爸爸在家里拖地，就会引得孩子们大笑。另一件是某地针对中学理科教师所做的一次问卷调查。调查内容为：某同学上课爱问问题，课下经常花大量时间去搞清楚并理解课堂上给出的一些推导或证明，且爱看课外书，放学后经常不立即回家。调查要求教师从理科学习的角度判断这名学生的学习程度并简述理由。调查者设计了两种问卷，一种卷上印的学生名字是"王蕾"，另一种是"王健"。而正是由于这两个带有不同性别色彩的名字，调查结果出现了差异：名字带有男性特征的"王健"，没有一名教师将他归入差生，71%的教师认为他是好学生或较好学生。名字带有女性特征的"王蕾"，仅有20%的教师认为她是好学生或较好学生。因为教师们往往认为在理科学习上用功不是决定因素，能力才是最重要的，男生一般能力强，聪明，女生则一般较用功而能力差。所以同样的现象在"王蕾"身上的评价是：爱看课外书，听不太懂老师的课，说明她是一个爱幻想、善于形象思维的人，就理科学习来说，她不太适应。在"王健"则是：该生思维活跃，并且活学活用，能力较强，爱看课外书，增长了其知识面，素质较高。

两个事件虽然发生在具体的某一地方，却带有一定的普泛性。这说明在中小学、幼儿园教师身上存在着性别刻板印象，这样的性别意识会支配着教师们的教学行为，更直接影响到学生的学业表现。因为中小学生一般都会按照教师的期望值去找寻学习努力的方向，何况更年幼的幼儿园孩子。看到这里，我们不禁回想起波伏娃的那句话："女人不是天生的，而是造成的。"确实如此。我们所要做的，是改变不正确的社会性别意识，认识到男强女弱之类的观念是不对的，改变了这种意识，既

---

[1] 蓝燕：《教师性别偏见影响学生判断》，《中国青年报》2001年7月23日。

解放了女人，也解放了男人，因为男人也很累，而且就像笔者听过的一个很有道理的描述"男人装强比女人装弱还累"。

行文至此，我们可以对如何理解男女平等作一个总结了：所谓男女平等，是指社会性别的平等，而不是指男女平分天下，不是不管男女的生理上的差异（"文化大革命"期间"铁姑娘"的异化），任何事情、任何任务都均衡、均等。也不是截去男高就女低，或以男性为标尺，让女性向男性看齐。而是指男女在人格、尊严、权利、义务上平等，在家庭、社会地位和价值、利益上平等。① 我国政府制定了男女平等的基本国策，江泽民主席在1995年第四次世界妇女大会上，代表中国政府向国际社会作了"把男女平等作为促进我国社会发展的一项基本国策"的庄严承诺。

对于我们女性来说，对男女平等的理解也可以用李小江的一句话加以表述："今天的女人应该是与男人平等但仍然不同于男人的人"②。既坚持男女平等，又固守男女有别。

第二节 关于"超性别意识"的思考

1996年10月，在南京召开了由中国当代文学研究会女性文学委员会和江苏省当代文学研究会联合主办的"中国当代女性文学第二届学术研讨会"。"超性别意识"是会上争议得最为热烈的一个话题。它几乎成为这次会议"回顾与重建"主题下最为具体的一个中心议题。会上对"超性别意识"的一系列问题有所涉及，但两天的时间太匆匆，不及作具体深入的分析，笔者在此想就这一概念及相关问题作进一步的梳理和探讨。

一

什么叫"超性别意识"？

---

① 参见啜大鹏主编《女性学》，中国文联出版社2001年版，第6—7页。
② 李小江：《关于女人的答问》，江苏人民出版社1998年版，第12页。

就笔者目力所见，这个词是由当代青年女作家陈染先提出来的。1994年，陈染在《超性别意识与我的创作》一文中明确使用了"超性别意识"这一语词。在文中陈染首先（也主要是）从爱情谈起："我的想法是：真正的爱超于性别之上……""人类有权利按自身的心理倾向和构造来选择自己的爱情。这才是真正的人道主义！这才是真正符合人性的东西！""异性爱霸权地位终将崩溃，从废墟上将升起超性别意识。"结合陈染的创作实际，可以看出，她所谓的"超性别意识"是在为自己的作品做注解。因为陈染作品中不仅写了异性爱，也写了大量同性间的姐妹情谊，如《无处告别》《潜性逸事》《麦穗女与守寡人》以及长篇小说《私人生活》等。不过陈染并不仅仅限于爱情上来使用"超性别意识"这个词，她从爱情又回到了艺术，回到写作："我上边所说的，不是我个人的心理倾向，更不是我个人的生活，而是作为一个作家观察世界的方式。我努力在作品中贯穿超性别意识。"她接着说："真正优秀的艺术家、文学家，不会轻易被异性或同性所迷惑，她（他）有自己内心的情感追求和独立的艺术探索。"[①] 从陈染的以上表述可以看出，"超性别意识"是要超越单一的性别视角来观察世界、看待生活。

更能传达"超性别意识"思想的是铁凝，尽管她没有使用这个词。铁凝在谈到自己的女性题材长篇小说《玫瑰门》时说："我本人在面对女性题材时，一直力求摆脱纯粹女性的目光。我渴望获得一种双向视角或者叫做'第三性'视角，这样的视角有助于我更准确地把握女性真实的生存境况。……当你落笔女性，只有跳出性别赋予的天然的自赏心态，女性的本相和光彩才会更加可靠。"[②] 这段话可以视为解读《玫瑰门》的一把钥匙。在这部铁凝自视为"迄今为止我最重要的一部小说"[③] 中，出现的主要人物不论老少都是女性，作品有对女性的赞美，更有对女性的无情暴露和鞭挞。《玫瑰门》已走出我国当代早期女性文学作品中惯常出现的男女性别对抗模式，增强了对女性缺陷的自我审视和批判意识，显示出一种超越女性性别意识的胸襟和气度。

[①] 陈染：《超性别意识与我的创作》，《断片残简》，云南人民出版社1995年版，第124—127页。原载《钟山》1994年第6期。

[②] 铁凝：《玫瑰门·写在卷首》，《铁凝文集》，江苏文艺出版社1996年版，第1—2页。

[③] 铁凝：《玫瑰门·写在卷首》，《铁凝文集》，江苏文艺出版社1996年版，第1页。

表露过类似看法的还有其他一些女作家，虽然表述方式和措辞不尽相同，但中心意思是一致的：写作（创作）应该超越单纯的某种视角，不能只以纯粹的男性或女性目光来看待生活，而要用"双向（第三性）视角"（铁凝），要具有"超性别意识"（陈染）。

"超性别意识"的提出得到了理论批评界的响应和首肯。第二届研讨会上，刘思谦在提交会议的论文《女性文学的价值目标》中就明确指出："女性文学……虽然以性别命名，其内涵与生命的活力是超越性别的，其生产和发展是历史的。"盛英在会上发言中谈到女性文学的发展方向时，也认为应该是男女互补互动，男性女性双向共建。这样的观点其实也并不陌生，还在1987年我国出现的较早的女性文学研究著作《女性主义文学》（确切地说是一本小册子）中，作者孙绍先在考察了中国女性主义文学的历程，指出女性主义文学的困惑并预测女性主义文学的走向时，指出："女性既不应该继续做父系文化的附庸，也不可能推翻父系文化重建母系文化。出路只有一条：建立'双性文化'。"① 几年以后，刘慧英在其专著《走出男权传统的樊篱》（此书1995年出版，但在1993年写就）中也提出："我反对女性对男性的依附，我也不赞成男女两性长期处于分庭抗礼的状态之中，我比较赞赏西方某些女权主义者提出的建立和发展'双性文化特征'的设想，它是拯救和完善人类文化的一条比较切实可行的道路。"② "双性文化"和"超性别意识"用词不同，但二者传达的思想意涵大体是一致的。从此看，女性文学研究者"超性别意识"的提倡并不比女性文学写作者晚。

二

为什么女性文学写作者和研究者几乎不约而同地想到、提出了"超性别意识"？或者换句话说，"超性别意识"的提出意味着什么？

"超性别意识"的提出是我国女性文学发展的必然。

---

① 孙绍先：《女性主义文学》，辽宁大学出版社1987年版，第130页。
② 刘慧英：《走出男权传统的樊篱——文学中男权意识的批判》，生活·读书·新知三联书店1995年版，第215页。

"女性文学"可以从两个层面上加以理解：女性文学创作和女性文学研究。从创作实践看，我国真正现代意义上的女性文学创作是从20世纪初的"五四"新文化运动后开始的。"五四"运动中，伴随着文化启蒙，女性意识觉醒，出现了一大批表现女性问题的作家作品。十七年和"文化大革命"十年期间，由于众所周知的原因，女性意识处于被遮蔽的隐匿状态。新时期以来，女性文学和整个文学一样复苏，迎来了第二个发展高潮。从理论层面看，我国当代女性文学研究是在对外开放西风东渐的文化语境中发展起来的，具体地说是在西方女权主义文学理论传入我国之后。虽然早在1928年，丁玲就发表过《莎菲女士的日记》这样富于极强女性意识的作品文本，但作为一种有意识的研究，女性文学热潮掀起则是80年代中后期以来的事。1995年借第四次世界妇女大会在北京召开的东风，到1996年只来得及召开两次研讨会。

我国当代女性文学创作历程虽不长，作家作品却极为繁富。很多论者都趋向于把我国当代女性文学创作分成三个阶段[1]：20世纪70年代末80年代初；80年代中后期；90年代以来。第一阶段的代表作家作品有张洁《方舟》《祖母绿》，张辛欣《我在哪儿错过你？》《在同一地平线上》等；第二阶段有王安忆及其"三恋"、《岗上的世纪》，铁凝《麦秸垛》《玫瑰门》等；第三阶段有陈染《私人生活》，林白《一个人的战争》等。早期的张洁、张辛欣把她们的笔触伸向女性的心灵世界，展示了生活于现实社会中的职业女性在事业与家庭中的两难困境，这种困境具体展现为女性与男性之间尖锐的性别对抗。到王安忆、铁凝，则扩展了张洁、张辛欣的表现领域，不只写女性纯精神的心灵世界，也把女性肉体的觉醒带入了文学作品。在她们笔下，女主人公不再是似乎整天都在进行精神追问的探寻者，而是活生生的有精神向往也有肉体欲望的女人。男女性别对抗已没有张洁、张辛欣那么紧张。发展到90年代，女性写作呈现出个人化、私语话的特色。陈染、林白、徐小斌等逃避开热烈沸腾、纷纭扰攘的现实社会生活和外在客观世界，潜入自己的内心，抒写自己的情感体验、沉思冥想，并有张洁、张辛欣回避的性心理乃至

---

[1] 如王干、戴锦华《女性文学与个人化写作》，《大家》1996年第1期；王光明《女性文学：告别1995——中国第三阶段的女性主义文学》，《天津社会科学》1996年第6期。

王安忆、铁凝虽已触及也未偏重的性生理，也即法国女权主义者埃莱娜·西苏所谓的"躯体写作"。在第三阶段女作家的笔下，被凸现聚焦的是女性个体，女性个体成为作品表现的中心和主体，男性被彻底逐出或只作为若有若无的背景出现。

纵观女性文学的发展历程，可以看到，我国当代女性文学创作是活跃、蓬勃的，很多人也在赞扬肯定女性文学，但是女性文学也一直处于一种被质疑和批评的境地。前述所列举的作品几乎没有一篇（部）不在文坛上引起争议。早在《女性主义文学》中，孙绍先就把中国从古至今的女性主义文学概括为"寻找男人"的文学，而新时期从1979年到80年代前半期（相当于第一阶段）的女性主义文学则处于"嘲弄心理阶段"。甚而至今还有人把张扬女性意识的女性文学说成"仇男文学"[①]，照此理解，张洁、张辛欣的作品成了典型的"仇男文学"文本。从女性心灵的挖掘深度看，王安忆、铁凝显然比张洁、张辛欣还进了一步，对男女性别对抗模式有所超越，但她们也遭到了质疑："在'三恋'和《玫瑰门》中，我们不仅看不到清丽优美的风格，也看不到那种真诚地发自心灵深处的情感力量对于小说世界的观照和渗透，以及蕴含于人物之中的审美意味。……从某种意义上说，'三恋'和《玫瑰门》是王安忆和铁凝为突破而突破，为深刻而深刻的创作心态下的产物。"[②] 90年代女性个人化、私人化写作则几乎处在一种被"围剿"的状态下，尽管有人也对林白、陈染的作品持肯定态度（如戴锦华、徐坤），但批评的声音是主潮。有人认为这些作家进行的是"阴影下的写作"，作品是"阴影下的作品"[③]，有人则称为"怪女人文学"[④]。中国的女性文学创作一直是在一条布满荆棘的坎坷道路上艰难跋涉，是在一种困境中发展的。女作家们提出"超性别意识"可以视为突围困境的一种努力。

[①] 王彬彬：《"女性文学"两极》，韩小蕙主编《当代新现象随笔二辑》，中央编译出版社1997年版，第370页。

[②] 唐晓丹：《新时期文坛上的双子星座——简论王安忆和铁凝创作流变中的契合现象》，《当代文坛》1992年第5期。

[③] 艾英：《我读女作家》，《中华读书报》1997年1月15日。

[④] 王彬彬：《"女性文学"两极》，韩小蕙主编《当代新现象随笔二辑》，中央编译出版社1997年版，第371页。

女性文学研究者提出"双性文化",则更多的是对西方女权主义文学理论的移植和借鉴。西方女权主义文学理论和批评是更广泛的女权主义运动的一部分。女权运动自 20 世纪以来经历了曲折的历程。女权运动的纲领是男女平等,但发展到后来一度变成为男女对抗,一些极端的女权主义者几乎成了"反家庭者"、"逃离母职者"和"女同性恋者"等的代名词,这使女权运动走入了歧途。到 80 年代出现的新一代女权主义者则不再强调男女的对立,消弭两性间的冲突、对抗,推进爱、温情,主张走向双性和谐。[①](还有论者把 80 代年代以来很多男性对女权主义的批评和女权主义者的自我反思看作一种男权的回潮。[②])

这些年来,随着对外开放,西方文化成为我们的一个重要参照系。文学创作上如此,我们几乎把西方要花一百多年走过的文学历程在新时期以来的一二十年中演练了一遍;文学理论、批评上也如此,在 20 世纪西方文论的各种派别中,从俄国形式主义、精神分析学、英美新批评、结构主义到接受美学、后现代主义文化理论等都被"拿来"了,女权主义文学理论也在"拿来"之列,其中当然也就包括了"双性文化"思想。

三

"超性别意识"的提出有什么意义?应不应该"超"?又是否可能"超"呢?

从终极关怀的意义上说,"超性别意识"是女性文学(应该不限于女性文学而是整个文学)的发展方向。女性文学创作是女性为自己沉默了几千年的历史发出的呼喊,女性文学研究是挖掘文学史中被埋没掩盖了的女性声音。但是女性文学的终极目标并不是推翻男权统治,把男性赶下宝座,自己戴上王冠,把"男尊女卑"改为"女尊男卑"。女性文学的终极目标是要达到真正的男女平等,双性和谐。从这个意义上说,"双性文化"是应该提倡的,"超性别意识"也是应该具有的。但是还应该看到,在我国现阶段的情况下,"超性别意识"的提出可以理解,然

---

① 参看王岳川《后现代主义语境中的女权主义批评》,《学习与探索》1993 年第 1 期。
② 张宽:《男权回潮》,《读书》1995 年第 8 期。

而不宜把它作为女性文学的创作信条，评论界若拿"超性别意识"来作为衡量作品的标尺，会在某种程度上压抑女性文学创作，甚至成为横亘在我国女性文学本已艰难的路途中的一个障碍。笔者的这种看法，是在对"超性别意识"的概念内涵和我国当前女性文学创作情况作进一步辨析之后得出的。

前面已经提到，"超性别意识"的含义是要超越单一的性别意识，用一种既不同于男性也不同于女性的眼光来看待世界、理解生活。但这只是字面上的，进一步分析可以发现，"超性别意识"是女作家提出的，为女性文学研究者首肯的，是针对女性文学而言的，它的所谓"超性别"，似乎是超越男性性别和女性性别。但实际上主要是偏重超越女性性别。在此我们不妨重温一遍铁凝的那段话：

> ……我本人在面对女性题材时，一直力求摆脱纯粹女性的目光。我渴望获得一种双向视角或者叫做"第三性"视角，这样的视角有助于我更准确地把握女性真实的生存境况。……当你落笔女性，只有跳出性别赋予的天然的自赏心态，女性的本相和光彩才会更加可靠。[1]

处处针对"女性"而言，处处强调的是超越女性性别。可见，"超性别意识"的内涵实质主要是"超越女性意识"。

那么，什么叫女性意识？又是否应该超越女性意识呢？

"女性意识"也是一个有很多言说又尚无定评的概念。要而言之，女性意识就是女性独立自主的自我意识，是认识到女人和男人一样也是人、是人类的另一半的意识。女性意识是衡量一部作品是否为女性文学作品的重要标识。

女性意识的觉醒是人类社会历史发展的必然。人类有史以来的几千年，一直是父系文化占据着统治地位，女人们一直处在历史文化的边缘位置（除了在远古母系氏族社会扬眉吐气过短暂时日外）。英语中"人类"是 human，"历史"是 history，人们一直认为是天经地义，理所应

---

[1] 铁凝：《玫瑰门·写在卷首》，《铁凝文集》，江苏文艺出版社 1996 年版，第 1—2 页。

当的。具体到我国，中国妇女所受的压迫更为深重，从"三从四德"、"七出"、"缠足"、"纳妾"等封建纲常和现象中就可以看出女性处在一种怎样水深火热的境地。今天的妇女是大大解放了。1949年以来在"时代不同了，男女都一样"、"妇女能顶半边天"的思想指导下，我国妇女的地位大大提高，男女实现了同工同酬，国家从法律上保障了妇女的经济权益和社会地位。但物质的解放必然带来精神的解放吗？社会地位的提高就意味着文化心理的提高吗？正如戴锦华指出的："中国女性的社会地位很高，但女性意识很低。"[①] 女性意识在目前不是溢满得应该超越了，而是张扬得远远不够。在广大妇女中的许多人还搞不清楚何谓女性意识，或者说很多人的女性意识还未被唤醒时就谈超越女性意识，这是否太匆忙了些，也太简单化了些呢？

行文至此肯定会有人诘问："超性别意识"并不是外人强加的，而是女性文学写作者和研究者自己提出的，你的观点和她们不是矛盾的吗？确实如此，但矛盾只是表象。在此还应该对"超性别意识"提出的原因作进一步分析。

女性文学写作者提出"超性别意识"，是突破困境的一种努力，也是中国现当代女作家的一种惯有的创作心态在20世纪90年代延续的具体表现形式，这种创作心态是女作家不甘于只作为女作家而是女作家。

中国的女性文学和西方不同，就是没有过一个声势浩大的女权运动背景，这注定了中国的女性文学创作从未独立于文学关怀社会的总体格局。王蒙在回答外国女性提问时的一段话可说是中国女作家的一种真实心理的写照："我们的女作家很多，又都很棒，比男作家还要棒。她们是作家而且是极好的作家，她们领风骚于整个文学界而不限于文学女界；她们不是也不甘心仅仅是女作家哪怕是极好的女作家。"[②] 从《莎菲女士的日记》到《太阳照在桑干河上》的变化，可以看出丁玲创作历程是从女性意识的显现宣泄走向女性意识的消失隐匿。[③] 新时期张洁、王安忆都明确表示过不是也不愿被人视为女性主义者，和王安忆有类似

---

① 红娟：《以平等的心态抒写性别——访学者戴锦华》，《中华读书报》1996年2月14日。
② 王蒙：《说〈走出男权传统的樊篱〉》，《读书》1995年第1期。
③ 参见刘慧英《走出男权传统的樊篱》第五章第二节"从宣泄自我到自我的隐匿"，生活·读书·新知三联书店1995年版，第172—187页。

的经历和写作背景的铁凝提出"双向视角"也就不足为怪。陈染已不讳言自己是女性主义者了:"我想作为一个女性作家,我的立场、我的出发点,我对男性的看法,肯定都是女性的,这本身就构成了女性主义的东西。"但陈染还有一个看法:"人类是什么呢?不就是由个人组成的吗?'我'就是人类之一。"陈染认为个人化写作不仅仅是个人的生活:"能够有所呼应的'个人'其实就体现了一种共同性。"[1] 也就是说她充满强烈女性情绪,女性体验的个人化写作是全人类的,全人类的自然就是超越性别的。从这一角度看,"超性别意识"是女作家们显示自己视野开阔、境界高远的一种自我表白。

但是在目前,女作家们果然能完全超越女性意识吗?她们是女性中的先觉者、警醒者,如果她们都不再为同性呼喊了,那么女性文学还有什么存在的必要和价值呢?在第二届中国当代女性文学学术研讨会上,女作家胡辛明确宣称她就是为女人写作的;王晓玉谈到她在创作时很少有"我是女作家"的框子指导着创作,但上帝既把你造成女人,你就必然在写作时投射进女性意识;林白说她受到组委会邀请与会非常高兴,像听到了某种召唤,"女性文学"对她来说有一种亲切感。那么,抑或"超性别意识"只是女作家们用以防身的一个盾牌、一种理论武器?她们不想也不可能超越女性意识?

女性文学研究者较早对"双性文化"的提倡是对西方女权主义文论的移植,后来对"超性别意识"的首肯则主要源于对 20 世纪 90 年代我国女性写作的忧虑。

陈染、林白等人的作品确实显示出和早期女作家的不同,那就是"性"的直入作品。在有"洁癖"的张洁的笔下,爱情就是精神之爱、灵魂之爱。《爱,是不能忘记的》中的女作家钟雨和老干部爱得刻骨铭心,但他们连手都没拉过,只等死后灵魂到天国相聚。王安忆、铁凝开始从情爱涉笔性爱,但她们也主要是从心理角度切入。而陈染、林白则坦率、大胆得惊人,什么同性恋、手淫等统统从她们的笔端泻出,这样"让人忧虑的放纵"(谢冕语)当然遭到了一些人的抵制批评。但是如果仅从性描写的角度看,仅在新时期陈染、林白之前(或同时)就有《废都》《白鹿原》

---

[1] 林舟、齐红:《女性个体经验的书写与超越——陈染访谈录》,《花城》1996 年第 2 期。

《丰乳肥臀》等,《一个人的战争》《私人生活》并没有超过这些作品,这些作品虽也在评论界那里引起争议,但远未达到让人瞠目结舌的程度。人们之所以对后者惊呼只在于作者的性别,女人也敢写性了(岂不是翻了天了)。其实恰恰在这一点上,陈染、林白显示了她们对男权文化、男性意识强烈的反叛意识:"性"不应再是男性作家的专有领域,女人和男人一样是人,男作家能写的,女作家应该也能写。从某种意义上说,女作家这种越出规范的举动正是对女性意识的一种张扬。那么,评论界对女性写作是否应该不说宽容大度至少也应客观、公正一些呢?

当然,批评家的批评并非毫无道理。陈骏涛先生一再指出,女性文学真正视野开阔的大手笔、大作品还太少,女性文学需要提升,一己的感情波澜并不能代替大千世界的风云变幻。[①] 陈骏涛先生的意见对女性文学存在的不足可谓一语中的。具体到女性私人化写作,某些作品确实在读者那里造成了一些负面影响,尽管这种影响还可以进一步分析。90年代,整个文学置身于市场化的商业浪潮之中,商业利益在出版者和写作者那里成为一个重要的驱动力,"性"是获利的一个重要因素,而且又是女作家写的,自然更不同一般。因为在传统文化中,女性基本上是作为"性"符号,作为"被看"而存在的,从某种意义上说,女作家又是被看中的被看。商业化操作使得陈染、林白们主观上的反叛举动客观上恰恰满足了一些人的窥视欲,这是接受者也是写作者的悲哀。但是作家们在这其中不能说没有一点责任。作为创作者,女作家不能不考虑到大众的接受水平,不能不考虑国情,心中应该有个度,下笔时应有所节制,否则不仅达不到张扬女性意识的目的,反而走向目标的反面,走向庸俗,成为无聊看客的谈资,乃至败坏读者大众的心灵。

第三节 "女性文学"还是"性别文学"

本节拟对"女性文学"及其相关概念进行梳理和讨论,将术语概念

[①] 陈骏涛:《"女性文学"刍议》,《光明日报》1995年4月11日;参见杨颖《女性私人小说是否昙花一现》,《中华读书报》1996年8月28日。

与文学实践尤其是中国当代文学实际相结合，从文学理论与文学实践有时相互合拍、印证，有时又不免脱节，甚至悖谬的缠绕中，对文学之中的性别表现提出一点看法，以期对文学与性别关系的理论研究起到一定的推进作用。

一

女性文学研究是我国20世纪80年代中后期以来的一个研究热点，但究竟何谓"女性文学"，在一段时间内并未厘清，因此有必要对"女性文学"的概念进行界定。首先看一下与"女性文学"相关的一些概念。

妇女文学　在新时期较早的女性文学评论文章中，我们可以看到"妇女文学"这个词，这个词似乎还出现于"女性文学"之前，始见于外国文学的译介文章中，如《外国文学研究》1981年第1期刊登了题为《埃及的妇女文学——沙龙文学》的一篇短文，用了"妇女文学"这个词。而影响大的当属朱虹的《美国当前的"妇女文学"》一文[1]，这是为《美国作家作品选》作的序言，介绍美国带有女性主义色彩的女作家作品。"妇女文学"在英语中的原文是Women's literature。从1982年开始，有评论者在评价国内女作家创作时采用"妇女文学"的提法[2]，并有人用"女性文学"一词[3]。1983年吴黛英《新时期"女性文学"漫谈》[4]将"女性文学"置于大标题内，可以算是"女性文学"这一概念术语正式进入新时期文学评论界的开端。其实，"妇女文学"这个词在我国20世纪二三十年代就已出现，如谢无量《中国妇女文学史》、梁乙真《清代妇女文学史》、谭正璧《中国女性的文学生活》（后改名为《中国女性文学史》）。

从运用者看，"妇女文学"是可以和"女性文学"互换的，指的都是女作家的创作，只不过有广义和狭义之分。广义的泛指一切女作家的

---

[1] 朱虹：《美国当前的"妇女文学"》，《世界文学》1981年第4期。
[2] 张维安：《论文艺新潮中崛起的中国女作家群》，《当代文艺思潮》1982年第3期。
[3] 刘慧英：《谈女作家作品的主题倾向》，《当代文艺思潮》1982年第3期。
[4] 吴黛英：《新时期"女性文学"漫谈》，《当代文艺思潮》1983年第4期。

作品，如谢无量、梁乙真和谭正璧的著作；狭义的专指那些从妇女的切身体验去描写妇女生活的作品，如朱虹的介绍文章。后来评论界似乎约定俗成已基本不用这个词语而采用"女性文学"。大多数研究者都没有对两个词语之间的差异加以注意，而我国女性文学研究专家刘思谦教授却敏锐地看到了两个概念在中国文学中所应具有的不同内涵。刘思谦认为，"女性文学"、"妇女文学"和"女性主义文学"是中国女性文学在现代化进程中出现的几种形态类型。其中，"女性文学"与"妇女文学"的区分是基于"女性"和"妇女"两个词的不同内涵："女性"以区别于旧式女人的作为人的主体性为本质内涵，"妇女"则是一个被国家权力政治化了的意识形态话语。"女性"一词出现于"五四"新文化运动中，"女性文学"同时出现。"'女性'、'妇女'这两个概念的内涵恰恰与五四到十年'文革'女性文学的历史嬗变形成同构的关系。"20年代后期妇女概念内涵政治功能化，文学领域中丁玲的小说《韦护》、《一九三零年春上海》（之一之二）、《水》、《田家冲》正是妇女文学的代表作。发展到40年代，则"出现了女性文学与妇女文学在不同的话语空间的并存现象"。十七年妇女文学占据主导地位。80年代，随着"五四"新文学传统的复苏，女性与女性文学再次出现，妇女文学走向衰微。大约在80年代中期和90年代，出现了女性主义文学这一新类型。[①] 刘思谦的这一分析是很有道理的。

女性写作 "女性写作"是又一个与"女性文学"几乎并用的术语，只是与前述"妇女文学"相比，它出现得较晚，在80年代的女性文学研究、评论文章中几乎没有踪迹，到90年代才大量可见。它由法国女性主义批评家埃莱娜·西苏在《美杜莎的笑声》一文中首次提出，于张京媛主编的《当代女性主义文学批评》把这篇论文翻译介绍到国内。从这本书出版的时间1992年就可以理解何以这个词在国内文学批评界使用晚的原因。但它一旦出现，就受到不少人的青睐。在我国目前的有关女性文学论著中，"女性写作"与"女性文学"的使用频率不相上下。

我国女性文学研究在80年代主要做的工作一方面是翻译介绍西方

---

① 刘思谦：《女性文学：女性·妇女·女性主义·女性文学批评》，《南方文坛》1998年第2期。

女性主义批评的理论论著,另一方面是评论中国女性作家的作品,评论中有的采用了西方女性主义批评的方法,有的并没有。90年代以来,由于我国当代女性作家创作的进一步繁荣,西方女性主义批评理论的广泛传播,尤其是1995年第四次世界妇女大会在中国召开起到了催化作用,女性文学研究成为热点,进入了当代文学史教材编著者的视野。当代文学史比较著名的几部教材都列专节专章乃至专编的篇幅谈论女性文学创作。如洪子诚著《中国当代文学史》(北京大学出版社1999年版)第二十三章"女作家的创作";陈思和主编的《中国当代文学史教程》(复旦大学出版社1999年版)第二十一章把"女性写作空间的拓展"看作"新的写作空间拓展"的一种表现;中国社会科学院文学研究所的杨匡汉、孟繁华主编的《共和国文学50年》(中国社会科学出版社1999年版)列专章"女性意识与女性写作",执笔者为当今在女性文学创作和研究方面均有一定建树的徐坤;张炯编著《新中国文学史》(海峡文艺出版社1999年版)专列题为"女性文学的强旺"的一编。以上四种教材,两种称"女性文学",两种称"女性写作"。不过二者似乎是可以置换的,《共和国文学50年》中明确表述:"'女性文学'或曰'女性写作'作为一个学术概念的提出,实际上是到二十世纪90年代以后,伴随着西方女权主义运动思潮在中国内地获得的广泛传播,以及国内女性主义运动的兴起而逐渐获得学界的认可和接受。"另外,不论称"女性文学"还是"女性写作",几部教材论述的都是女作家的创作。这与西方的"女性写作"又有所不同。始提出"女性写作"的"法国女权主义者主要从后弗洛伊德主义的代表雅克·拉康的精神分析理论和解构主义者雅克·德里达、罗兰·巴特的理论中吸取营养,注重对语言的象征系统的质疑,提出了'女性写作'的问题。她们认为,女性写作能够在语言和句法上破坏西方式的叙述传统,这种毁坏性便是妇女作品中的真正力量。同时,这种'女性写作'不一定出自女性作者之手,一些男作家,比如乔伊斯的作品也属于'女性写作'的范围"[1]。法国女权主义者原初的"女性写作"可以包含男作家作品,在《美杜莎的笑声》中,埃莱娜·西苏就提到了男性作家让·杰内特(Jean Genet)

---

[1] 张岩冰:《女权主义文论》,山东教育出版社1998年版,第17页。

的《盛大的葬礼》①，而我们讲的女性写作则全部是女作家作品。这一现象说明西方的外来概念传到中国会发生某些变异。

女性主义文学 "女性主义文学"这一概念在我国评论界出现于 20 世纪 80 年代后半期，90 年代大量使用。但不同的使用者的理解却有不同点。《从女性文学到女性主义文学》② 一文的作者孙绍先似乎应是最早提出者。孙绍先是有感于当时"女性文学"概念使用混乱而提出的，当时"女性文学"多指的是女性作家的文学活动。孙绍先认为，在中外文学史上有许多男性作家率先喊出了两性平等的口号，并以杰出的艺术创作震动了亿万读者的心。反之，有不少女性作家为父系文化所同化，其作品几乎是父系文化观念的翻版。他由此提出了应从女性文学走向女性主义文学，而女性主义文学研究的对象是以探讨女性问题为中心的作品，不管其作者性别如何。前述刘思谦文章中把女性文学、妇女文学和女性主义文学看作中国女性文学在现代化进程中出现的三种形态，刘认为我国女性主义文学大约出现在 20 世纪 80 年代中期和 90 年代，女性主义文学是那些"对中国妇女尤其是中国知识女性、职业女性的精神成长和主体性建构进行了默默和艰苦的探索"的作品，代表作家有张洁、张辛欣、残雪、陆忆敏、萨玛、王小妮、伊蕾、翟永明、张烨、张真、叶梦、斯妤、铁凝、蒋子丹、徐坤、徐小斌、陈染、林白等。从刘文列举的作家看，全部是女性。可以看出，尽管同是用的"女性主义文学"的语词，孙、刘的所指却是存在差异的。刘的观点可以说代表了 90 年代以后女性文学研究评论界绝大部分人的观点，陈染、林白、海男、徐小斌、徐坤等作家的创作似乎也印证着这派观点的正确性。

女性意识 "女性意识"是西方女性主义文学批评理论的核心，它自然是来自西方的概念，最早的介绍者就是前边提到的朱虹的《美国当前的"妇女文学"》一文，文中与"妇女文学"相对应，称为"妇女意识"③。从原英语词 Feminine Consciousness 看，翻译成"女性意识"更

---

① [法]埃莱娜·西苏：《美杜莎的笑声》，张京媛主编《当代女性主义文学批评》，北京大学出版社 1992 年版，第 200 页。

② 见《当代文艺思潮》1987 年第 5 期。这篇论文与孙绍先 1987 年 9 月由辽宁大学出版社出版的著作《女性主义文学》观点一致。

③ 朱虹：《美国当前的"妇女文学"》，《世界文学》1981 年第 4 期。

确切，所以后来就都称"女性意识"。朱虹文中介绍，"妇女意识"是一个跨国界、种族和社会存在的抽象概念，是妇女研究的中心观念，也是妇女文学的批评标准。它首先由西蒙·德·波伏娃在《第二性》（1949）中提出，后来凯特·米利特的《性的权术》（1970）等著作中都发挥了波伏娃的基本思想观点。而以"妇女意识"为中心的文艺观，实际上最早是英国现代女作家弗吉尼亚·伍尔夫在《自己的一间屋》（1929）中提出来的，她虽然没有用"妇女意识"这个词。从伍尔夫到波伏娃再到米利特，她们的基本思想是反抗父权制文化对妇女的压抑和迫害，反对妇女的屈从地位，要求妇女解放。这也是女性意识的要义和中心所在，"女性意识"并由此成为女性主义文学批评理论的核心。

在我国女性文学批评和研究中，女性意识成为出现频率最高的语词，它成为判断一部作品是否是女性主义文学作品的标准和尺度，甚至有人认为文学中的女性意识是界定女性文学的最重要依据。

二

"女性文学"是否存在问题？或者换种说法，"女性文学研究"是否能囊括文学中所出现的各种性别表现呢？

对"女性文学"概念的界定工作，从其进入新时期文学研究评论界开始，就没有中断过。90年代以前的看法，可以归结为三大类[①]：（1）一切描写妇女生活的文学作品，只要作品表现的是女性，无论是男作家还是女作家创作的，都可以称为"女性文学"。这是从作品表现对象来定的。（2）以创作主体的性别为依据，即广义地指女作家创作的一切作品，如盛英主编的《二十世纪中国女性文学史》就持这种观点。这种观点排除了男性作家所写的有关女性生活和女性形象的创作。（3）女性作家描写女性生活的作品，我国女性研究专家李小江曾说："什么是妇女文学？如果要作出一个学术定义，可以说，只要是出自女子手笔，

---

① 归纳所依资料来源于谢玉娥编《女性文学研究教学参考资料》，河南大学出版社1990年版。此书收入了1979—1989年国内有关女性文学研究方面的论著索引和有影响的论文片段。谢玉娥女士是目前国内做女性文学研究资料搜集整理工作最为细致、全面的学者。

描写女性生活题材的文学，均可以看作妇女文学。"① 她认为，英国侦探小说家阿加莎·克里斯蒂虽是女性，但她作品表现的不是妇女生活，主题与妇女无关，所以不能看作妇女文学。北欧现实主义作家易卜生的《玩偶之家》虽然揭示了妇女问题，因为不是女子创作的，自然不在妇女文学之列。这种看法不仅强调作家的性别因素，而且强调作品内容诸如题材、主题也必须是有关女性的。以上三种看法中，持第一种的极少，几乎可以忽略不计，绝大部分是第二、三种。

进入 90 年代以后，女性文学研究论著呈迅猛增长之势，评论文章更是不计其数。绝大多数人没有再在"女性文学"的概念圈子中打转，而是投入到对我国当代一拨接一拨的女作家创作的文本分析中。只有少数的清醒者意识到概念远未解决的重要并作出自己的努力，这样的代表有陈骏涛、王侃等。当代文学批评家陈骏涛将"女性文学"定位于"由女作家创作的，描写女性生活、抒写女性情感，并具有独特的女性风采的文学作品"②。青年学者王侃的《"女性文学"的内涵和视野》是提出"女性文学"概念最明确的一篇文章。王侃首先提出："'女性文学'一直未得到必要的界定，一直总是处在一种'无边'的状态。对女性文学的偏见、误解以及话语上的许多抵牾，盖源于'女性文学'一般地是个没有内涵的外延，是个空洞的身份，是个无物之阵。……大多数人在操持'女性文学'这个概念时都采用了避实就虚的后现代式的随意，一种貌似轻灵实则轻浮的游戏手腕。"王侃通过对西方女性主义批评理论和中国当代作家创作的分析，提出了自己对"女性文学"的定义："'女性文学'是由女性作为写作主体的，并以与世抗辩作为写作姿态的一种文学形态，它改变了并还在改变着女性作家及其本文在文学传统中的'次'（sub-）类位置：它对主流文化、主流意识形态既介入又疏离，体现着一种批判性的精神立场。"③

可以看到，李小江、王侃观点的精神实质和刘思谦的是一致的，具体地说，李小江的"妇女文学"、王侃的"女性文学"和刘思谦的"女

---

① 谢玉娥编：《女性文学研究教学参考资料》，河南大学出版社 1990 年版，第 7 页。
② 陈骏涛：《"女性文学"刍议》，《光明日报》1995 年 4 月 11 日。
③ 王侃：《"女性文学"的内涵和视野》，《文学评论》1998 年第 6 期。

性主义文学"是同一的。可以看出，他们认定女性意识在女性文学中的重要性并坚持女性作家作为写作主体的身份。这样的观点在目前的当代文学评论界似乎已取得了共识，获得了大家的认可。

至此，我们似乎可以为女性文学下一个通俗易懂的定义了：女性文学有广义和狭义之分，广义的女性文学是指女作家的一切创作；狭义的女性文学则指女作家创作的富于女性意识的文学文本，可以称为"女性主义文学"。其实说了半天仿佛还是老调重弹，这种定义80年代就已经提出，只是论述没有后来者那么深入。再有一点，持广义女性文学标准的人已经不多了。大家都倾向于操持西方女性主义批评的理论观点，去女作家文本中发现、挖掘女性意识，众多的评论者心里装的就是那么一把尺子，手里挥舞的就是那么一件武器。一方面，90年代女性文学评论界似乎很热闹、很红火。另一方面，主流批评理论界对女性文学研究基本是持一种漠视态度，参加女性文学研究的男性学者人数极少，"某种看不见也说不出的以宽容面目出现的性别歧视"（刘思谦语）随处可感。女性文学从它产生的那天起，就处在一种艰难的境地中。数千年的文化积淀形成的传统重压是造成困境的最主要原因，但是我们对"女性文学"的认识是否有问题？这种局面的形成与我们对"女性文学"的认识是否过于狭窄有关呢？

看来有必要对"女性文学"进行再检视。"女性文学"由"女性"和"文学"两个词构成。"文学"的本质是什么？这是整个文学理论要解决的基本的中心问题。以当代美国学者艾布拉姆斯在《镜与灯》中提出的艺术四要素理论来看，文学可以理解为一种以作品为中心，而与世界（自然、社会生活）、作者、读者相联系的活动。[①] 这种活动中有两个环节非常重要，一是作家的创作，二是读者的接受。作家从社会生活中受到某种触动、感应后经过自己主体情思的灌注，并将其变为一种物化形态——文本，读者经过对文本的阅读接受，才能完成文学作品的实现，读者的阅读感受又融入社会生活，反馈给作家。文学活动就是这样一个周而复始的循环过程。作家的创作我们一般是肯定的，而读者的接受则相对不那么重视，其实研究者、批评者正是接受者中的一部分，是

---

① 童庆炳主编：《文学理论教程》，高等教育出版社1992年版，第40—47页。

其中的高级读者。因而，说到"女性文学"时，我们应该知道它其实包含着创作实践和理论研究两个层面。只是文学活动以作品为中心，一般人已经习惯了"文学"就是文学作品、文学创作。所以，谈到"女性文学"、"妇女文学"和"女性主义文学"时，才出现了将其命名为女性作家创作的作品的格局。不过，肯定有人意识到了两个层面的区分，不说"女性文学"而说"女性写作"者，除了跟从西方女性主义批评家用语外，大概还有强调创作实践而不包含理论研究之意。从王侃的论文看，文章题为《"女性文学"的内涵和视野》，下分两个部分，第一部分小标题是"'女性文学'的内涵"，第二部分小标题为"中国女性文学批评应具的视野"，说明"文学"确实应当包括创作和研究两部分。不过，对"文学"的辨析似乎关系还不那么紧要，"女性文学"的关键在于对"女性"的理解。

在"女性文学"、"女性写作"、"女性主义文学"和"女性意识"之中，都有"女性"两个字，可见"女性"是解说的关键，而其中的"性"又是重中之重。这里的"性"是"性别"之意，何谓性别？美国女性主义者对此加以了区分。她们认为性别分为自然（生理）性别（sex）和社会（文化）性别（gender）。自然（生理）性别是指婴儿出生后从解剖学角度来证实的男性或女性，而社会（文化）性别是从社会文化中形成的男女不同特点。当代的社会性别理论诞生在 20 世纪 60 年代以后的西方女权运动中，而早在《第二性》中波伏娃提出的"女人不是天生的，而是造成的"的论断中，就可以看出波伏娃对自然性别与社会性别的不同意味有所体察。发展至今社会性别已经成为当今国际学术界的常识性概念，有学者呼吁在中国建立社会性别学。"社会性别学是以挑战男性中心的知识体系为核心，以高等教育领域为重要基地，以改造社会性别等级制和一切等级制并开创有利于妇女发展的社会文化环境为目标的一门社会立场鲜明、实践性强的学术。"① 在《〈不确定的词语概念——美国文化中社会性别的磋商较量〉序言》中，两位当代美国女性主义学者费仪·金丝伯格和安娜·罗文哈普特·郑给社会性别下了定义："一个社会把人们组织到男性和女性范畴里去的方式，以及围绕这

---

① 王政：《浅议社会性别学在中国的发展》，《社会学研究》2001 年第 5 期。

些范围产生出意义的方式。"① Gender 本是一个语法概念，在某些语言中表示词的阴阳性，美国女性主义者借用这个词来表示社会性别，现在它已成为西方女性主义的核心概念，广泛应用于人类学、社会学、历史学和文化学等学科的女性研究中。

用社会性别理论来看我们以往对"女性文学"概念的解说，内中存在的问题便一目了然了。把一切女性作家的创作均拉到"女性文学"麾下，显然只是从创作主体的自然性别出发来考虑问题。而缩小范围，只把具有女性意识的女性作家的创作才算作真正的女性文学，并把它称为"女性主义文学"，势必又会走入狭隘化的死胡同，这种弊端我国当代文学评论界已有论者论及。②

一个人是否具有正确的性别意识，并不在于她（他）的自然生理性别，正如英国女性主义批评家罗瑟琳·科渥德所诘问的："妇女小说是女性主义的小说吗？"她指出："如果只因一本书将妇女的体验放在中心地位，就认为它具有女性主义的兴趣，这将陷入极大的误区。"③ 在我国当代评论界，已经有不少论者论述过有的女性作家的作品在配合男权文化传统的复归；在现实社会生活中，很多女性也把男性对女性的要求，内化为自己的追求，对自己所受的压迫没有意识或麻木不仁。这样的女性能说她的性别意识正确吗？而反之，很多经典的深刻反映了女性命运的女性形象就出自男性作家之手。仅以中国现代文学而论，就有鲁迅之于祥林嫂、子君，巴金之于鸣凤、梅表姐，曹禺之于繁漪、花金子，等等。这些男性作家的社会性别意识应该说是正确的。因而，以作家的自然性别来判定作品是否具有正确的性别意识是不妥当的。这种意见早在前述孙绍先的论著（1987）中就已阐述，只是他把女性作家创作的作品称"女性文学"，而把不管作者性别，只要以探讨女性问题为中心的作品称为"女性主义文学"，认为应当从女性文学走向女性主义文学。这与同样采用"女性主义文学"提法的刘思谦形成了分野，刘思谦

---

① 王政、杜芳琴主编：《社会性别研究选译》，生活·读书·新知三联书店1998年版，第249页。
② 王丽：《女性、女性意识与社会性别》，《中国文化研究》2000年第3期。
③ ［英］罗瑟琳·科渥德：《妇女小说是女性主义的小说吗？》，张京媛主编《当代女性主义文学批评》，北京大学出版社1992年版，第76—77页。

文中论到的都是女性作家。二人表面字样一致，内里所指却不相同。如何看待这种差异呢？

　　笔者认为，应以"性别文学"来置换"女性主义文学"，"性别文学"的提法比"女性主义文学"更为妥当。这一思路并不是笔者的发明，而是来源于刘思谦的启发。刘思谦作为我国第一个招收女性文学研究方向的博士生导师，从20世纪90年代起致力于女性文学研究，其思想不断发展，思路不断开阔。在一篇与所带博士生的对话体文章《性别视角与中国女性文化研究——阅读〈中国女性文化〉NO.1 创刊号》[①]中，一位学生提出能否以"性别文学研究"来置换"女性文学研究"的问题时，刘回答，如果在几千年来的文学实际上是男性文学的情况下，用性别文学来置换女性文学，也就取消了女性文学的存在。不过刘思谦也承认，女性文学、女性文化的提出只是一种策略，远景将是用性别文学来置换女性文学。有意味的是，提出这个问题的是4位博士生中唯一的男性，或许他从他的男性视角出发，看到了目前女性文学研究中或隐或显的缺憾。当然，另外的一些女性文学研究者也意识到这个问题，如青年学者贺桂梅提出女性文学研究应超越"女性文学"的狭隘界定，有效地吸纳文化研究和社会身份研究的理论观点与方法，逐渐转向广泛的性别问题研究。[②]

　　笔者认为以可以用"性别文学"替代"女性主义文学"而保留"女性文学"。"性别文学"与"女性文学"是并存的。"女性文学"以女性作家的创作、作品为研究对象，挖掘女性作家的文学传统，探寻女性作家创作、作品不同于男性的审美特征。"性别文学"的研究对象则是文学创作、作品中的社会性别问题，不管作品的作者是男性还是女性。它主要以社会性别理论为视角、方法，对文学中存在的社会性别权利关系进行清理，树立正确的性别意识。

　　我们反对生物决定论，但也应确认女性作家创作的传统和特征是存在的。美国当代最为杰出的女性主义批评家、理论家肖瓦尔特曾对女性主义文学批评的几个发展阶段进行过论述，其中"女性主义批评的第二

[①] 荒林、王红旗主编：《中国女性文化》（第2卷），中国文联出版社2001年版。
[②] 谭湘整理：《两性对话——中国女性文学发展前景》，《红岩》1999年第1期。

阶段，在于发现了女作家拥有一个她们自己的文学，其历史和主题的连贯性以及艺术的重要性一直被那些主宰我们文化的父权价值观念所淹没着"[1]。肖瓦尔特由此提出了"女性美学"的概念，她认为，女性美学推崇"妇女的语言"，总结出了由特殊的女性心理而形成的文学风格和形式。到第三阶段女性主义文学理论兴起时，肖瓦尔特还创立了妇女文学批评学（Gynocriticism，有的又译为"妇女作家批评"）。[2] 女性主义批评的这两个阶段处于 20 世纪 70 年代中后期。在美国这一阶段似乎已经过去，但在我国，女性作家批评研究做得还远远不够，所以，以女性作家创作、作品为对象的女性文学研究不能抛弃。因此笔者坚持"女性文学"的存在。

必须强调的是："性别文学"与"女性文学"两者并非对立，而是相互交叉，互为补充的。只有这样，才能把研究对象均涵盖进去，也才符合文学历史、现状以及未来发展趋势的实际。

小　结

本书写作到此章已是收尾部分。正如前言已经交代过的，笔者欲以性别和叙事的双重视角，观照中国现当代小说中叙事与性别的关系。由这一初衷出发，第一、二章讨论女作家的小说，第三章是男作家的小说，第四章则将不同性别作家小说进行对比，探寻二者的相同和差异，第五章以云南本土小说为对象展开分析，其内在结构理路其实是前四章的缩小版，只是加入了云南特殊的地域和民族文化因素。到本章则是前五章内容的自然延伸，从前五章的具体文本读解可见，现当代小说叙事呈现出既有类同又有差异的状况，而创作者的不同性别成为差异成因的重要因素，因此，进一步探寻基本的性别理论便成为本书内容的题中应有之义。

何谓"性别"，是不是人的性别不同就是我们日常生活中所说的

---

[1] 王政、杜芳琴主编：《社会性别研究选译》，生活·读书·新知三联书店 1998 年版，第 134 页。
[2] 刘涓：《"从边缘走向中心"：美、法女性主义批评理论》，鲍晓兰主编《西方女性主义研究评介》，生活·读书·新知三联书店 1995 年版。

"男人"和"女人"的不同?"男人"和"女人"既然是不同的,为什么又有"时代不同了,男女都一样"的领袖号召,并且有"男女平等"的诉求?深加考量,可以发现"性别"不仅是自然生理的,更是社会文化的,男女平等指的是社会性别的平等,是保持生理性别差异基础上的社会文化性别意识的平等。

"超性别意识"是在20世纪90年代一些女作家和女性文学研究者出于各种压力因素提出的一种诉求,在第二届中国当代女性文学研讨会上进行过热烈的讨论。考察"超性别意识"提出的具体语境,可以发现当时的"超性别意识"实质指的是超越女性性别意识,但是女性意识在彼时并未得到充分的发展,因此在当时具体的历史条件下,笔者以为超越女性意识是一种过于简单武断的策略。然而从终极关怀的意义上说,不同性别的作家都应当有一种超越自身性别的追求,"超性别意识"的提出是有意义和价值的。

西方女性主义文学理论在20世纪80年代中后期传入我国,加之中国新时期文学女作家创作的长足发展,理论武器与批评对象的遇合,在文学批评界形成了"女性文学"的研究热潮,渐至发展成为一个新的学术生长点。但是随着研究的深入发展,"女性文学研究"以女性创作为对象的局限性带来了文学与性别关系研究的瓶颈,也容易走入本质主义的怪圈和陷阱。而女性主义的社会性别理论中已经蕴含着打破局限性的因子,社会性别理论原意是指女性第二性地位的形成不单纯是自然生理的原因,而是父权制的一种历史文化建构。如果是这样,那么是否可以这样认为,自然生理为男性的作家也可能具有某种正确的社会性别意识呢?如果这是一种理论的美好愿望,那么中国现当代小说中男性作家文本中的性别叙事已在很大程度对此做出了说明。从文学创作实际考察,不仅是女性作家的文本中包含着女性性别意识,在男性作家对女性形象的塑造和想象中,也包含着复杂的性别意识。男作家的小说中既存在着将女性作为欲望化对象的修辞,又有对女性不幸命运深切的悲悯和同情。这再一次提示我们,"性别"不仅仅是自然生理的先天固有物,更是社会文化的一种历史建构。在一定的历史时期内,"女性文学研究"与"性别文学研究"是相互依托、共立并存的,但"性别文学研究"包容性更广,从长远看,"女性文学研究"只有走向"性别文学研究"才是更广阔的发展道路。

参考文献

小说理论和叙事理论类

［荷］米克·巴尔：《叙述学：叙事理论导论》（第二版），谭君强译，中国社会科学出版社 2003 年版。

［美］W. C. 布斯：《小说修辞学》，华明、胡晓苏、周宪译，北京大学出版社 1987 年版。

［美］戴维·赫尔曼、詹姆斯·费伦等：《叙事理论：核心概念与批评性辨析》，谭君强等译，北京师范大学出版社 2016 年版。

［美］苏珊·兰瑟：《虚构的权威：女性作家与叙述声音》，黄必康译，北京大学出版社 2002 年版。

［美］罗伯特·休斯：《文学结构主义》，刘豫译，生活·读书·新知三联书店 1988 年版。

［美］伊恩·P. 瓦特：《小说的兴起》，高原、董红钧译，生活·读书·新知三联书店 1992 年版。

［英］帕西·卢伯克、［英］爱·摩·福斯特、［英］埃德温·缪尔：《小说美学经典三种》，方土人等译，上海文艺出版社 1990 年版。

陈平原：《中国现代小说的起点：清末民初小说研究》，北京大学出版社 2005 年版。

陈平原：《中国小说叙事模式的转变》，上海人民出版社 1988 年版。

程文超、郭冰茹主编：《中国当代小说叙事演变史》，中国社会科学出版社2006年版。

胡经之、张首映主编:《西方二十世纪文论选》,中国社会科学出版社1989年版。

刘安海:《小说"小说"》,华中师范大学出版社1999年版。

龙迪勇:《空间叙事学》,生活·读书·新知三联书店2015年版。

鲁迅:《中国小说史略》,《鲁迅全集》第九卷,人民文学出版社2005年版。

马振方:《小说艺术论》,北京大学出版社1999年版。

孟繁华:《众神狂欢:当代中国文化冲突问题》,今日中国出版社1997年版。

申丹:《叙事、文体与潜文本——重读英美经典短篇小说》,北京大学出版社2018年版。

申丹:《叙述学与小说文体学研究》,北京大学出版社1998年版。

申丹、王丽亚编著:《西方叙事学:经典与后经典》,北京大学出版社2010年版。

石昌渝:《中国小说源流论》,生活·读书·新知三联书店1994年版。

谭君强:《叙事学导论:从经典叙事学到后经典叙事学》,高等教育出版社2008年版。

谭君强:《叙事学研究:多重视角》,中国社会科学出版社2018年版。

谭君强:《叙述的力量:鲁迅小说叙事研究》,云南大学出版社2000年版。

伍蠡甫主编:《西方古今文论选》,复旦大学出版社1984年版。

徐岱:《小说形态学》,杭州大学出版社1992年版。

杨义:《中国现代小说史》(上、中、下),《杨义文存》,人民出版社1998年版。

杨义:《中国叙事学》,《杨义文存》,人民出版社1997年版。

赵毅衡:《当说者被说的时候:比较叙述学导论》,中国人民大学出版社1998年版。

性别研究类

柏棣主编:《西方女性主义文学理论》,广西师范大学出版社2007年版。
白庚胜、杨福泉编译:《国际东巴文化研究集萃》,云南人民出版社1993年版。
鲍晓兰主编:《西方女性主义研究评介》,生活·读书·新知三联书店1995年版。
鲍震培:《清代女作家弹词小说论稿》,天津社会科学院出版社2002年版。
毕新伟:《暗夜行路:晚清至民国的女性解放与文学精神》,暨南大学出版社2010年版。
陈千里:《因性而别:中国现代文学家庭书写新论》,南开大学出版社2013年版。
陈顺馨:《中国当代文学的叙事与性别》,北京大学出版社2007年版。
陈雁:《性别与战争:上海1932—1945》,社会科学文献出版社2014年版。
程光炜、杨庆祥编:《重读路遥》,北京大学出版社2013年版。
啜大鹏主编:《女性学》,中国文联出版社2001年版。
戴锦华:《涉渡之舟:新时期中国女性写作与女性文化》,北京大学出版社2007年版。
董丽敏:《性别、语境与书写的政治》,人民文学出版社2012年版。
樊洛平、王萌:《海峡两岸女性小说的历史流脉与创作比较》,人民出版社2014年版。
贺桂梅:《女性文学与性别政治的变迁》,北京大学出版社2014年版。
胡文楷编著、张宏生等增订:《历代妇女著作考》,上海古籍出版社2008年版。
胡晓真:《才女彻夜未眠:近代中国女性叙事文学的兴起》,北京大学出版社2008年版。
季红真:《呼兰河的女儿:萧红全传》,现代出版社2011年版。
金天翮著,陈雁编校:《女界钟》,上海古籍出版社2003年版。

李玲：《中国现代文学的性别意识》，人民文学出版社 2003 年版。
李小江主编：《华夏女性之谜》，生活·读书·新知三联书店 1990 年版。
李小江、朱虹、董秀玉主编：《性别与中国》，生活·读书·新知三联书店 1994 年版。
李小江：《关于女人的答问》，江苏人民出版社 1998 年版。
李小江：《让女人自己说话：亲历战争》，生活·读书·新知三联书店 2003 年版。
林丹娅：《当代中国女性文学史论》，厦门大学出版社 2003 年版。
林树明：《多维视野中的女性主义文学批评》，中国社会科学出版社 2004 年版。
林树明：《迈向性别诗学》，中国社会科学出版社 2011 年版。
林幸谦：《荒野中的女体：张爱玲女性主义批评Ⅰ》，广西师范大学出版社 2003 年版。
林幸谦：《女性主体的祭奠：张爱玲女性主义批评Ⅱ》，广西师范大学出版社 2003 年版。
刘慧英：《走出男权传统的樊篱：文学中男权意识的批判》，生活·读书·新知三联书店 1995 年版。
刘慧英：《女权、启蒙与民族国家话语》，人民文学出版社 2013 年版。
刘思谦：《"娜拉"言说：中国现代女作家心路纪程》，上海文艺出版社 1993 年版。
马春花：《叙事中国：文化研究视野中的王安忆小说》，中国海洋大学出版社 2007 年版。
马勤勤：《隐蔽的风景：清末民初女性小说创作研究》，南开大学出版社 2016 年版。
孟悦、戴锦华：《浮出历史地表：现代妇女文学研究》，中国人民大学出版社 2004 年版。
倪志娟：《女性主义知识考古学》，高等教育出版社 2012 年版。
乔以钢：《多彩的旋律——中国女性文学主题研究》，南开大学出版社 2003 年版。
乔以钢：《中国女性与文学：乔以钢自选集》，南开大学出版社 2004 年版。

乔以钢：《中国当代女性文学的文化探析》，北京大学出版社 2006 年版。

乔以钢、林丹娅主编：《女性文学教程》，河北教育出版社 2007 年版。

乔以钢、林丹娅主编：《女性文学教程》，高等教育出版社 2017 年版。

（清）沈复著，唐昱编著：《浮生六记》（外三种），长江文艺出版社 2012 年版。

沈红芳：《女性叙事的共性与个性——王安忆、铁凝小说创作比较谈》，河南大学出版社 2005 年版。

盛英：《二十世纪中国女性文学史》（上、下），天津人民出版社 1995 年版。

宋素凤：《多重主体策略的自我命名：女性主义文学理论研究》，山东大学出版社 2002 年版。

谭正璧：《中国女性文学史》，百花文艺出版社 2001 年第 2 版。

唐小兵：《再解读：大众文艺与意识形态》（增订版），北京大学出版社 2007 年版。

汤世杰：《殉情之都》，百花洲文艺出版社 1996 年版。

王德威：《想像中国的方法：历史·小说·叙事》，生活·读书·新知三联书店 1998 年版。

王德威：《中国现代小说十讲》，复旦大学出版社 2004 年版。

王侃：《历史·语言·欲望：1990 年代中国女性小说主题与叙事》，广西师范大学出版社 2008 年版。

王艳芳：《女性写作与自我认同》，中国社会科学出版社 2006 年版。

王宇：《性别表述与现代认同》，上海三联书店 2006 年版。

王政、杜芳琴主编：《社会性别研究选译》，生活·读书·新知三联书店 1998 年版。

谢玉娥编：《女性文学研究教学参考资料》，河南大学出版社 1990 年版。

薛海燕：《近代女性文学研究》，中国社会科学出版社 2004 年版。

杨联芬：《晚清至五四：中国文学现代性的发生》，北京大学出版社 2003 年版。

张京媛主编：《当代女性主义文学批评》，北京大学出版社 1992 年版。

张菊玲：《旷代才女顾太清》，北京出版社 2002 年版。

张莉：《浮出历史地表之前：中国现代女性写作的发生》，南开大学出版社 2010 年版。

张岩冰：《女权主义文论》，山东教育出版社 1998 年版。

［法］西蒙娜·德·波伏娃：《第二性》（全译本）ⅠⅡ，陶铁柱译，中国书籍出版社 1998 年版。

［加拿大］方秀洁、［美］魏爱莲：《跨越闺门：明清女性作家论》，北京大学出版社 2014 年版。

［美］贝蒂·弗里丹：《女性的奥秘》，程锡麟等译，北方文艺出版社 1999 年版。

［美］高彦颐：《闺塾师：明末清初江南的才女文化》，李志生译，江苏人民出版社 2005 年版。

［美］罗莎莉：《儒学与女性》，丁佳伟、曹秀娟译，江苏人民出版社 2015 年版。

［美］佩吉·麦克拉肯主编，艾晓明、柯倩婷副主编：《女权主义理论读本》，广西师范大学出版社 2007 年版。

［美］凯特·米利特：《性的政治》，钟良明译，社会科学文献出版社 1999 年版。

［美］罗斯玛丽·帕特南·童：《女性主义思潮导论》，艾晓明等译，华中师范大学出版社 2002 年版。

［美］魏爱莲：《美人与书：19 世纪中国的女性与小说》，马勤勤译，北京大学出版社 2015 年版。

［英］玛丽·沃斯通克拉夫特：《女权辩护》，王臻译；［英］约翰·斯图尔特·穆勒：《妇女的屈从地位》，汪溪译，商务印书馆 1996 年版。

［英］弗吉尼亚·伍尔夫：《一间自己的屋子》，王还译，生活·读书·新知三联书店 1992 年版。

［英］玛丽·伊格尔顿编：《女权主义文学理论》，胡敏、陈彩霞、林树明译，湖南文艺出版社 1989 年版。

后 记

对文学中的性别表现的探究，是我多年以来与教学工作密切相关的科研兴趣，从1994年6月在《春城晚报》发表豆腐块文章《你在跷跷板上吗?》开始，我陆陆续续写下了一些文字，2013年结集出版的《家务与星空：文学与性别研究》就是一个总结。文集出版后感觉意犹未尽，却又对继续行进的具体方向有些迷茫，恰逢此时，云南大学叙事学研究中心在2014年元月成立，领衔的谭君强教授诚邀我加盟，并参与翻译戴维·赫尔曼、詹姆斯·费伦等五位世界级的叙事学家合著的《叙事理论：核心概念与批评性辨析》一书，这给我提供了一个对原先稍有了解的叙事学理论进一步学习的机会。其中罗宾·沃霍尔的女性主义叙事学理论对我尤有启发，这种批评方法的要义与我喜欢阅读的小说是一种神奇的遇合，而小说在文学中可谓叙事性最突出的样式。由罗宾·沃霍尔连接苏珊·兰瑟，从女作家的小说到男作家的小说，尽管理论的掌握与作品的阅读都称不上精到，但几年下来我又写了一些从性别与叙事双重视角分析阐释中国现当代小说的文字，加上原来已有的积累，不知不觉间，这些文字好像有自己的纹路一样缀成了一张网，又像有自己的生命一样长成了一棵树。"网"指的是一种网状结构，"树"则是一种生命形态。我希望本书像一棵昆明随处可见的美丽的滇朴，在彩云之南秋日的晴空下，浅黑的枝干，青黄的树叶，扶疏错落，丰盈婆娑。

一棵树的长成自然不止我个人的努力。感谢我大学毕业后一直从教的云南大学校、院、系有关的师长、领导、同事尤其是谭君强、段炳昌、王卫东、张志平、杨绍军等诸教授的支持，本书得以进入云南大学叙事学研究中心"叙事研究丛书"之列出版，云南省哲学社会科学创新团队"云南作家与中国文学现代化"建设项目给予了出版经费的资助。感谢中国当代文学研究会女性文学委员会搭建的平台,让我得以遇见那么多出色的姐妹、兄弟进行学术交流与切磋。本书主体部分的一些内容在学术刊物上发表过,感谢这些刊物的编辑老师们。感谢我的家人带给我的温暖,使我可以投入自己的教学科研工作。

  愿望是美好的,但本书一定存在疏漏、错讹之处,敬请感兴趣的读者不吝赐教、批评。

降红燕

2021 年 3 月 16 日 昆明